소중한 마음을 가득 담아서

_____ 님께 드립니다.

지은이 박수경

"개똥밭에 굴러도 이승이 좋다."

그는 어떤 개똥밭을 굴렀을까? 누구에게나 개똥밭이 있을 터이다. 개똥밭에서 구르기 싫다. 프리지어 꽃밭에서 살아가고 싶다. 아니, 개똥밭조차 프리지어 향으로 채우고 싶다.

삶을 구성했던 여러 것들을 나열하며 알게 되었다. 지독히도 평범하지만, 오히려 평범하지 않았다는 것을.

북적이는 시내 한복판에서, 한적한 시골길에서 쉬이 만날 수 있지만, 그냥 아무개는 없다.

박수경, '나'이다. 손목의 맥박이 뛸 때마다 향이 퍼진다. 살아 있음을 확인한다. 행복한 이승이 좋다.

[주요 이력]
수필 작가
행복한 부모교육 강사

개똥밭에 굴러도
행복한 이승이 좋다!

그 녀 를
읽 다

박수경 지음

STiCK

스틱도서번호 S055 | 표지 (주)타라의 아트필 백색 210g/㎡ | 본문 (주)타라의 미색 백상지 100g/㎡

나의 행복 나의 불행

개똥밭에 굴러도 행복한 이승이 좋다!

초판 1쇄 인쇄 2022년 8월 8일
초판 1쇄 발행 2022년 8월 16일
지은이 박수경

발행인 임영묵 | **발행처** 스틱(STICKPUB) | **출판등록** 2014년 2월 17일 제2014-000196호
주소 (10353) 경기도 고양시 일산서구 일중로 17, 201-3호 (일산동, 포오스프라자)
전화 070-4200-5668 | **팩스** (031) 8038-4587 | **이메일** stickbond@naver.com
ISBN 979-11-87197-40-9 (03800)

[원고투고] stickbond@naver.com
출간 아이디어 및 집필원고를 보내주시면 정성스럽게 검토 후 연락드립니다. 저자소개, 제목, 출간의도, 핵심내용 및 특징, 목
차, 원고샘플(또는 전체원고), 연락처 등을 이메일로 보내주세요. 문은 언제나 열려 있습니다. 주저하지 말고 힘차게 들어오세
요. 출간의 길도 활짝 열립니다.

● 조욱성(거제대학교 총장)

행복한 삶의 열쇠는 자신이 사랑하는 사람과 함께 있는 것, 자신이 좋아하는 일을 하는 것입니다. 그 바탕에는 자신의 삶에 기쁨과 의미를 가져다줄 명확한 목표를 세우고 온 힘을 다해 그것을 추구하는 것이 깔려 있어야 합니다. 언제나 도전을 즐기는 당신의 3막이 기대되는 이유입니다.

● 신성철(경북과학대학교 청소년복지상담학과 교수)

사람이 살아가는 인생에는 연극처럼 막이 나누어져 있다고 합니다. 그 막을 나누는 것은 전적으로 나의 몫이긴 하지만 말입니다. 지금 여러분은 몇 막의 인생을 살고 있나요?

이 책은 또 다른 인생의 막에 들어선 분들께 어떻게 살아가고 있는지 혹은 어떻게 살아야 하는지를 알려주는 좋은 나침반이 될 것입니다. 지금 인생의 또 다른 막을 준비하거나 들어간 분들께 추천합니다.

● 정기홍(경남신문 국장)

사랑만 해도 짧은 게 인생이지요. 하지만 삶은 쉽게 허락해주지 않는 것을. 많이 아팠던 님의 제3막은 사랑과 행복으로 충만할 것이란 느낌이 봄내음처럼 전해옵니다.

● 전의승(새거제신문 편집국장)

당연한 듯 여겨지던 통념과 현실의 간극을 살아내고 견뎌내며 무엇이 온전한 삶인지 고민하고, 자신과 타인을 위해 새로운 3막을 준비하는 필자의 경험과 다짐은 다사다난한 우리네 인생에서 통찰의 힘을 웅변하는 듯합니다. 그의 3막이 멋지길!

● 이영호(대우조선해양 관리본부장)

인생사 새옹지마라고 하지요. 누구나 좋은 일을 꿈꾸지만 뜻하지 않게 나쁜 일도 생기는 것이 우리네 인생살이입니다. 필자는 새옹(塞翁)이 되어 인생이 무엇인지 그의 삶을 통해 우리에게 들려줍니다.

　다양한 경험으로 삶의 깊이를 알아가며 주변인에 머무르지 않고 주연이 되기 위해 노력하는 모습이 아름답습니다.

● 김기주(국민건강보험공단 통영 지사장)

책에는 기쁨, 사랑, 지혜, 상실, 위로가 비빔밥처럼 맛있게 버무려져 있습니다. 깊이 생각하지 않아도 됩니다. 특별하지 않은 일상의 이야기입니다.

살다 보면 무수히 많은 선택의 기로에 서게 됩니다. 선택의 결과에 따라 삶을 살아가는 시각과 방식이 변합니다. 누군가를 통해서 또는 환경이 바뀌면 삶이 변화될 것으로 생각하는 수동적인 사람과 자기 자신의 변화를 통해서 삶을 개척하는 능동적인 사람이 있습니다. 필자는 후자에 해당합니다. 단지 꿈만 꾸는 행복이 아닌 행복을 만들어가는 그의 용기에 박수를 보냅니다.

● 김정아(작가)

거친 계곡을 타고 내려오는 물줄기는 어디쯤 가고 있을까. 자신을 산산이 부수는 바위를 지나 고목의 거친 등걸을 넘어 강의 상류쯤은 지나고 있을까. 박수경 작가는 자신의 삶을 여과 없이 보여줍니다. 날것 그대로의 생채기 가득한 생생함과 따뜻함에 울컥 눈물이 솟습니다.

글 속에는 삶의 귀퉁이들을 헤맸던 내가 서 있습니다. 위트 있는 문장들은 눈물이 마르기도 전에 웃음을 짓게 합니다. 진솔한 문장들이 자꾸만 내 옷자락을 잡으며 괜찮다고 위로합니다. 아프지만 괜찮다고.

행복마중물

'행복총량의 법칙'이

있다. 질량보존의 법칙(화학반응의 전후에서 반응물질의 전질량과 생성물질의 전질량은
같다.)에서 변형된 말이다. 인생을 살아가면서 누구나 행복한 순간의
합계는 같다는 의미다.

지금이 불행하다고 여기는 사람들에게는 희소식이다. 반면 행
복하다면? 생각해볼 문제다. 그 행복이 지속하지 못할까 걱정해야
하는가! 다행히 세상에 절대적인 것은 없다. 라부아지에의 증명 이
후 불변의 진리 같이 느껴진 질량보존의 법칙 역시 핵반응이 일어
나면 질량은 감소한다는 상대성이론을 발표한 아인슈타인에 의해
깨졌다. 다행이다. 행복총량의 법칙 역시 보편적일 순 있지만, 절대
적인 것은 아니다.

그럼 그 행복이란 게 뭘까? 억만금을 가져도 행복하지 못한 누
군가는 존재한다. 혹은 무덤 몇 평에 미련 없이 쉬이 눈 감을 수 있
는 이 역시 있다. 반평생을 살아왔다. 미완이다. 진정한 행복이 무

엇인지 이제는 알고 싶다.

까마귀는 흉조다. 까마귀를 보면 괜히 뭔가 안 좋은 기분에 휩싸이곤 한다. 하지만 까마귀는 원래 흉조가 아니었다. 서양에서는 행운의 새로 여겨지고 있고, 세 발 달린 까마귀인 삼족오는 고구려의 국조이다. 하늘과 인간을 연결해주는 사자로 여겨졌고, 견우직녀가 만날 수 있는 다리 역할을 여전히 하고 있다.

현시대를 살아가는 까마귀는 억울하지 않을까. 그 옛날 고구려의 깃발에서 높이 비상하던 모습은 지워지고 불행의 상징으로 전락해버렸다. 우리의 행복 역시 그러하다. 어쩌면 명확한 정의와 구분도 하지 못한 채 떠들어대고만 있는지도 모른다. 익숙함에 길들어 행복인지조차 모르고 지나갈 때가 더 많다. 까마귀와 다를 바가 없다.

경제협력개발기구(OECD) 국가 중 우리나라는 자살률, 노동시간, 우울지수가 가장 높고 출산율은 가장 낮다. 실제로 우리나라 대부분의 사람은 먹고사는 데는 큰 지장이 없다.

하지만 아이러니하게도 사람들은 행복하지 않다고 이야기한다. 그렇기에 행복에 지나치게 집착하는 경향도 보인다. '소확행'이란 말이 유행처럼 번졌다. 소소하지만 확실한 행복이란다. TV에는 경쟁이라도 하듯이 여러 프로그램에서 소확행의 모습을 보여준다. TV에 나오는 장면을 따라 하면 꼭 행복해질 것만 같은 착각에도 빠진다.

　우리는 매일 답을 찾기 위해 살아간다. 어쩌면 오래전이나, 그 후나 한결같은 문제에 매달리고 있는지도 모른다. 각자의 방법으로 답을 찾기에 급급하다. 서로 알지 못하는 사람이지만 같은 답을 원한다. 삶의 방식은 달라도 결국 행복이라는 목적은 같을 것이다.

　답을 구하려 한다. 살아내는 것이 아니라 살아가고 싶다. 한 치 앞도 내다보지 못하는 시야가 답답하다. 걱정만 하고 있을 수는 없다. 살아온 시간을 되돌려보기로 했다. '역사를 잊은 민족에게 미래는 없다.'라는 단재 신채호 선생의 말을 믿어보기로 한다. 과거에서 현재와 미래를 찾을 수 있길 기대해본다.

'행복', 삶에서 답을 구하다

이야기를 시작하려 한다. '삶'에 관한 이야기다. 누구 하나 궁금해하지도, 알고 싶지 않을 수 있다. 흔하디흔한 인생살이의 나열에 식상할 수도 있다. 무엇 하나 별다를 것 없는 일상을 글로 옮기는 것에 대해 콧방귀 뀌며 혀를 찰 수도 있다.

— (이까짓 삶?)

더 치열했던 스스로의 생을 내세우며 비난할 수도 있고, 내 이야기에 공감되지 않을 수도 있다. 수많은 사람에게 기억되고 싶진 않다. 그냥 '나'란 사람이 살아가고 있다는 것을 쓰고 싶다. 기록으로 남겨도 별 볼 일 없을 거라는 주위 사람의 만류에도 감히 가치가 있을 거라 믿는다. 자로 잰 듯한 '생'은 없다. 눈금에서 얼마나 벗어났는지, 혹은 돌아갈 수 있을지조차, 현재를 살고 있는 난 모른다. 차후에 시간이 흐른 후 가늠할 따름이다.

자의 반절에 도착한 지금, 스스로 삶을 돌아본다. 잘 살아왔는지 점수를 매기며 평가하는 시간은 아니다. 그냥, 마흔네 해를 열심히 온 것에 대해 다독일 뿐이다. 남은 반절을 또 살아가기 위해 잠시 숨을 고른다. 앞으로 나아가기 위해 그리고 같은 실수를 저지르지 않기 위해 지나온 자 위에 진하게 새겨진 궤적을 돌아볼 뿐이다. 행복했던 시간이 있었다. 그만큼 불행도 뒤따랐다. 행복은 두 손 벌려 맞이하고, 불행은 내치고 싶었다. 이기적인 '나'이기에 지금도 행복만을 좇고 싶다. 어떻게 하면 행복하게 살 수 있을까? 고민해본다. 인생의 실타래를 한 올씩 풀어 가다 보면 그 해답이 있을 것만 같다.

내가 쓰는 이야기는 45년의 시간 중에서 가장 치열했던 부분이다. 부모님의 보호 아래 인생의 1막을 무난하게 넘겼다. 그래서일까? 결혼을 전후한 2막은 혹독하게 다가왔다. 누구나 겪는 갈등이라 치부할 수도 있지만, 기억조차 하고 싶지 않은 순간들이 있었다. 지울 수 있다면 그러고 싶다.

하지만 내 삶의 일부분이다. 왜곡된 모습으로는 당당할 수 없다. '나'를 온전히 종이 위에 세운다. 긴 시간의 작업이 될 것이다. 고독한 싸움일 수도 있다. 드러나는 민낯을 숨기고 싶은 욕구도 강렬하리라 예상해본다. 이 글이 그 시작점이다. 용기를 내어본다. 시작이 반이라고 했던가. 수많은 걸림돌을 넘어 이젠 반에서 한 발자국 더 나아가 본다.

십 년도 더 된 일이다. 도움의 손길이 필요했을 때 기꺼이 손을 잡아주었던 이들에게 고개 숙여 감사드린다. 보은의 심정으로 비루한 이야기를 남긴다. 잡혔던 손으로 이젠 잡아주려 한다.

현재 위치가 의심스러운 누군가가 이 글을 읽길 간절히 바라본다. '희(喜)'와 '락(樂)'보다 '노(怒)'와 '애(哀)'의 감정으로 뒤덮여 혼란에서 헤어나지 못한 이에게 나의 졸렬한 경험이 '덕분'으로 가 닿길 바란다. 더 이상 흔들리지 말고 걸어가라고 이야기해주고 싶다. 맞잡은 손에서 따뜻함을 느끼길….

모든 동화의 결말인 '행복하게 살았습니다.'처럼 마지막 장에서는 모두가 행복하길 소망해본다.

차례

제1장 **결혼, 행복한 순간** 16

제2장 **임신, 불행한 순간** 62

제3장 **출산, 행복한 순간** 131

이

결   혼   ,

행   복   한
순   간

인
연

 교문 앞에서 오지 않는 남자친구를 기다렸다. 약속시각을 어기는 사람이 아닌데 연락이 없다. 사고가 난 건 아닐까? 면허 딴 지 두어 달밖에 안 됐기에 걱정이 앞선다. 연신 시계를 들여다본다. 오가던 사람들의 발길이 뜸하다. 뒷덜미를 누군가 잡아챌 것만 같다. 목을 움츠리며 돌아본 곳에는 어둠에 잠식된 교문이 버티고 있다. 아가리를 벌린 괴물 같다. 매일 드나들던 그곳이 낯설다. 교문일 뿐이라며 자신을 스스로 달랜다. 학교 앞을 환히 밝힌 가게의 불빛마저 하나둘씩 꺼져간다. 늘어가는 어둠을 피해 걸음을 옮긴다.

 전화를 다시 건다. 투박한 휴대전화에 그의 전화번호가 찍힌다. 벨소리가 정적을 깨운다. 간절하게 기다리는 목소리가 들려오지 않는다. 열두 시가 넘어간 것만을 알려 준다. 집으로 돌아갈까? 계속 기다릴까? 번복되는 횟수만큼 시간은 흘러간다. 원망이 쌓인다. 힘이 든다.

 그때였다.

―수경아, 이 늦은 시간에 여기서 뭐 하니?

술을 한잔 걸친 같은 과 복학생 두한 선배였다. 친구를 기다린
다는 말을 했다. 하얀 입김이 차가운 공기를 가른다. 선배의 옆에
는 또 다른 남자가 서 있다.

이름을 말한다. 같은 과 선배이며 다음 학기에 복학할 거란 이
야기도 한다. 힐끗 본 그의 얼굴은 짙은 음영에 묻혀 잘 보이지 않
는다. 하얀 눈동자만이 자신의 존재를 드러낸다. 고개를 가볍게 숙
이는 걸로 인사를 대신했다.

―빵~.

흰색 아반떼가 우리들 앞에 섰다. 기다리던 남자친구가 왔다.
다시 한 번 고갯짓하고 차에 올랐다. 직장에 다니는 남자친구는 오
는 길에 졸음을 참지 못해 갓길에서 눈을 붙였다고 했다. 벨소리를
듣지 못했다는 변명과 함께 미안하다는 말을 연신 한다.

사귄 지 몇 달 되지 않은 어색함이 묻어난다. 불편한 심산이 드
러난다. 순간 새 차 냄새가 역하게 코를 찌른다. 창문을 내렸다. 밤
바람마저 냄새에 묻힌다.

두 시간 넘게 기다린 원망을 쏟아내고 싶다. 사고가 난 건 아닐
까 걱정했다며 투정부리고 싶다. 평소 여섯 살 연상이었던 그가 편
하지 않았다.

늘 그랬던 것처럼 가라앉은 목소리로 괜찮다고 했다. 잠시 한
두 시간 얼굴 볼 거 다음에 봐도 되는데 하고 어설픈 어른 흉내를
낸다. 커피자판기에서 뽑은 백 원짜리 커피 한 잔으로 추위와 원

망을 누르고 자취방까지 함께 걸어가는 것으로 투정을 갈음한다.

속에서 끓어오르는 짜증을 숨긴다. 삼십 분 남짓 함께 한 시간으로 며칠의 그리움을 감췄다. 지워지지 않는 감정을 그도 눈치챘으리라 후회했지만, 반면 알아주었으면 하는 마음도 컸다.

그와의 만남은 짧았다. 새내기 직장인은 늘 바빴다. 차를 달려두 시간이 넘는 거리는 긴 만남을 허용하지 않았다. 전화기에 묻어나는 피곤함에 오랜 통화도 쉽지 않았다. 지쳐간다.

그가 4학년, 내가 2학년 때 처음 만났다. 고등학교 동문 선배의 우연한 소개였다. 첫눈에 반했다. 185센티미터가 넘는 키에 배우 정우성을 닮은 잘생긴 외모였다. 운동복을 걸쳤는데도 세련미가 넘쳤다. 낮은 저음의 목소리에 더욱 끌렸다.

그는 졸업을 목전에 둔 상태였고, 취업자리를 알아보는 중이었다. 주위에서 말렸다. 나이 차이는 뒤로하더라도 몇 달 후면 졸업할 사람을 왜 만나느냐고 했다. 몸이 멀어지면 마음도 멀어진다며 친구들이 걱정했다. 21살은 무모했다. 그리고 어렸다. 시간이 갈수록 그 선택은 후회로 변했고 기다림은 지루해졌다.

유난히 길었던 겨울방학이 끝났다. 새 학기가 되었다. 강의실에는 새로운 얼굴이 여럿 있었다. 복학생 선배와 편입생이다. 개강총회가 있는 날이었다. 낯선 얼굴이 옆에 있었다. 복학생이라고 했다. 몇 마디 대화를 나눴다. 92학번의 김성일이라고 자신을 소개한다. 강아지처럼 축 처진 눈이 인상 깊었다. 곧 잊었다. 기억에서 지워졌다. 개강파티 때 또 옆에 있었다. 술을 즐기는 나와 달리 선배는 술을 한 잔도 먹지 못했다. 담배 냄새로 가득한 호프집에서 유일하게 담배를 피우지 않는 남자였다.

말도 조용조용하다. 군대에 다녀온 다른 복학생 선배들과는 달랐다. 할 말이 없다. 공통점이라곤 찾아볼 수가 없다. 애꿎은 술잔만 비울 뿐이다. 술을 먹지 못하는 그의 옆에서 다른 곳으로 자리를 옮겼다. 화장실에 간다는 핑계였다. 그렇게 우연은 끝난 줄 알았다.

지독하게 감기몸살을 앓은 날이었다. 아무도 없는 자취방에서 이불을 말고 누워있었다. 친구가 사다 준 죽은 식은 채로 자리를 차지하고 있다. 물 한 모금 넘기기가 힘들었다. TV를 껐다 켰다 반복했다. 행복해 보이는 모습에 더욱 초라해진다. 인위적으로 만들어진 그 모습조차도 부러웠다.

종일 켜 놓은 형광등에 눈을 돌린다. 몇 명의 얼굴이 빛을 가렸다. 장사하시는 부모님께서 걱정하실까 봐 전화도 못 했다. 남자친구는 일하고 있었기에 올 수가 없다. 혼자에 단련됐다고 여겼는데 오만이었다. 외로움이 서럽다. 불빛이 흐릿해졌다.

밖에서 문을 두드리는 소리가 들렸다. 잠기지도 않은 문을 오래도록 흔들어댄다. 인기척을 내지 않았다. 지쳐 돌아가길 기다렸다. 올 사람이 없었기에 불안했다.

―수경아, 수경아!

성일 선배의 목소리가 들렸다. 웬일인지 안도 됐다. 문이 열렸으니 들어오라고 했다. 그의 손에는 약 봉투와 귤이 들려 있다. 학교에서 보이지 않아 행방을 수소문했다고 한다. 감기몸살이라는 소리를 듣고 집을 물어 찾아왔노라고 조심스레 말한다.

평상시 같았으면 화가 났을 상황인데 약해진 몸과 마음은 관대했다. 아니, 혼자 있는 게 싫었다. 지독한 고립에서 벗어나고 싶었다. 주는 약을 선선히 받아먹었다. 붙잡아 둬야 한다. 귤을 까먹었다. 온종일 아무것도 먹지 못한 입안은 깔끄러웠다. 귤을 입에 넣고 오물거려 과즙만 빨다 과육은 뱉어냈다. 알갱이가 빠진 귤은 평소와 달랐다. 톡톡 튀는 새콤한 단맛이 느껴지질 않는다. 덜 익은 귤을 쥐어짠 맛이랄까. 귤의 온전한 매력이 느껴지지 않았다. 그렇게 서너 개를 먹었다. 좁은 방 안에 귤 향기가 가득 찼다. 고맙다고 했고 괜찮다고 한다. 이어갈 말이 없다. 어디가 어떻게 아프냐? 무엇이 먹고 싶으냐? 힘들지 않느냐? 등의 다정함은 없었다. 삼천 원의 귤 한 봉지는 바닥을 보인다. 옆에 귤껍질이 차곡차곡 쌓인다. 가려는 몸짓도 보내려는 의지도 없었다 어슴푸레 어둠이 찻아외서야 선배는 일어났다. 내일 보자는 인사로 그를 보냈다.

방 안은 또 텅 비었다. 이불 속으로 들어가 천장만 바라본다. 엄마의 얼굴이 지나가고 남자친구의 얼굴도 지나갔다. 성일 선배의 얼굴도 그 뒤를 따랐다. 빈번한 부딪침은 계속되었다. 이전과 달리 함께 밥을 먹는 일도 생겼다. 같은 공간에서 어깨를 맞대며 커피를 마시고 리포터를 썼다. 큰 의미가 없는 일들이 쌓여 갔다. 남자친구의 존재를 알면서도 곁을 떠나지 않기에 친구라 애써 둘러댔다. 고개를 들면 마주치는 눈빛을 모른 척했다.

그가 고백했다. 늦은 저녁을 같이 먹은 날이었다. 자취방이 있는 골목 앞까지 같이 걸어갔다. 삼십 센티미터 정도의 거리를 유지했다. 한 발짝 다가오면 한 발짝 멀리했다. 더 가까워지면 사이를 비우기 위해 신발 끈을 고쳐 맸다. 주머니를 가득 채운 두 손으로 인해 우연히 부딪히는 일조차 없었다. 자취방이 있는 건물의 문이 보였다. 열쇠를 꺼내기 위해 백팩을 벗었다. 순간 선배가 손을 잡아챘다.

　—사귀자!

단 세 음절이었다. 처음 봤을 때부터 마음에 담았다고 덧붙였다. 기억에 없는 어느 늦은 밤의 우연한 만남을 들춰내고 있었다. 교문에서 남자친구를 기다리던 모습이 잊히질 않았고 계속 보고 싶었다고 했다. 자기의 인연이길 바란다는 선배가 부담스러웠다.

손을 살며시 빼는 것으로 거절을 대신했다. 뒷걸음치며 농담하지 말랬다. 그 순간에도 눈은 마주치지 못했다. 백팩에서 열쇠를 꺼내 문을 재빨리 열었다. 잘 가라는 인사조차 없이 도망치기 바빴다.

흔들렸다. 일주일에 한 번도 만나기 힘든 남자친구보다 옆에 있어주는 그를 잃고 싶지가 않았다. 또 혼자된다는 것에 망설여졌다. 이상형에 가까운 남자친구와 편한 선배 사이에서 갈등했다. 고민은 짙은 흔적을 남겼나 보다.

선배는 그 후로도 계속 주위를 맴돌았다. 아니, 이전보다 더 적극 다가왔다. 어느새 함께 있는 시간은 길어졌다. 경계가 자꾸만 허물어졌다. 이야깃거리가 생겼고, 얼굴을 마주하며 웃기 시작했다. 길지 않았다. 그날도 선배는 자췻집 앞까지 데려다 줬다. 서로 맞잡은 손을 놓으려는 순간이었다. 문 앞에 주차되어 있는 남자친구의 흰색 차가 눈에 들어왔다.

차창 너머 보이는 그 얼굴에는 당혹감이 서려 있다. 손을 얼른 뺀다. 둘을 번갈아 보며 차에서 내리는 그 사람을 피해 고개를 푹 숙였다. 마치 할 수 있는 일이라곤 그것뿐인 것처럼 그 외에는 어떤 행동도 할 수 없었다. 그런 내 앞을 선배가 가로막았다. 시야가 등으로 막혔다. 눈물이 나왔다. 이런 상황까지 만든 철없는 자신이 한없이 미웠고 둘에게 미안하고 또 미안했다. 아무 말 없이 그렇게 서 있었다. 누구 하나 입을 열지 않았다. 미안하다고, 힘들었다고 변명하고 싶었다. 하지만 마주할 수가 없었다. 용기가 생기지 않았다. 상처 주었지만, 상처받고 싶지 않았다. 지독한 이기심은 모두를 침묵하게 했다.

　―수경아, 이 사람 누구니?

　남자친구가 먼저 입을 열었다. 울먹였다. 흐느낌은 길어졌다. 한숨을 크게 쉰 그 사람은 얼굴 한 번만 보자고 한다. 미동도 없는 내게 다시 얼굴 한 번만 보자고 한다. 선배의 등 뒤에서 옆으로 눈을 내리깔고 얼굴을 살짝 내밀었다. 허공을 배회하는 그 사람의 투박한 손이 보였다. 눈물이 계속 나왔다.

　―미안……..

　입을 단단히 봉하고 있던 죄스러움이 잇새를 삐져나왔다. 그렇게 끝이 났다. 첫사랑이었다. 짧은 만남이었고, 둘이 함께하는 시간보다 각자의 생활에 익숙했던 연인이었다. 여섯 살의 나이 차보다 멀리 떨어져 지내는 그리움이 그렇게 첫사랑을 지웠다. 잔인하게 버렸다. 두 번째이자 마지막 사랑은 그렇게 시작됐다. 귤 삼천 원이 가져다준 인연이었다.

오
래
된

연인

모든 것이 안 맞았다. 육류를 좋아하는 나와 달리 김치찌개를 좋아하는 사람이다. 굳이 맞추려고 노력도 하지 않는다.

오랜만에 고깃집에 가면 그가 구워주는 2인분의 고기를 나 혼자 다 먹었다. 된장찌개를 시켜 밥을 비벼 먹는 그에게 고기를 권해보지만 어릴 때 먹고 크게 체한 적이 있단 말로 거부한다. 선(先)고기 후(後)냉면을 외치는 나를 그저 신기한 듯 쳐다보기만 한다. 노래방이라도 갈라치면 몇 날을 졸라야 했다. 어찌 가더라도 〈돌아와요 부산항에〉를 부르는 통에 흥이 쭉 빠진다.

영화관보다 도서관을 많이 찾았다. 전공과목에 흥미가 없었기에 선배를 만나기 전엔 두 번 가본 도서관이었다. 치열한 자리다툼이 있는 그곳에 어느새 자의가 아닌 타의로 인한 지정석이 생겼다. 이른 새벽부터 도서관에 가는 그가 매일 잡아둔다. 채워지기보다 비워지기 바쁜 자리다. 삼십 분만 의자에 붙여도 들썩거리는 가벼운 엉덩이를 가진 나로선 선배의 쓸데없는 배려가 고역 중의 고역이었다. 두 시간, 세 시간이 지나도 미동도 없는 무거운 엉덩이를 가진 그를 남겨둔 채, 매점으로 커피자판기 앞으로 들락날락한다. 친구와 약속을 정해 일찍 나오기가 부지기수였다.

쇼핑을 가면 차이는 더욱 극명하게 드러났다. 짧은 치마를 즐겨 입는 내게 월남치마를 권유한다. 아무 무늬가 없다. 원색에 눈에 띄는 큰 문양의 옷을 찾고 있으면 할머니들이 입는 무채색 바지를 갖다 댄다. 촌스런 레이스 블라우스가 자기 취향이라며 입어주길 바란다. 높은 힐을 벗기고 운동화를 신긴다.

결국, 아무것도 사지 못한 채 집으로 돌아오는 버스 안에서 다시는 그와 쇼핑을 하지 않으리라 다짐해본다. 아빠보다 고리타분한 남자라 속으로 욕한다. 왜 이런 남자와 만나고 있나 후회하곤 한다. 속마음을 들킬까 봐 괜스레 다리가 아프다고 투덜댄다.

헤어질까도 여러 번 고민했다 고기 좋아하고 노래빙과 나이트를 자주 가며 영화관을 한 달에 적어도 두어 번은 가는 남자를 다시 찾아볼까 진지하게 생각해 보곤 했다. 촌스런 레이스 블라우스에 월남치마, 최악의 운동화를 신고 싶지 않았다. 주위에서도 어울리지 않는다고 입바른 소리를 했다.

각자의 친구들이 강력하게 말렸다. 교수님들조차 둘의 만남에 의아함을 보였다. 자석의 N극과 N극이 절대 만날 수 없듯 우리의 만남도 일어날 수 없는 일인 양 치부했다.

어느 날이었다. 두한 선배가 찾아왔다. 단골 커피숍에 나란히 앉았다. 진지하게 계속 사귈 거냐고 물었다. 왜 이런 소리를 하느냐고 되물었다.

—수경아, 너와 성일이가 처음 만난 날에 내가 그 자리에 있었어. 성일이가 누구냐고 물어보더라. 같은 과후배라고 이야기했다. 그런

데 계속 소개해 달라고 하더라. 남자친구가 있다고 말했지만 막무가내였지. 그런데 어느 날 너희 둘이 사귀고 있더라. 개는 시골집에 장남이다. 너는 부잣집 막내며느리로 사는 것이 맞아. 세상의 중심인 양 예쁨 받고 살아가는 게 어울려. 너하고는 생각도 다르고 생활환경도 차이가 크게 나잖아.

너도 느끼잖아. 네가 짧은 시간 동안만 만날 생각이라면 더 깊어지기 전에 헤어져라. 성일이 저놈, 마음이 약해서 상처가 오래간다. 이전에도 사귀던 여자와 헤어지고 나서도 한참을 방황했다. 그리고 군대에 지원해서 가더라. 제일 친한 친구가 똑같은 아픔을 겪는 걸 원하지 않는다.

우리의 첫 만남 자리에 자기가 있었단 이유만으로 일말의 책임감을 가진다는 어처구니없는 이야길 했다. 인연이면 헤어지지 않을 거고, 그게 아니면 이별은 당연하다고 답했다. 제삼자에게 들을 만한 이야기가 아니었다. 두한 선배의 경솔함에 화가 나고, 친구의 여자 친구로 부족하게 여기는 마음에 서운했다. 자격 미달이라는 일침에 자존심이 상했다.

가장 친한 친구 지현이랑 혜영이도 어울리지 않는다며 말렸다. 왜냐고 묻는 내게 그들은 차라리 이전 첫사랑을 만나라고 대꾸했다.

주위에서의 반대는 오히려 역효과를 냈다. 집안의 반대로 목숨을 잃은 로미오와 줄리엣에 비할 바는 아니지만, 그 효과는 적용됐다. 어쩌면 청개구리 심보일 수도 있겠다.

입에 오르내릴수록 보란 듯이 꼭 붙어 다녔다. 너희가 생각하는 나의 모습이 다가 아님을 증명하고 싶었다. 물 위의 기름 같은 척력이 연인의 인연에는 적용되지 않는다는 것을 보여주고 싶었던 것은 아닐까?

노력하고 싶었다. 다르다고 치부하며 불평을 쏟았던 것들에 애정을 주고 싶었다. 공통점이 없어서 힘들었던 마음이 변화하기 시작했다. 아니 그렇게 느껴야 했다. 상이한 모습이 갑자기 끌렸다. 오랜 시간 공부에 집중하는 모습이 섹시하게 다가왔다. 옆에서 엎드려 올려다 보면 굽실한 머리카락이 책장을 넘길 때마다 부드럽게 흔들렸다.

연필을 쥔 긴 손가락이 단단해 보이는 건 착각일까? 한 번씩 이해가 되지 않는 듯 찡그려지는 콧등이 귀여워 자꾸만 만져보고 싶었다. 그러다 잠이 들면 어깨를 덮는 그의 옷이 한없이 포근했다.

그를 닮고 싶어졌다. 그 좋아하던 나이트도 노래방도 가지 않았다. 단골 커피숍 사장님의 요즘 왜 안 오냐는 전화를 웃으며 끊었다. 변화를 주고 싶었다. 싫어하던 채소도 먹기 시작했다. 풀떼기 맛이 나던 시금치를 좋아하는 척했다. 김칫국물 맛으로 치부했던 김치찌개의 참맛을 느끼려 애썼다. 된장찌개에 밥을 말아 먹었다. 노란색으로 탈색했던 머리를 어두운 갈색으로 염색했다. 절대 벗을 수 없을 거 같았던 하이힐도 스스로 포기했다.

하지만 월남치마는 입지 않았다. 도저히 그건 용납할 수 없었다. 한 번도 받아보지 못한 장학금도 처음으로 받았다. 인정받고 싶었다. 그에게 어울리는 여자가 되고 싶었다.

나의 노력이 가상했을까? 선배도 바뀌기 시작했다. 고기를 한 점, 두 점 먹기 시작했다. 여전히 노래방에선 〈돌아와요 부산항에〉를 불렀지만 먼저 가자고 손을 내밀었다.

하지만…… 본성을 숨길 수는 없었다. 감추어도 드러나는 민낯에 당황스러웠다. 그의 이해되지 않는 부분에 또다시 화가 났다.

모든 대답이 간략했다. '응, 아니.'로 감정을 절제하는 것에 견디기 힘들었다.

그 머릿속을 헤집어보고 싶다. '나'의 자리가 있긴 한가 싶다. 외진 곳에서 잊히고 있는 건 아닌지 걱정된다. 나보다 친구를 위하는 모습에 분노했다. 오롯이 사랑받고 싶어 하는 내 마음을 짓밟는 것만 같아 서운했다.

물론 그 나름대로 사정이 있을 거라 자신을 이해시킨다. 무너져 내리지 않기 위해 아랫입술을 깨문다. 잘근잘근 씹는다. 그 자리에 붉은 기가 선명하다. 멍이 든다. 너무 다른 우리는 권태기도 빨리 왔다. 서로 맞추려 급급했기에 싫증도 빨리 왔을 거라 짐작된다.

친구 소개로 만났다. 사촌이라고 했다. 당시 최고의 인기스타인 유승준을 닮은 외모에 춤과 노래에 소질이 있었다. 오랜만에 나이트에 함께 갔다. 크게 울리는 음악에 마음을 빼앗겼다. 흔들어 대는 사람들 속에서 흔들렸다.

그는 술을 잘 마시고 분위기도 잘 맞췄다. 일탈에서 벗어나 또 다른 일탈에 빠진 듯 정신이 혼미했다. 술과 사이키 조명에 취했다. 새벽 네 시까지 신 나게 놀았다. 아쉬움을 가득 안은 채, 자취방으로 가는 나의 소매를 그는 놓지 않았다. 맞추려 노력하지 않아도 되는 사람이다. 애써 뿌리치고 새벽 공기를 마시며 집으로 발걸음을 옮겼다. 술에 취해 방향을 잃은 걸음처럼 마음이 울렁거렸다.

집 앞에 선배가 있었다. 여섯 시간을 넘게 기다린 그는 마냥 얼굴이 보고 싶었다고 했다. 그의 품에 얼굴을 묻었다. 머리를 쓰다듬는 손길에 편안함을 느꼈다. 그의 심장고동에 들떴던 정신이 차분하게 가라앉는다. 온갖 상념의 찌꺼기가 씻겨 내려간다. '이 사람이구나.'라는 확신이 들었다.

애쓰지 않았는데 닮아갔다. 서서히 가랑비에 옷 젖듯이 둘은 서로의 다른 점에 물들어 갔다. 원색과 무채색의 만남은 파멸의 검은 색이 아니었다. 나름의 조화를 이루는 또 다른 이름의 색이 되었다. 어찌 보면 본색보다 더욱 아름답게 변화된다.

사랑도 그러했다. 상대를 위해 자신의 색을 지운다. 모난 부분을 스스로 깎아 둥글게 만든다. 가시가 상처가 되지 않도록 연마한다. 의식적인 흐름으로 되는 것이 아니었다. 한순간의 깨달음으로 시작되었다. 그리고 그 후의 오 년 세월은 헛되지 않았다.

곁에 있는 것만으로 따뜻함을 느끼고 그 온기가 상대를 감싸 안아준다. 오롯이 서로만을 바라보는 시간이기에 진심은 굴절되지 않는다. 말로 떠들어대던 사랑이 아니다 진정한 첫 사랑이 시작되었다. 설익은 사랑은 끝났다. 귤의 껍질과 과육은 버려둔 채 과즙만 빨아대던 어설픈 행위에서 벗어났다. 농염한 첫사랑이자 마지막 사랑이다.

어

린

신 부

스물여섯에 결혼을 했다.
그때가 아니면 안 될 거 같았다. 오랜 만남에 끝을 내고 싶었다. 결혼이거나 이별로 귀결되리라 미루어 짐작했다. 단지 선배와는 이별하고 싶지 않았다. 그래서 쉽게 결혼을 결심했다. 헤어지면 가슴이 아플 거 같았다. 며칠의 아픔에서 끝나지 않고 오랜 시간 후회할 게 뻔했다. 그래서 남들이 흔히 말하는 것들을 따지지 않았다. 집안 환경도 전혀 고려하지 않았고, 직업도 신경 쓰지 않았다. 함께 있고 싶단 열망에 불투명한 그와의 결혼을 결심하였다. 만약 딸이 있다면? 생각해볼 터이다.

장미꽃이 바닥을 수놓은 프러포즈는 없었다. 18K 목걸이를 걸어주는 것으로 심심한 이벤트는 끝났다. 얇은 줄에 걸린 자개에 새겨진 태양은 단출했다. 김중배의 다이아몬드 반지는 이미 오래전에 포기했지만 그래도 모든 적령기 여성이 그러하듯 언젠가 받게 될 프러포즈에 대한 환상은 있었다. 하지만 무미건조하게 목걸이를 걸어주며 결혼하자는 단 한마디는 아니었다. 너무나 그다웠다. 다이아몬드 반지를 내밀었다면……. 쉽게 '그래.' 하는 답이 나왔을까?

결혼까지 할 줄은 정말 몰랐다. 편안했고 외로움을 덮어 주었던 사람일 뿐이었다. 곁에 있어서 의지할 수 있고 그가 먼저 떠나지 않을 거란 믿음을 주었다. 얼굴을 보고 있으면 가슴이 두근거려 심장마비가 걸릴지도 모르는 그런 느낌은 아니었다. 안 보면 당연히 보고 싶었지만 24시간을 함께 있고 싶지는 않았다. 이상형과도 거리가 멀었다. 키가 크고 곱상하게 잘생긴 남자를 좋아했다. 외모를 많이 봤다.

　선배는 175센티미터에 각진 얼굴이다. 남자처럼 생겼다. 잘생긴 남자가 아니라 그냥 남자다. 눈썹이 진하고 광대가 붉거져 고집 있어 보인다. 까만 얼굴은 크고 목은 짧다. 어깨는 좁다. 살집이 있어 배가 튀어나왔다면 스티븐 스필버그 감독의 영화 주인공인 ET같이 보일 수도 있겠다. 왜소한 체격에 손발도 작았다. 저음엔 그랬다. 외모에서부터 이상형과는 동떨어졌었다.

　결혼하기 전 여러 고비가 있었다. 다툼으로 헤어질 뻔한 적도 있었고, 권태기로 힘든 적도 있었다. 그중 가장 기억에 남는 것이 있다. 나는 졸업을 했는데 그는 여전히 학생으로 남아 있는 이유로 많이 부딪혔다. 졸업 당시만 해도 큰 문제가 되지 않을 거라 여겼는데 현실에서는 달랐다.

　대학을 졸업했다. 선배는 여전히 대학생이었다. 4학년이었다. 부모님께서는 졸업했으니 고향으로 내려오라고 하셨다. 객지 생활을 오래 한 딸을 안쓰러워하셨다. 본가에서 직장을 구하고 집에서 출근을 하길 바라셨다. 끌리는 제안이었다. 따뜻한 엄마의 밥이 먹고 싶었다. 불 꺼진 방에 들어가기가 싫었다. 온기 하나 없는 텅 빈 공간을 마주하기가 싫었다. 긴 어둠의 시간을 혼자 보내고 싶지 않았다. 이전 부모님과 함께 살던 시절이 그리웠다. 하지만 선배를 두고 갈 수는 없었다. 몸이 멀어지면 마음도 멀어진다는 사실을 경험해 본 바가 있기에 도저히 발이 떨어지지가 않았다.

선배의 곁에서 직장을 구하기로 마음먹었다. 쉽지 않은 결정이었지만 이게 맞다 여겼다. 결정을 내렸으면 움직여야 했다. 부모님의 독촉이 시작되기 전에 최대한 빨리 구해야 했다. 그의 곁에서 머물 수 있는 핑계가 필요했다.

마침 근처 학원에서 초등학생부터 중학생을 대상으로 하는 수학 강사를 구하고 있었다. 전공과목과는 거리가 있었지만 안 되면할 수 없고 되면 다행이란 마음으로 지원했다. 초, 중학교 수학이라면 충분히 가르칠 수 있을 거로 생각했다. 여러 명의 지원자가 있었기에 포기를 하고 있었는데 운 좋게 합격을 했다. 면접을 잘봤다고 나중에 원장에게 들었다.

첫 사회생활은 녹록지 않았다. 모든 것이 낯설었다. 사람을 대하는 것, 업무 내용, 티칭 방법 등 쉬운 것이 하나도 없었다. 사실부끄러운 고백이지만 초등학교 수학이 어려웠다. 내가 초등학교다닐 때와는 큰 차이가 있었다. 중학교 수학 역시 만만치 않았다.

살아남아야 했다. 수학 공부를 시작했다. 근의 공식이 기억나지 않았다. 십여 년 만에 보는 근의 공식이었다. 공식을 외우는 건 학생 때의 일이다. 난 강사이기에 원리를 익히고 외워야 했다. 아이들에게 무시당할 순 없었기에 악착을 떨었다. 아이들과의 관계도쉽지 않았다. 과외 경험도 한번 없는 초짜가 하기에는 버거웠다.

그 스트레스가 선배를 향했다. 고향에 갔으면 이 고생을 안 했을 거라 소리쳤다. 본가로 가고 싶은 마음이 수시로 스멀스멀 기어 나왔다. 자주 싸웠다. 그렇게 화풀이를 한 후, 집으로 돌아온

날은 자취방에서 싸늘한 냉기가 흘러나온다. 흠칫 몸이 떨린다.

헤어질 수는 없었다. 아직 그를 사랑하고 있었다. 극복해야 했다. 둘만 아는 동거를 시작했다. 방 한 칸, 부엌 한 칸의 작은 시작이었다. 내 나이 24살, 그의 나이 26살이었다. 무모한 선택이었지만 최선이었다. 밤늦게 일을 마치고 집으로 손을 잡고 돌아가는 것이 좋았다. 불 꺼진 어두운 방에서 스위치를 찾아 헤매지 않아서 기뻤다.

혼자라고 느꼈던 쓸쓸함이 채워졌다. 누군가가 나를 기다리고 있다는 생각에 마음은 충족되었다. 혼란스러웠던 감정이 정리되고, 침체하였던 기분은 점점 나아졌다. 마음이 따뜻해졌다. 여전히 수학 공부를 하는 건 난제였지만 정신적으로 안정되어갔다.

그 시절, 버스를 타고 다니는 여행에 흠뻑 빠졌다. 버스는 전국 곳곳을 다 들어간다. 쭉 뻗은 도심의 아스팔트부터 구불구불한 시골 길까지 버스가 못 가는 곳은 없었다. 시외버스를 타고 다시 시내버스로 갈아타고 끝내 걸어서 목적지까지 찾아간다. 1박 2일이든 2박 3일이든 시간에 구애받지 않고 다녔다. 당일치기는 차를 타고 다니는 시간이 머무는 시간보다 더욱 오래 걸렸다. 집으로 돌아와서도 여운은 계속되었다. 종착지는 아니지만, 또 다른 목적지가 되었다. 지금의 생활이 종착지가 아님을 안다. 슬며시 고개를 드는 불안을 여행으로 막는다. 모두가 같은 방식으로 살아가지 않음을 스스로에게 이해시켜야 했다. 함께 해야 하는 이유가 끊임없이 필요했다.

24살의 계집아이는 모든 것이 서툴렀다. 26살의 머슴아도 그랬다. 소꿉장난 같은 생활이 이어졌다. 마냥 재밌었다. 아침에 같이 조그만 밥상에 마주 앉아 밥을 먹었다. 20인치도 안 되는 텔레비전을 나란히 앉아서 봤다. 제일 좋았던 건 저녁을 먹고도 헤어지지 않아도 된다는 사실이었다. 밤 9시 즈음에 일을 마치고 학원 문을 나서면 항상 같은 자리에 선배가 있었다. 손을 잡고 단골식당에 가서 밥을 먹었다. 김치찌개, 된장찌개, 순두부찌개, 정식을 하던 곳이었다. 열 개도 안 되는 테이블에 허름하기까지 했지만, 문제가 되지 않았다. 집으로 돌아와 어느 유명한 커피전문점의 아메리카노 못지않은 믹스 커피를 작은 의자에 나란히 앉아 먹었다. 그 달달함이 행복했다.

타인의 따가운 시선에 일부러 당당하게 굴었다. 가족을 제외한 사람들에게 동거한단 사실을 숨기지 않았다. 단, 일말의 양심이었을까? 언니에겐 말했지만, 부모님과 남동생에겐 이야기할 수 없었다. 객지에 사는 딸에게 애인이 생겨 고향집으로 내려오지 않는다는 사실을 알고는 계셨지만, 동거할 거라곤 생각지도 못했을 것이다. 고등학생인 남동생에겐 도저히 입이 떨어지지 않았다.

짧은 동거가 끝났다. 일 년을 채우지 못했다. 언니가 결혼한다는 소식을 들었다. 부모님은 그녀의 부재로 빌 자리를 채워주길 바랐다. 더 이상 안 된다고 할 수 없었다. 직장생활에 대한 스트레스도 한 몫을 차지했다. 그리고 그에 대한 믿음이 확고해졌다. 동거하는 내내 한결같은 그의 모습에 나도 변하지 않을 자신이 생겼다. 외로움에 흔들리지 않을 용기가 비로소 생겼다. 어쩌면 동거하는 이유를 찾는 것에 염증을 느꼈는지도 모르겠다. 떠돌이 여행객의 생활을 청산하고 싶었나 보다.

그렇게 여러 가지 핑곗거리를 만들며 본가로 내려갔다. 결혼식 준비를 도왔다. 상견례가 끝나자 일사천리로 진행되었다. 가구와 가전제품을 사고, 예단을 마련했다. 큰 사업을 하는 형부와 결혼을 하는 언니는 모든 것이 호사스러웠다. 언니의 폐물을 보는 순간 나도 결혼하고 싶었다. 휘황찬란한 다이아몬드 세트가 그들의 밝은 앞길을 축복이라도 하듯 영롱하게 빛났다. 정신없이 몇 달의 시간이 흘렀고, 스물여섯 살이 되었다.

언니는 그해 5월에 결혼했다. 언니의 결혼식을 지켜보며 문득 서러웠다. 당당한 형부와 언니에 비해 죄지은 양 동거를 숨겼던 자신이 비참했다. 결혼식에 참석한 선배를 바라보는 마음이 서글펐다. 좁은 어깨를 감싸고 싶었다. 식장 안에 홀로 있는 선배가 가시처럼 콕 박혔다.

졸업은 했지만 꿈을 꾸던 선배에겐 직장이 없었다. 건축기사부터 여러 자격증, 고득점의 토익 점수 등을 가지고 있던 그였다. 스펙을 소홀히 한 것은 아니었다. 당시 학교 홈페이지를 만들고 관리해주는 일을 하던 그에게 결혼은 사실 무리였다. 그 일로 어느 성도 기반을 잡을 때까지 기다려야 했지만 그러기가 싫었다. 더 비참해지기 싫었다. 어떻게든 마무리 짓고 싶었다.

욕심은 눈을 멀게 했다. 지나온 시간이 눈꺼풀에 잠긴다. 누구의 말도 귀에 들어오지 않았다. 두 눈을 꼭 감고 귀를 막아버렸다. 선배는 고민했다. 결혼을 채근하는 내가 못마땅할 법도 한데 내색하지 않았다. 결국, 그는 직장을 구하기 시작했다. IMF 사태의 여파가 상당하던 시절이라 쉽지 않았다. 결국, 조선 관련 중소기업에 취직했다.

―나 결혼할 거야.

언니가 결혼한 지 몇 달 되지 않은 후였다. 부모님은 처음엔 당황스러워하셨지만, 예상보단 쉽게 허락해주셨다. 그런데 결혼할 자금이 없었다. 뱉은 말은 있어 되돌릴 수 없었다. 아니, 되돌리고 싶지 않았다. 돈이 발목을 잡을 순 없었다.

결심했을 때 진행하지 않으면 여태껏 쌓은 것들이 모래성처럼 무너질 거 같았다. 학원에서 일 년 정도 일은 하였지만, 박봉의 월급을 모을 새가 없었다. 학생이었던 선배를 대신해 150만 원의 돈으로 월세와 공과금을 내고, 생활비로 쓰면 한 달에 50만 원도 저금하기가 힘들었다. 수중에 천만 원도 없었다.

선배는 더욱 심했다. 취직하자마자 결혼 준비를 해야 했으니 더욱 암담했을 거다. 하지만 밀어붙였다. 스물여섯이 지나가면 헤어질 거라고 협박했다. 결국, 양가의 도움을 받았다. 그리고 2000년을 며칠 남겨두지 않은 12월 24일 이브에 결혼했다.

행복을

만나다

남편의 직장이 있는 경남 마산에 신접살림을 차렸다. 더욱 나은 곳에서 일할 수 있는 능력 있는 사람을 좁은 우물에 쑤셔 넣은 것 같아 미안한 마음도 있었지만 그것도 잠시, 철없이 행복하기만 했다. 친정과 가까워져 좋기만 했다.

외곽에 있는 26평의 아파트에서 전세로 시작했다. 시부모님의 도움으로 월세를 면했다. 취직 선물로 받은 자동차도 있었다. 친정 부모님은 방 두 개의 아파트에 짐을 넣어 주셨다. 언니 못지않게 가구며 가전제품을 채워 주셨다.

돈도 천만 원을 받았다. 언니와 똑같이는 아니더라도 엇비슷하게는 해주고 싶으셨을 터였다. 한 번의 거절도 없이 날름 받았다. 고사할 이유도, 여유도 없었다. 돈이 없던 우리였지만 양가 부모님의 도움으로 제법 모양새를 갖출 수 있었다. 방 한 칸, 부엌 한 칸에서 벗어날 수 있었다.

혼인신고를 하러 갔다. 신고서를 작성하는데 왠지 모르게 눈물이 났다. 가족이 바뀌었다. 아빠, 엄마, 언니, 나, 남동생이 이제부터는 가족이 아니란다. 남편과 내가 가족이란 사실에 혼란스러웠다. 결혼식 날에도 울지 않았는데 신고서를 작성하면서 비로소 부모님 품에서 떠나왔다는 것이 실감이 났고 눈물이 났다. 이렇게 일찍 떠나지 않을걸. 엄마가 조금만 더 곁에 있다가 가라고 할 때 말 들을걸. 뭐가 급하다고 언니랑 굳이 같은 해에 결혼을 했을까. 기다릴걸. 후회했다.

결혼식 당일 버진로드 위에서 아빠의 떨리는 손이 떠올랐다. 애써 목소리를 가다듬으며 잘 살아야 한다고 하셨다. 가족은 그대로일 거라 여겼기에 '네.' 하고 대답하지 않았다. 앞에서 나를 보며 웃는 선배를 향해 같이 웃기 바빴다.

그런 나를 보며 사회자가 놀리기까지 했다. 부모님께 인사를 올릴 때, 손수건으로 눈가를 연신 닦아내던 엄마가 이해되지 않았다. 폐백 때, 아빠는 온종일 고생한 딸을 위해 친정 친척들을 한데 모아놓고 한 번만 절을 하게 했다. 심지어 활옷이 불편하다며 진행을 빨리하라고 요구했다.

그렇게 하는 것이 고맙기도 했지만, 딸을 위하는 행동이기에 당연하다 여겼다. 결혼식 후 집으로 돌아가는 대절버스 안에서 아빠가 울며 노래하셨다는 이야기를 전해 들었을 땐, 웃으며 주책없다고 핀잔을 줬다. 차례차례 떠오르는 당시의 기억에 가슴이 먹먹해졌다. 결혼 내내 웃으며 좋아하는 철부지 딸을 보며 얼마나 서운하셨을까. 걱정도 이만저만이 아니었을 터다. 집으로 돌아오는 차 안에서 꺼이꺼이 소리 내어 울었다.

반면 남편은 싱글벙글한다. 가장이 되었다며 좋아한다. "이제부터 책임질게, 내 아를 낳아도~." 하며 평소에 하지 않는 시답잖은 농담을 던진다. 불난 집에 부채질하지 말라며 고함을 질렀다. 호적에서 파인 날 위로하라고도 했다. 심상찮은 분위기에 남편이 조심스레 입을 뗐다.

　―수경아, 동거할 때 너에게 많이 미안했어. 그때 혼인신고라도 하고 싶었는데 학생 신분에 차마 이야기를 꺼내지 못했다. 너 발목을 잡는 거 같아서 욕심낼 수 없었어. 졸업 후 고향에도 가지 않고 내 곁에서 적성에도 맞지 않는 일을 하는 너를 보는 동안 항상 미안한 마음이 가득했어. 이제야 비로소 너에게도 떳떳해졌어. 우리 행복하게 살자. 장인어른과 장모님도 그걸 바라실 거야. 자주 찾아뵙자. 친아들보다 더 살가운 아들이 될게.

이전에도 미안하다고 몇 번이나 이야길 한 사람이다. 여전히 그 마음을 갖고 있는 것이 고마웠다. 어깨를 토닥이는 손길이 따뜻했다. 남편의 고백에 더욱 큰 소리로 울었다. 그렇게 긴 사연을 품은 한 장의 종이가 작성됐다.

이보다 완벽할 순 없었다. 하루하루가 더 행복해졌다. 5년의 연애를 했지만, 막상 결혼을 해보니 달랐다. 언제든지 헤어질 수 있는 사람과의 불완전한 만남과는 비할 바가 아니었다. 떳떳하지 못했던 동거와도 달랐다. 아침에 일어나서 출근하는 남편을 배웅하는 걸로 하루를 시작했다. 새벽에 일어나서 식사 준비를 하진 못했다. 부끄럽지만 지금도 그건 못하고 있다. 영원한 숙제로 남겨둘 터이다. 간단하게 선식 한 잔으로 아침을 대신한다.

남편이 출근하면 퇴근할 때까지 그를 기다린다. 커피를 마시고, 청소기를 돌린다. 간단한 손빨래를 하고 TV를 보거나 라디오를 들었다. 오후에는 가까이에 있는 시장을 천천히 걸어서 갔다. 매일 가는 장에서 살 것이 많진 않았다. 둘이서 먹는 밥반찬을 위한 재료들 몇 가지를 구매할 뿐이다. 그렇게 시장을 한 바퀴 둘러본 후 과자 부스러기 하나를 입에 달고 집으로 돌아왔다.

그때부터 저녁식사 준비를 했다. 겨우 밥 안치는 것이 요리의 전부인 시기였다. 전화기를 달고 살았다. 엄마에게 전화해서 콩나물은 어떻게 데치는 것인지 알아봐야 했다.

물에 넣은 콩나물은 몇 분을 기다리면 되는지, 겨우 데친 콩나물을 찬물에 굳이 또 넣어야 하는 이유 등 시시콜콜한 것을 일일이 물었고 기록했다. 두 시간이 넘게 한 손엔 전화기, 다른 손에는 소금통을 들고 고군분투하며 반찬을 만들면 남편이 퇴근해서 왔다.

모든 반찬은 소금으로 간을 했다. 간장과 조선간장을 도저히 구분할 수도 없었고, 짠맛은 소금, 단맛은 설탕, 신맛은 오로지 식초만을 이용했다. 모든 반찬엔 참기름을 넣었다. 엄마는 그러면 안 된다고 했지만, 국에도, 콩나물 무침에도, 자반고등어 구이에도 참기름을 한 숟가락씩 보탰다. 미원과 같은 역할을 톡톡히 해줬다.

늘 상차림은 단출했다. 밥, 엄마가 끓여 준 국, 콩나물 무침, 어묵 볶음, 시장에서 산 반찬이 전부다. 이첩 어쩌다 삼사 첩이 되는 밥상을 남편은 늘 맛있게 먹었다.

상을 물린 후의 시간은 환상적이었다. 남편은 피곤할 텐데도 온종일 혼자 심심했던 나와 놀아줬다. 화투, 카드놀이, 보드게임과 같은 놀이를 하고 늦은 밤에는 아파트 단지와 주변을 산책했다. 손을 꼭 잡고 천천히 걸으며 있었던 일들을 주고받았다. 회사에서 일어났던 일, 점심때 먹었던 음식, 심지어 동료와 나눴던 이야기까지 다 들려줬다.

꼭 그 자리에 함께 있는 듯 착각을 불러일으킬 만큼 세세하게 들려주는 신입사원의 무용담에 흠뻑 빠졌다. 추임새를 넣으며 맞장구라도 치면 더욱 신명 나게 이야기했다. 간혹 익숙하지 않은 업무에 실수했을 때 못되게 군 상사가 있으면 욕을 대신 해주는 것도 잊지 않았다.

아파트 단지 앞을 유유히 흐르는 강에서 들리는 물소리, 나무를 감싸 도는 바람소리를 함께 듣는 것이 좋았다. 내 귓가에 살포시 앉는 남편의 목소리는 이 세상 어느 무엇보다 감미로웠다.

가만히 앉아 있는 것도 좋았다. 소파에서 어깨를 나란히 하고 아무 말 없이 차를 마시면 평안했다. 열기가 식혀져 적당히 따뜻한 차가 입안을 채운다. 공기마저 차와 온도를 같이 하는 듯 온몸이 나른해진다. 잠을 이루기 싫어 애써 무거운 눈꺼풀을 들어 올린다. 시간이 멈추었으면 하는 욕심을 내본다

남편은 약속을 지켰다. 매주 친정에 갔다. 남동생보다 부모님에게 더욱 살갑게 굴었다. 백년손님을 어렵게만 대하던 부모님은 어느새 '성일아.' 하고 불렀다. 맛있는 곳을 찾아가 외식을 하고, 가까운 곳에 다녀오기도 했다.

엄마에게 잡채가 먹고 싶다며 해달라고 조르고 콩나물 무침은 이제 질렸다고 투정부렸다. 아빠와 함께 낚시를 가서 밤을 새우고 오는 일도 빈번했다. 한두 마리 잡아 온 물고기로 회를 떠 초고추장에 찍어 먹으며 바다 위에서 먹은 라면의 기억을 늘어놓았다.

매주 국과 반찬을 싸주는 엄마에게 그는 날름 받으며 이거 때문에 온다고 너스레를 떨었다. 그 모습에 더 챙겨줄 것을 찾는 엄마였다. 돕는다는 핑계로 냉장고를 뒤지는 남편이었다. 얄밉지가 않았다. 애쓰는 신랑에게 고마웠다. 저녁까지 야무지게 먹고, 집으로 돌아올 때면 남편은 늘 엄마에게 예쁜 수경이 줘서 고맙다고 했다.

온전한 내 사람이 생겼다. 나는 남편의 온전한 사람이 되었다. 이 세상을 끝내는 날까지 두 손 놓지 않고 함께 걸어가야 할 내 님 이다. 죽어서도 기억해내야 할 부부이다. 억겁의 시간이 흘러도 만 나야 하는 인연이다. 부디 그러길 소망해본다.

낯선 땅, 거제도

전화기가 울렸다. 남편이었다.

―일찍 들어갈 테니 맛있는 거 사 먹자

평소와 달랐다. 외식을 자주 했지만, 미리 약속을 정하진 않았다. 잠시 '뭐지.' 하는 생각을 했지만, 곧 잊혔다.

그와 함께 간 곳은 레스토랑이었다. 평소에 가던 감자탕집이 아니었다. 집에서도 제법 떨어져 있었다. 산복도로를 타고 한참을 갔다. 범선을 닮은 식당이었다. 나무로 꾸며진 내부를 은은한 조명이 비췄다. 연인으로 보이는 커플이 여럿 있었다.

구석에 자리를 잡았다. 테이블 위에 놓인 작은 도자기 고양이가 활짝 웃고 있었다. 창밖으로 하늘과의 경계가 모호해진 해 질 녘의 바다가 보였다. 가로등의 불빛이 파도에 흔들렸다. 잔잔한 파도소리를 닮은 음악이 실내를 채웠다. 결혼기념일도 생일도 아니었다. 보너스라도 받은 걸까? 문득 이전에 남편이 회사를 그만둘 때의 일이 떠올랐다. 그때도 지금과 비슷한 상황이었다.

젊은이들이 많이 모이는 장소였다. 경쾌한 음악이 스피커에서 흘러나왔다. 가사를 흥얼거리며 시원한 맥주를 들이켰다. 더위가 한순간에 날아갔다. 기분이 좋았다. 할 말이 있는지 미적거리던 남편이 조심스레 입을 뗐다.

─나, 일을 그만두었으면 해.

일순간 모든 것이 정지되었다. 여전히 스피커에선 흥겨운 음악이 흘러나오고 시원한 맥주가 눈앞에 있었다. 하지만 더 이상 슬겁지가 않았다.

남편은 회사를 그만뒀다. 중소기업에 다녔던 남편의 월급은 박봉이었다. 처음으로 받아 온 돈이 113만 몇천 원이다. 노란 봉투에 담겨 왔다. 겉에는 각종 명세가 적혀있었다. 한 달 내내 힘들여 번 돈이다. 잦은 야근과 시간 외 근무도 많이 했는데 노력에 비해 적은 돈이었다. 사무직이었지만 현장에서도 일해야 하는 그의 작업복은 늘 더러웠다. 매일 세탁기를 돌렸지만, 항상 먼지를 가득 묻혀 왔다.

남편은 공무원 공부를 시작했다. 얼마가 걸릴지 모르는 시작이지만 그를 응원했다. 통장의 잔액을 계산하며 직장을 알아볼까 생각했다. 결혼할 때 엄마가 준 돈이 야금야금 줄어들었다. 남편의 월급을 모아두었던 적은 돈은 이미 쓴 지 오래다.

공부는 길지 않았다. 가장의 무게는 그의 어깨를 무겁게 짓눌렀다. 벗어던져 버리지 못한 채 굴복했다. 전 회사에서 월급을 270만 원 줄 테니 다시 오라고 했다. 무려 100% 인상이었다. 6개월 후엔 300만 원 이상을 약속했다. 과장으로 진급도 되었다. 중소기업이

냐? 공무원이냐를 두고 저울질했다. 불투명한 미래보다 현실을 택했다. 결국, 그는 다시 전 회사로 돌아갔다. 새로운 도전은 몇 달 만에 싱겁게 끝났다.

왜 이 년도 더 된 기억이 하필 지금 떠올랐을까? 잡념을 지우려 애썼다. 분위기를 망치기 싫었다. 주문한 피자와 파스타가 나왔다. 크림을 뒤집어쓴 파스타가 눈을 사로잡았지만, 입안에서 겉돌았다. 둘둘 말린 면에 속도 뒤엉켰다. 근 며칠 밤잠을 이루지 못하며 뒤척이던 남편이 떠올랐다. 무슨 말을 하려다가 말던 그에게 답답하다고 했었다.

평소보다 이른 퇴근을 했던 것에 생각이 미치자 더 이상 음식이 넘어가지 않았다. 토핑 된 조각들만 찾아 뒤적거렸다. 접시가 소스로 제 색깔을 잃어갔다.

— (나, 일을 그만두었으면 해.)

아니길 바라던 그 말이었다. 남편이 20대였던 이 년 전과는 달랐다. 서른한 살이다. 인정받고 있다고 여겼다. 공무원 공부에 미련을 버리지 못했나? 아니면 스트레스가 많은 걸까? 갈 길을 찾지 못해 허우적거리던 포크를 내려놓았다.

— (왜?)

이유가 궁금했다.

경력직으로 더 큰 곳에 이력서를 넣어보고 싶다고 했다. 진해에 있는 B중공업과 거제에 있는 A조선을 생각하고 있다는 그의 말에 순간 마음이 놓였다. 물론 합격한다는 보장은 없다. 불합격할 확률이 더 높다는 것도 알았다. 하지만 도전해보고 싶다는 사람에게 하지 말라고 안 된다고 말릴 수 없었다. 이전과 달리 회사를 무모하게 그만두지도 않았다.

기쁜 소식이 날아왔다. B중공업과 A조선 인사팀에서 둘 다 전화가 왔다. 내심 B중공업에 입사하길 원했다. 두 번째 신혼살림을 차릴 곳은 진해이길 원했다. 거제는 시댁이 있는 곳이라 꺼려졌다. 시부모님과 남편은 본가가 위치한 곳을 원했다. 혼자 여러 명을 상대하기에는 힘이 부족했다. 조건 또한 B중공업보다는 A조선이 앞섰기에 답이 정해진 싸움은 길지 않았다. 투덜거림조차 허공으로 흩어졌다.

정리와 준비를 위한 한 달의 말미가 주어졌다. 남편은 다니던 회사에 사정을 알리고 9월을 일주일 앞둔 날에 3년 동안 다니던 회사를 그만뒀다.

남편이 거제로 갔다. 주말부부가 되었다. 혼자 남아 이사 준비를 했다. 짐을 싸고 이삿짐센터를 알아보며 함께할 날을 앞당기려 애썼다. 남편은 본가에서 출퇴근했다. 저렴하면서 깨끗하고 넓은 집은 발품 파는 내내 찾기 힘들었다. 9월 중순, 회사와 가까운 거리에 있는 오래된 아파트를 전세로 계약했다.

18평은 모든 것이 작았다. 욕조도 없는 화장실은 여닫는 문이 변기를 겨우 비껴갔다. 거실과 부엌은 스무 걸음을 채우지 못했다. 꾸역꾸역 밀어 넣은 짐들로 거실은 제 몸집보다 좁아졌다. 작은 아파트를 꽉 메우는 짐들을 다시 정리했다. 필요한 것들을 제외하고 버렸다. 미련이 남는 것들에 아쉬움이 남았지만 과감해지기로 했다.

혼수로 준비했던 것들이 문밖으로 나갔다. 벽면을 장식했던 액자와 조형물이 내쳐졌다. 식탁마저 포기했다. 공간이 생겼다. 버려지는 손때 묻은 물건이 쌓일수록 아까워졌다. 마산에서 살던 아파트 크기만 되어도 모두 갖추고 있을 것들이었다. 그곳은 정이 많이 든 곳이었다. 오랜 시간을 하지는 않았지만, 신접살림을 시작한 곳이기에 특별하다. 익숙한 시장거리와 산책로, 즐거움을 함께했던 친구와 이웃집 아낙네들이 그곳에 있었다.

거제는 시댁이 있는 곳이다. 그리고 아무것도 없다. 모든 것을 새롭게 시작해야 한다. 낯선 곳에서의 첫날을 내내 뒤적거리고 버리며 보냈다.

남편도 거제에서 생활한 시기는 10년이 채 되지 않는다. 초등학교 때 거제로 들어가서 중학교 3학년까지 있었다. 고등학교를 타지로 진학하면서 거제도를 떠났다. 물론 그의 부모님과 다른 형세를은 그곳에서 계속 살았다. 결혼 후 3년 가까이 거제를 드나들었지만 아는 곳이라곤 시댁이 있는 마을뿐이다.

결혼하기 전, 첫인사를 갔을 때다. 고향도 작은 도시라 시골에 거부감은 없었다. 가는 동안 건물이 보이지 않았다. 산과 들을 지나고 또 지났다. 홀로 떨어진 집들이 간혹 보일 뿐이다. 꽤 긴 시간을 이동했는데 다른 자동차가 보이지 않았다. 지나가는 버스조차 없었다.

좁게 이어진 흙길을 따라갔다. 아스팔트는커녕 시멘트로 메워진 길도 아니었다. 흔한 슈퍼마켓 하나 보이지 않는다. 더 이상 갈곳이 있을까 하는 지점에서야 차가 멈추었다. 점점 굳어지는 표정을 감추지 못했다.

소가 있었다. 텔레비전이나 정육점의 유리창에서나 모습을 비추던 그 녀석이 있었다. 외양간에 메여 있는 어미 소와 새끼 소가 먼저 반겼다. 개도 있었다. 짧은 줄에 목이 매여 날 보며 짖었다. 금방이라도 줄을 끊고 달려들 거 같았다. 온전한 시골이었다. 첫인상을 물어봐도 그 후 두 번째 인상을 물어봐도 대답은 늘 한결같다. 시골이다.

다행히 집을 구한 곳은 옥포동이었다. 차로 이동하면 회사와 10분 정도 되는 거리다. 슈퍼마켓과 음식점도 있었다. 번화가 중한 곳이라고 남편이 이야기해줬다. 실망을 감출 수 없었다. 낮은 건물뿐이다. 길에 다니는 사람도 별로 없다. 대형마트보다 시장이 활성화된 곳이다. 버리지 못하면 살 수가 없었다. 친구들, 백화점, 종합병원, 단골 음식점 등등 마음속에서 하나하나 지워나갔다.

지워지고 비워진 자리는 다시 채워진다. 비워둔 채 살아가기에는 허기가 진다. 무언가를 찾아 헤맨다. 사람은 환경의 동물이다. 살아가기 위해 적응해간다. 부지런을 떨기로 했다. 주저앉아 있을 순 없었다. 연습은 없다. 실전이 필요했다. 혼자였다면 절대 머물지 않았을 곳이다. 함께하기에 참을 수 있을 터이다.

다시

시작하기 1

토요일 이른 아침, 남편이 깨웠다. 이불에서 나오기가 싫다. 밤늦게까지 함께 영화를 봤다. 손예진과 조승우가 나오는 〈클래식〉이다. 개봉했을 때 극장에서 봤지만, 다시 보고 싶었다. 30년이 넘는 세월을 한 여자만 사랑하는 남자의 이야기를 그리고 있는 영화는 밤 11시에 시작해서 새벽 한 시가 넘어서야 끝났다.

김광석의 〈너무 아픈 사랑은 사랑이 아니었음을〉이 흘러나온다. 모두가 잠든 늦은 시간이라 거실 창밖으로는 작은 불빛도 없다. 어둠에 잠식된 세상이 김광석의 목소리에 젖어든다. 남편과 이야기를 나눴다. 이런 사랑이 있을까? 싶다. 내가 조승우라면 곁에 있지도 않은 여자를 긴 시간 사랑할 수 있을까? 지옥 같은 삶을 살아내야 하는 그의 아내가 불쌍하진 않았을까? 이기적인 사랑을 아름답게 그린 영화가 주는 의문에 답을 내리지 못한 밤이었다.

이번엔 '바람의 언덕'이다. 남편은 매주 토요일마다 성화다. 앞 주에는 옥녀봉 등산을 했다. 거제 일주를 하고 있다. 구석구석 찾아다닌다. 길치인 나를 데리고 다니며 동네 이름을 알려 준다. 자기도 모르는 곳은 지도를 펼쳐가며 보여준다.

작은 섬인 줄로만 알았던 거제는 전국에서 제주도 다음이란다. 사람의 손이 덜 타 자연의 풍광을 즐길 수 있다며 꼬드긴다. 화려한 쇼윈도의 불빛에 매료된 세속적인 눈은 나뭇잎에 반사되는 햇빛에 찡그릴 뿐이다. 감흥이 들지 않는다. 그렇다고 집에만 있기는 싫다. 떠지지 않는 눈꺼풀을 억지로 밀어 올린다.

며칠 동안 시장을 보기 위해 나간 거 외에는 외출하지 않았다. 지금이 아니면 또 일주일 내내 나갈 일이 없을 터이다. 세수하고 원피스를 입었다. 남편이 웃으며 바지로 갈아입으란다. 치마를 입고 갈 수 있는 곳이 아니란다. 바지에 선글라스와 모자를 챙겨 들고 남편을 따라나섰다. 30분 정도 차를 타고 남부면으로 갔다.

차를 도장포 유람선 선착장에 주차하고 산책로를 따라 언덕으로 올라갔다. 초록 잔디로 뒤덮여 있다. 정말 지명 그대로였다. 바람이 주인 되어 객을 반긴다. 휘몰아치는 접대에 정신을 차릴 수가 없다. 정상 부근에 다다랐을 때 모자가 언덕 밑으로 날아갔다.

그곳엔 몇 명이 있었지만, 모자에 흥미를 보이진 않는다. 완만한 오름길과 달리 가파른 절벽에 모자를 주우러 갈 엄두가 나지 않는다. 눈이 시리게 파란 바다에 하얀 모자가 너울거린다. 자기 땅에 온 새댁을 맞아 준다. 한동안 눈은 모자를 좇는다. 더 이상 형체를 알아볼 수 없다.

바람이 머리카락을 건드린다. 이리저리 정신없이 날리는 머리카락을 정돈하려 애쓰지만 쉽지 않다. 옷이 몸에 달라붙는다. 굴곡이 드러난다. 가리고 싶지만 할 수 없다. 하릴없이 이내 포기한다. 격하게 반겨주는 바람에 온몸을 내맡긴다. 득달같이 달려들어 강하게 스치고 지나가지만, 흔적을 남기진 않는다. 한껏 움츠린 내 모습만 있다. 그대로이다. 무의 바람은 지나가고 또 불어오길 반복한다. 태초부터 섬 구석구석 쓰다듬었던 손길을 내밀어 준다. 현재의 삶에 익숙해지라고 한다. 이제 그만 지난 기억은 놓으라 한다.

남편 손을 잡고 '바람의 언덕' 위를 걸었다. 오랜만에 밟는 잔디가 포근하다. 딱딱한 시멘트를 내딛으며 사는 삶이 익숙했다. 회색의 건물에 갇혀 살았다. 사방에 벽이 없는 너른 공간이 오랜만이다.

선풍기가 만들어 내는 후텁지근한 바람을 당연하게 여겼다. 이토록 날것의 바람을 온몸으로 맞은 적이 얼마 만인지 기억도 나지 않는다. 해방감마저 느껴진다. 언덕 아래 물비늘이 반짝인다. 바람은 바닷물을 흔들어댔다. 다시 돌아와 나를 흔든다.

눈을 감는다. 힘을 빼고 바람이 흔드는 대로 내맡긴다. 잡다한 생각이 씻겨 날아간다. 이대로 살아도 괜찮겠다. 다시 시작할 수 있겠다. 여전히 남편의 손을 맞잡고 있다.

혼자가 아니다. 참아낼 필요조차 없다. 무의 바람이듯이 욕심을 버리면 된다. 사랑하는 사람만 내 곁에 있으면 된다. 망령을 붙잡고 살아가는 조승우의 삶에 답을 내리지 못했던 건 내가 투영되었기 때문일 것이다. 이전의 시간을 놓지 못하고 현재의 삶에 충실하지 못했다. 진행 중인 삶에서 오래된 흔적을 되짚지 말아야 했다.

옅어지는 대로 놔둬야겠다. 남편은 내가 중심을 잃고 넘어질까 봐 손에 힘을 준다. 그의 손을 꼭 붙든다. 30년, 아니 평생을 놓지 말아야겠다.

저녁을 먹기로 했다. 돼지국밥 집에 갔다. 남편이 좋아하는 음식이지만 함께 먹어보진 않았다. 누린내가 싫어서 아예 엄두도 내지 않았다. 도전해보기로 했다.

지세포에 유명한 국밥집이 있다고 해서 일부러 찾아갔다. 아니나 다를까 문을 열자 특유의 냄새가 코를 찔렀다. 남편이 좌식 바닥에 방석을 놓으며 눈치를 힐끗 본다. 담담한 척 앉았다. 돼지국밥을 시킬까? 차라리 순대가 낫지 않을까 순간 고민됐다. 흔들렸지만 돼지국밥을 주문했다. 기본반찬이 세팅되었다. 할머니 한 분이 부엌에서 토렴을 한다. 뜨거운 국물을 부었다 따라내기를 거듭한다. 부추에 깍두기, 고추, 된장과 함께 메인 음식을 기다렸다.

잠시 후, 쟁반 위에 투박한 질그릇이 놓인다. 그 위로 연기가 피어오른다. 그 와중에 '아, 다른 걸 하나 더 시켜야 하나?' 하고 또 고민했다. 마침내 앞에 돼지국밥과 밥이 놓였다. 남편을 따라 부추와 새우젓을 넣었다. 국물 한 숟가락을 떠서 조심스럽게 먹었다.

전쟁 통에 피난 음식으로 먹었던 음식이라 그런지 입안에서도 난리가 났다. 쿰쿰한 군내가 입안을 가득 채웠다. 뱉을 수도 없어 물과 함께 삼켰다. "다른 거 시켜줄까?"라고 물어보는 남편에게 괜찮다고 했다. 깍두기 서너 개와 국물을 넣었다. 시고 짠맛이 군내를 눌러준다. 밥을 말 용기는 없었다. 끝까지 비우고 싶었지만, 반절을 먹는 것으로 만족해야 했다.

음식점 문 옆에 믹스커피와 종이컵, 온수가 따로 준비되어 있었다. 물을 조금만 부어 진하게 두 잔을 탔다. 믹스커피 냄새가 이렇게 향긋한지 새삼 놀랐다. 달달함이 혀를 적셨다. 식도를 마저 지나지 못한 돼지의 살덩이가 녹아내리는 거 같다. 국밥 국물의 느끼함을 씻어준다. 평소에 여유를 부리며 먹던 커피는 순식간에 바닥을 드러냈다. 식후에 믹스커피만 있으면 다음엔 깍두기 국물 없이 돼지국밥을 먹을 수도 있겠단 허세를 남편에게 부렸다. 도전해보지 않아 놓친 것들이 얼마나 많을까? 돼지국밥도 그중 하나였다.

익숙해지기까지는 시간이 걸리겠지만, 커피의 도움으로 이겨낼 수도 있을 거 같다. 떠지지 않는 눈꺼풀을 억지로 밀어 올리고 남편을 따라나선 보람이 있다. 바람을 실컷 맞고 돼지국밥의 냄새도 실컷 맡았다. 흔하디흔한 믹스커피의 소중함도 알게 된 날이다.

—돼지국밥 먹을 만 하드나?

남편이 묻는다.

—응, 먹을 수는 있더라. 근데 믹스커피가 없으면 모르겠다.

웬만하면 먹지 말자고 답했다.

—나는 맛있더라. 다음에도 같이 먹으러 가자.

동상이몽이다.

—…… 응, 알았다.

옥포에도 맛있는 집이 있고, 능포에도 있단다. 자기는 군데군데 다 가봤다며 원하는 취향을 말하란다. 처음 먹어보는 돼지국밥의 취향은 아직까진 없다. 남편 따라 군데군데 다니다 보면 취향이 생기지 않을까. 옷에 배인 누린내가 구수함으로 느낄 날도 있을 것이다. 낯섦의 거제가 설렘으로 다가온다.

다
시

시작
하기 2

퇴근한 남편이 종이 한 장을 내밀었다. 봉사할 사람을 모집한다는 홍보지였다. 자기 팀에서 주관한다며 참여해보라고 한다. 평소에 봉사에 관심이 없다. 그런 건 착한 사람들이 소신으로 하는 거다. 착하지도 않고 더욱이 소신도 없는 내가 할 일이 아니다. 속내를 비치진 않았지만 긴 세월 함께 한 남편은 눈치로 알아채고 부담을 갖지는 말라고 했다.

회사에서 봉사단체를 만든다고 했다. 여러 봉사단체가 있었지만, 회사 이름을 걸고 하는 건 처음이랬다. 지원도 많이 되고 거제 내에서만 활동하기 때문에 기회가 좋다고 한다. 대상이 사우 부인들이라고 귀띔해 준다. 친구를 만들 수 있다고 유혹한다. 자기 팀에서 진행하는 거라 팀 내 사우 부인이 꼭 들어갔으면 싶은데 할 만한 사람이 없다는 말을 굳이 덧붙인다. 부담 갖지 말라고 하고서는 엄청나게 준다. 이건 그냥 가입하란 소리다. 도대체 선택권이 있긴 한 건가 싶다.

고민했다. 맞다! 거제엔 친구가 없다. 친구는커녕 아는 사람도 몇 안 된다. 아파트에서는 이웃집에 사는 이사 사모님이 유일하다.

그마저도 어려워 인사만 한다. 시장의 단골 반찬가게 사장님과 몇 마디 잡담하는 거 외에는 온종일 입을 다물고 산다. 바쁜 이모를 내내 붙들고 있을 순 없다. 장사꾼에게 난 그저 한 명의 손님일 뿐이다. 입에 곰팡이가 낄 정도다. 이직하고 적응하느라 남편은 정신이 없다. 얼굴을 볼 수 있는 시간이 24시간 중 잠들기 전 한두 시간도 안 된다.

또 고민했다. 맞다! 할 일도 없다. 아침에 출근하는 남편을 배웅하면 혼자다. 대충 모자를 둘러쓰고 산책하러 나간다. 아파트 뒤로 산책로가 잘 되어 있다. 여러 사람이 눈에 띈다. 짝을 지어 다니기도 하고 혼자이기도 하다. 무료한 시간을 보내기 위해 하는 거라 느릿느릿 걸음을 뗀다.

괜히 쪼그려 앉아 개미를 쳐다보며 그 아이의 집을 찾아보기도 한다. 새소리라도 들리면 피리 부는 사나이를 따르는 아이처럼 소리를 쫓아간다. 그것도 지겨우면 시장 쪽으로 내려간다. 아침 댓바람부터 문을 연 가게는 없지만, 종종 할머니들이 나물을 캐와 난전에서 팔기도 한다. 해먹을 줄도 모르는 나물이 든 봉지를 손에 들고 집으로 들어간다. 아직도 오전이다. 하루가 지루하다.

구석으로 밀어놓았던 홍보지를 유심히 들여다본다. 남편이 했던 이야기 외에 별다른 말이 적혀 있진 않다. 한번 해볼까 싶은 마음이 든다. 착하고 소신 있는 사람 중에 아는 사람과 할 일이 없는 나 같은 사람 한 명쯤은 있어도 되지 않을까 싶다.

봉사단체에 큰 누를 끼치지 않고, 있는 듯 없는 듯 묻혀 그들이 하는 걸 흉내 내며 착한 척 살아보는 것도 괜찮지 않을까 싶다. 남편의 기를 살려주고 싶은 사심도 크게 작용했다. 고민은 끝났다. 남편에게 전화해서 봉사단체에 들겠다고 전했다.

연락이 왔다. 금요일에 회사 정문 주위에 있는 열정관으로 오란다. 지금이라도 무르고 싶었다. 첫 모임에 가는 동안에도 택시를 집으로 돌리고 싶었다. 정문 앞에 내려 한참을 망설였다. 저 안으로 들어가면 이제 되돌리지 못하기에 '어떻게 하지. 어떻게 하지.'만 되뇌었다. 들어가지도 돌아가지도 않고 서성거리는 날 향해 정문을 지키는 경비가 다가왔다.

—무슨 일로 오셨습니까?

수상하게 여긴 것이 틀림없다.

—오늘 봉사단체 창단식을 한다고 해서 왔는데요.

얼떨결에 말했다. 열정관 안까지 경비의 친절한 안내를 받았다. 봉사를 하려는 순진하고 착한 새댁이라 여겼으리라.

100명의 사람이 모였다. 기껏 이삼십 명 있을 거라 여겼는데 놀라웠다. '봉사'하기 위해 모인 사람들이다. 잘못 온 거 같아 어깨가 움츠러들었다. 어울리지 않는 곳에 초대받은 이방인이 된 거 같았다. 남편이 저 멀리 보였다. 기분이 나아졌다. 아는 체하고 싶었지만, 다른 이들의 눈에 띄고 싶진 않았다. 구석에 자리를 잡았다.

여러 가지 행사가 진행되었다. 긴 인사말이 지나간 후, 회장을 뽑는다고 했다. 몇 사람이 추천되었다. 쟁쟁한 봉사 경력을 가진 사람 중 비교적 나이가 젊은 C가 당선되었다. 인원이 워낙 많다 보니 조를 나누어 활동하기로 했다. 비슷한 위치에 앉아 있었던 이유로 C와 같은 조가 되었다. 10명의 조원이 맨 처음 한 일은 단체의 이름을 짓는 것이었다. 여러 이름이 나왔다.

모두가 내놓기에 머리에 스친 '희망'이라는 이름을 냈다. '봉사를 한다는 것은 타인에게 희망을 주는 것이다. 이런 행위로 결국 스스로도 희망을 찾을 수 있다. 우리네 삶에 희망이 없으면 살아갈 수 없다. 세상의 끝에 서 있을지라도 희망을 놓지 않으면 그 사람은 다시 시작할 수 있다. 우리의 손길이 있어야 하는 사람들에게 이 이름이 힘이 되었으면 한다. 그리고 나에게도 그럴 것이라 믿는다.' 하고 제법 거창한 작명의 이유를 댔다.

봉사에 대한 사명감으로 뭉친 분위기에 휩쓸려 낸 이름이다. 조에서 의도치 않게 희망이 선택됐다. '아차' 싶었지만 '설마' 했다. 10개의 조에서 10개의 이름이 나왔다. 즉석에서 거수로 투표했는데 '희망'으로 결정되었다.

'아, 왜?' 순간 황당했다. 봉사의 '봉' 자도 모르는 내가 장황한 이유를 붙여 만든 조악한 이름이었다. 그런 이름이 단체를 대표하는 건 안 된다는 양심의 가책이 느껴졌다. 부끄러웠다.

작명 값은 대단했다. 손사래를 열심히 쳤지만 결국 99명의 앞에 나가 작명의 이유를 다시 설명했다. 굳이 마이크를 들이대는 낯익은 손이 미웠다. 사람들에게 박수경이라고 소개하는 남편을 째려보고 싶었다. 모르는 사람인 척 행동하며 속으로 얼마나 웃고 있을까 하는 생각에 이르자 약이 올라 단상을 박차고 뛰쳐나가고 싶기만 했다. 아무것도 모르는 99명이 손뼉을 치며 환호한다. 뜻하지 않게 그들의 뇌리에 박혀버렸다.

칭찬 일색이다. 젊은 새댁이 이런 모임에 참여하다니 참 착하다는 말부터 봉사에 대한 신념이 있다느니…… 나와는 무관한 말들이 쏟아진다. '이 난관을 어떻게 뚫고 나가지?' 앞이 막막할 뿐이다.

별다른 고민 없이 떠오르는 대로 지었을 뿐이라고 말하고 싶었다. '아, 괜히 왔구나.' 하는 생각만 머리에 가득했다. 홍보지를 가져다 준 남편을 원망했다. '왜 하필 기업문화팀이야?' 외치고 싶었다.

행사가 끝나고 헤어질 때, 전화번호를 주고받았다. 교환하고 싶지 않지만, 어차피 다 알 터이다. 하릴없이 전화번호를 불렀다. 받아 적는 C의 미소가 유독 의미심장하게 느껴졌다.

휴대전화가 울렸다. C였다. 삼 일 후 목요일에 첫 활동이 있는데 같이 갈 수 있느냐고 물었다. 청소봉사라 말해준다. 순간 '집 청소도 안 하는데.' 하고 말할 뻔했다. 얼른 갈 수 있다고 이야기했다. 세상에서 싫어하는 것 중의 하나가 청소다. 끊임없이 쓸고 닦아도 표시가 나지 않는다. 그렇다고 안 하면 금방 더러워진다. 실컷 정리해도 손길 한 번이면 흐트러진다. 식구 둘이 사는데도 이런데 다른 곳은 더하겠지. 괜히 따라간다고 한 건 아닐까 괜스레 짜증이 올라온다.

문자가 울린다. 확인하니 청소 봉사 공지였다. 장소가 옥포 매립지다. 이제 보니 통화할 때 장소도 물어보지 않았다. '에이, 뭐야? 공지 띄울 거면서 전화는 왜 한 거야?' 믿음직하지 못한 조원, 미꾸라지처럼 빠져나가기 전에 미리 선수 치는 건가 싶다.

목요일이 되었다. 화장을 옅게 하고 운동복을 입었다. 옷에 맞는 검은 색 모자도 썼다. 거울에 비친 모습이 그럴듯해 보인다. 봉사라곤 모르는 초보처럼 보이진 않았다. 평소엔 즐겨 신지 않는 운동화를 꺼냈다. 다시 한 번 현관문 옆에 있는 거울을 보고 옷매무새를 정리했다.

약속 장소에 나가니 예닐곱 명밖에 없었다. 오늘은 단체로 움직이지 않고 조원끼리만 한단다. 대부분 4, 50대이다. 단출한 옷차림이다. 슬리퍼에 몸뻬를 입고 온 사람도 있다. 서른도 안 된 내가 끼일 자리가 아닌 것만 같다. 좁은 지역에서 긴 세월을 사셨던 분들이라 벌써 삼삼오오 짝이 지어졌다. 우두커니 그들로부터 두세 걸음 떨어져 서 있으니 C가 와서 손을 잡아끈다. 간단하게 통성명을 한 후 예정된 장소로 향했다.

차를 탔다. 한 시간 정도 달린 후 멈춘 곳은 남부면이란다. 마을로 들어가지 않고 바닷가로 갔다. 홀로 떨어져 있는 집 앞에 도착했다. 연세가 많으신 할머니 혼자 사신단다.

마루에 올라섰을 때, 곰팡이와 오물이 뒤섞인 냄새가 났다. 할머니가 빠져나간 자리는 처참했다. 바닥에 깔린 두꺼운 요를 들어내니 바퀴벌레를 비롯해 각종 벌레가 나왔다. 먼지가 덩어리져 있고, 곳곳에 쓰레기가 방치되어 있다.

방 한편에는 음식을 먹고 치우지 않은 그릇에 곰팡이가 앉아 있다. 슬리퍼도 없이 양말만 신고 있었는데 그 위로 벌레가 기어오를 거 같아 얼른 나가고만 싶었다.

부엌과 화장실에서 "오메, 어떡해?" 하는 소리가 흘러나왔다. 그곳은 들어갈 엄두가 나지 않았다. 마스크와 고무장갑을 끼고 청소를 시작했다. 계속 쓸어도 먼지가 나왔다. 굳은 먼지가 방바닥에 들러붙어 떨어지지가 않았다. 걸레는 몇 번 닦지도 않았는데 금방 더러워졌다. 전에 쓰던 이불을 버리고 가져간 새 이불을 바닥에 깔았다. 낡고 고장 난 물건 사이에 곱디고운 꽃무늬 이불이 어울리지 않았다.

방을 청소하며 다행이라 여겼다. 화장실을 청소하는 이모는 토했다. 일곱 명이 세 시간 가까이 치웠다. 할머니가 다시 돌아왔다. 이가 다 빠지고 허리가 구부정한 할머니는 연신 고맙다고 했다. 할머니는 당신이 살아온 이야기를 꺼냈다.

> —열여섯에 시집이라고 왔는데 알고 보니 첩인 기라. 본처가 아이를 낳지 못하자 첩을 들인 거여. 나도 자식을 낳지 못했어. 영감이 고자인 게지. 날 미워하던 본처가 날 쫓아냈어. 나가 잘못한 기 없는데 열여덟에 쫓겨났어. 먹고 살 일이 막막해 안 해본 일이 없어. 결국, 성치 않은 몸뚱어리만 남았어.

담담하게 남의 이야기를 하듯 읊조린다.

미안했다. 할머니의 인사를 받을 자격이 없었다. 청소하는 내내 계속 도망치고 싶었다. 병이라도 걸리지 않을까 걱정스러웠다. 그나마 깨끗한 곳을 할 수 있어 얼마나 안도했는지 모른다. 게으른 노인네라 속으로 빈정대기까지 했다. 얼굴을 들 수가 없었다. 부끄러웠다. '희망'에 있을 자격이 없다고 자책했다. 살아보지 못한 타인의 삶을 멋대로 평가하고 비난한 자신이 미웠다.

집으로 돌아오는 길에 조원들과 함께 목욕탕에 갔다. 민망한 거보다 씻고 싶었다. 샤워를 얼른 끝내고 탈의실에 앉아 있었다. 뒤따라 나온 C가 옆으로 왔다.

> —수경 씨, 계속할 수 있겠어요?
> —…….
> —젊은 사람이 하기에는 쉽지 않은 일이긴 해요.
> —…….

열흘쯤 후에 문자가 왔다. 봉사 활동 안내 문자였다. 이번엔 목욕 봉사다. 망설이지 않고, 함께 하겠다고 답을 보냈다. 알고만 싶은 세상에 갇혀 있었다. 분명 모르지 않았다. 두려워 밖으로 나갈 생각을 못했다. 한 번의 강렬한 경험이 자신이 쌓아올린 벽에 실금을 냈다. 한 시간쯤 후에 C에게서 전화가 왔다.

─화장하지 말고 와요. 노인 요양 시설에 가는 거라 목욕탕에서 몇 시간 있을 거예요. 수건 챙기고요. 당일에 봐요.

C와 함께 거제 곳곳을 다녔다. 남편과 다니는 곳과는 달랐다. 아름답고 평화로운 거제의 숨겨진 민낯을 보았다. '희망'이 왜 채택되었는지 조금은 알 거 같았다. 설레기만 했던 거제가 더욱 현실적으로 다가왔다. 비로소 '삶의 현장' 한가운데에 들어섰다. 다시 시작하는 곳이 이곳이어서 참 다행이다.

02

임　신　,
불　행　한
순　　간

아이
를

가져야
한다는
압박

주말이 되었다. 시댁에 가기로 했다. 시골엔 일손이 많이 필요하다. 가족들이 먹을 쌀이며, 채소, 과일 등을 키운다. 나락을 베어야 한다며 며칠 내내 전화가 왔다. 콤바인이 있지만, 기계가 들어갈 수 없는 좁은 지역엔 사람 손이 필요하다. 한 번도 해보지 않은 일이지만, 안 하겠다고 할 수 없었다.

낫을 들고 논에 들어갔다. 밀짚모자를 쓰고 목에 수건을 감았다. '스물여덟은 논바닥에서는 선탠을 하지 않는다.' 하는 일념으로 무장을 했다. 난생처음 잡는 낫으로 나락을 베려 하니 헛손질이 대부분이다. 왼손으로 나락을 잡고 오른손으로 베라고 하는데 도저히 잘되지가 않는다.

차라리 뽑는 게 더 쉽다. 일의 진전이 없다. 햇볕이 강하게 내리쬔다. 연신 땀을 닦아내지만, 또다시 머리카락을 타고 흘러내린다. 쓰고 있던 밀짚모자로 부채질했더니 질끈 묶었던 머리는 어느새 산발이 되었다.

땀으로 젖어 후줄근해진 옷에 봉두난발이다. 꽃이라도 꽂으면 광녀로 딱 오해받기에 십상이다.

누가 '봄볕은 며느리에게 쬐이고, 가을볕은 딸에게 쬐인다.'라고 했는지 모르겠지만 요즘 며느리들은 봄볕도 가을볕도 싫어한다고 혼자 구시렁거리고 있을 때다. 시어머니가 남편은 내일 출근을 해야 하니 집으로 가란다. 이게 무슨 말인가? 남편에게 협박 반, 도움 반의 눈빛을 보냈다. 다행히 통했다. 얼른 끝내고 같이 집으로 간다고 한다. 봄볕, 가을볕 타령을 할 때가 아니다. 빨리 마쳐야 한다는 생각에 낫을 든 손의 움직임이 빨라졌다.

―너는 이런 것도 제대로 하지 못하나?

시아버지가 타박을 한다.

―처음 해보는 거라 그래요. 쉽지 않네요. 엎드려서 하니 허리도 아프고 팔도 아파요.

'이제 그만하고 집에 가고 싶어요.'라는 말을 속으로 꿀꺽 삼켰다.

―농사를 잘 지어야 어른들이 좋아한다. 너희 자식 농사는 우얄 끼고? 언제 아들 낳을 끼고?

또 시작됐다. 어디 학원이라도 다니시나? 기승전, 아들로 끝난다.

―……

여자가 결혼했으면 아들을 낳아 대를 이어주는 것이 의무다. 특히나 맏며느리라면 그 책임은 더욱 더 막중하다. 시아버지의 말씀이 길어진다.

— (타잔이 10원짜리 팬티를 입고, 20원짜리 칼을 차고 노래를 한다. 아아아. 타잔이 20원짜리 팬티를 입고 30원짜리 칼을 차고 노래를 한다. 아아아.)

말대꾸하며 화를 낼 거 같다. 참아야 한다. 속으로 노래를 부른다. 더 길어진다. 이젠 잔소리로 들려온다. 가사를 바꾼다.

— (시부가 10원짜리 모자를 쓰고, 20원짜리 낫을 들고 잔소리한다. 아아아. 시부가 20원짜리 모자를 쓰고 30원짜리 낫을 들고 잔소리한다. 아아아.)

— 알아들었나?

멍해지는 며느리의 모습을 발견한 시아버지는 큰 소리로 채근한다.

— 네? 아, 네.

들켰다.

— 쯧쯧….

잔소리 1탄이 끝났다. 2탄이 시작되기 전에 집에 가야 할 텐데…. 얼마나 남았나 하고 고개를 들고 논을 훑어본다. 나락이 황금 물결치며 약을 올린다.

저녁 식사를 하기 위해 식탁에 앉자 또 시작됐다. 이번엔 시어머니다.

—너희랑 같은 해에 결혼했던 육촌 있잖아. 왜? 시집오는 여자가 손가락이 굵어 제대로 숟가락도 못 잡았잖아. 결혼하고 인사하러 왔을 때 너도 같이 봤잖아. 작년 설 때도 보고. 세상에! 사람 노릇이나 제대로 하겠나 하고 걱정했는데 아들을 쑥 낳았다. 아고, 이제 그 집은 걱정이 없겠다.

친척 중에 또 누가 아들을 낳았단다. 도대체 친척이 모두 몇 명일까? 동네 사람들 아들 며느리도 아들을 잘도 낳는다. 참 쉽게도 낳는다.

—누군지 기억은 잘 안 나지만 잘됐네요.

심드렁하게 대꾸했다.

—너희는 언제 아들 낳을 거고? 혹시 피임하나?

역시 또 아들타령이다. 신명 나는 까투리타령도 자주 부르면 질리는 게 당연한 이친데, 그놈의 아들타령은 질리지도 않는지 볼 때마다 한다. 밥이 넘어가지 않는다. 목에 턱 걸린다. 숟가락을 쥔 손에 힘이 들어간다. '탁' 소리 내어 놓고 싶지만 한 번 더 참는다. 제발 2절에서 끝나라 주문을 왼다. 남편이 밥을 먹다 일어선다. 몇 숟가락 먹지 않았다. 늦었으니 집으로 가자고 한다. 엉덩이가 들썩거리지만 지금 나가면 안 된다는 것을 안다. 분위기가 급속도로 냉랭해진다.

　　―자기야, 마저 밥 먹고 커피 한 잔 먹고 가자. 커피가 당기네.

　　'바보야, 바보야, 좀 앉아라. 방법이 틀렸잖아.' 소리 없는 아우성이다.

　　―피곤하다, 집에 가자. 이만 저희 가보겠습니다.

　　다시 한 번 힘주어 말하는 남편이다. 시어머니가 날 쳐다본다. 며느리의 눈치는 보지 않지만, 장남은 쉽지 않은 모양이다. 그러게, 왜 밥 먹을 때 그러시냐고 이야기하고 싶지만 '참을 인이 세 개면 살인도 면한다.'라고 했다.

　　―여보, 나 밥 다 안 먹었어. 난 먹고 갈 테니 자기 먼저 가라.

　　마지막 경고를 날렸다. 남편은 도로 앉아 숟가락을 다시 집어든다. 집으로 오는 차 안에서는 둘 다 말이 없다. 집으로 간다는 인사를 하는 순간에도 시어머니는 "다음엔 좋은 소식 가져와."라고 말씀하신다. 숨이 턱 막혔다. 무응답으로 답을 대신했다. 얼른 차에 올랐다. 배웅을 받으며 차가 도로에 진입한다. 사이드미러로 보이는 시어머니의 모습에 눈을 감았다.

안절부절못하는 남편이 느껴진다. 괜히 헛기침한다. 손가락으로 어깨를 툭툭 친다. 못 먹고 나온 커피를 먹으러 가잔다. 두통이 심해서 다음에 가자고 했다. 소화제가 필요하다. 평소엔 커피가 소화제 역할도 하지만 오늘은 먹고 싶지 않다. 처음 해보는 낮질보다 매번 듣는 잔소리에 힘이 빠진다. 몸이 힘든 건 하룻밤 푹 자는 것이 약이다. 하지만 몇 시간 동안 끊임없이 들은 아들타령은 정신을 지치게 한다. 남편에게 화가 났다. 분노의 대상이 그가 아닌 걸 알면서도 쏟아낼 통로가 필요했다. 부모님의 아들타령을 막지 못한 그가 밉기도 했다.

—아버님, 정말…….

한숨 외에 이어갈 수가 없다. 이미 주눅에 패한 눈이다. 똑바로 눈을 마주하며 화풀이할 수 없게 만든다. 집에 가는 길에 커피를 먹자는 그의 속내를 짐작하기에 몰아붙일 수도 없다. 입을 닫는다. 최선은 아니지만, 일부러 최악을 만들 필요는 없기에. 차창을 열어 바람을 맞는다. 여전히 머리는 지끈거린다.

결혼한 지 햇수로 3년째다. 임신에 대한 스트레스가 크다. 작년 말까지는 그래도 견딜만했다. 올해 초에 가장 힘들었다. 시아버지는 아예 내 얼굴을 보지 않았다. 가뜩이나 탐탁지 않게 여겼던 맏며느리였다. 첫 만남에서부터 어그러졌다.

남편과 결혼해야겠다고 마음먹었다. 그의 집에 인사를 하러 가기로 한 날이었다. 화사한 베이지색 치마 정장을 입었다. 나름 조신하게 화장을 했다. 그런 모습을 지켜보던 엄마가 '너답지 않다.'라고 했다. 립스틱만 평소에 쓰던 레드로 고쳐 발랐다.

그의 부모님께 드릴 선물을 샀다. 좋아하는 꽃 한 다발과 무난한 과일 바구니를 샀다. 짧고 어색한 만남이었다. 며칠 뒤에 전화가 왔다. 그의 아버지였다. 다음에 시골에 올 때는 진한 화장과 눈에 띄는 옷차림은 삼가라 했다. '나'를 지우라 했다.

부모님은 이 이야기를 듣고 결혼을 걱정했다. 남편이 마냥 좋았고 철없던 스물여섯은 이해할 수 없었다. 결혼은 그와 하는 것이지, 그의 부모는 상관없다 여겼다.

그 후로도 계속 부딪혔다. 사소한 꾸밈비부터 예물까지 쉽게 가는 것이 없었다. 엄마의 한숨과 눈물은 계속되었다. 같은 해에 결혼한 언니에 비해 모든 것이 초라했다. 딸 가진 죄인이란 말로 엄마는 감내했고, 난 사랑으로 결혼했다.

새댁이 되어 맞이하는 첫 설이었다. 식을 올린 지 고작 몇 날 지나지 않았다. 시어머니에게 전화해서 언제 내려가면 되는지 물어봤다. 설 전날 일찍 오라 했다. '일찍'이란 말이 걸렸다. 새벽에 일어나 갈 자신이 없었다. 설 전전날 남편이 퇴근하자마자 출발했다.

도착하니 8시 즈음이었다. 예상치 못한 상황이 발생했다. 어머님이 정해준 것보다 하루 먼저 왔으니 칭찬을 기대했는데 시아버지 앞에 무릎을 꿇고 잘못했다 빌어야만 했다.

늦게 왔다는 이유에서다. '시어머니가 내일 오라고 했다.' 말했지만 그래도 알아서 더 일찍 오지 않았다고 야단이었다. 시어머니에게로 향하는 화살에 무릎을 꿇었다. 여자로서 연민을 느꼈다.

그냥 맏며느리가 싫었던 거다. 아들에게 어울리지 않는다고 여긴 거다. 자식을 독립시키지 못하고 손에 쥐고 흔들려 하신 거다. 솔직히 말하면 고분고분한 며느리가 아니었다. 친정과 너무 다른 분위기에 적응하지 못했다.

부당하다 여겼다. 투쟁까진 아니지만 이해가 안 되면 목소리를 높였다. 본인이 원하던 며느리상이 아닌데다 더욱이 자식도 낳지 못하고 있으니 미움은 증오로까지 커졌을 테다. 작년 말, 자식을 낳지 않을 거면 이혼을 하라 했다.

남편이 변하기 시작했다. 기센 아버지와 만만치 않은 아내 사이에서 이러지도 저러지도 못하던 남편이었다. 자신의 아버지가 뱉은 이혼이란 소리에 참았던 화가 터졌다.

아들 넷 중 하나 없다 생각하고 사시라 하곤 발길을 딱 끊었다. 마음이 편치 않았다. 매일같이 시어머니에게 전화가 왔다. 한숨으로 시작한 통화는 눈물로 끝났다. 몇 달을 혼자 시댁을 다녔다. 나마저도 안 갈 수는 없는 터였다. 시어머니가 가여웠고 남편에게 미안했다. 이혼할까도 싶었지만, 여전히 그가 좋았다. 이대로 끝내기엔 억울했다.

남편의 화를 이해하지 못하는 것은 아니었지만 이건 나를 위한 행동은 아니었다. 자신의 감정에 충실할 뿐이었다. 그를 설득했다. 정말 이혼할 거 아니면 멈추라고 했다. 그 일이 있고 4개월 후 남편과 함께 시댁에 갔다. 그렇게 일단락되는 줄 알았다.

시아버지의 이혼이야기는 쏙 들어갔다. 손자이야기도 열 번 말했다면 일고여덟 번으로 줄어들었다. 나를 사채업자 피하듯 하던 행동도 멈추었다. 갑자기 전화해선 폭발하지도 않았다. 하지만 여전히 맏며느리로 인정하진 않으셨다. 난 언제든 안 볼 수 있는 사람이었다. 시아버지의 사랑을 받고 싶은 마음은 없었지만, 동서와의 차별은 견디기 힘들었다.

장남이 첫 손자를 낳길 바라셨을 테다. 둘째 며느리가 임신하기 전에 첫째 며느리가 아들을 낳아 주길 원하셨을 테지. 좁은 시골에서 남 이야기 쉽게 하는 사람들이 얼마나 이런저런 이야기를 많이 했을까 싶다.

친척들의 물음에 대답이 궁하셨을 테다. 다른 이의 돌잔치를 다녀와 술로도 달래지 못하는 서운함이 어찌 없었겠는가. 시아버지의 마음도 이해가 되지 않는 건 아니다.

누구보다 아이가 갖고 싶었다. 같은 해에 결혼한 언니가 허니문 베이비로 이듬해 봄, 딸을 낳았다. 장사하는 친정엄마를 대신해 산후조리를 도와줬다. 성인 남자 팔뚝 크기밖에 안 되는 조카는 여태까지 봐왔던 아이들과는 다르게 다가왔다.

평소에 아이를 예뻐하지 않았는데 핏줄이 당겨서일까? 하루 대부분을 잠자고 먹고 싸기만 했지만, 마냥 예뻤고 심지어 경이롭기까지 했다. 2세 계획을 급하게 세웠다. 우리의 아이를 갖고 싶었나. 딸, 아들 욕심부리지 않고 두 명을 낳자고 결심했다. 피임을 중단하고 평소에 즐기던 술도 입에 대지 않았다.

우리 부부에게 아이는 오지 않았다. 다른 부부들은 쉽게 임신과 출산을 했다. 결혼하면 당연한 순서로까지 보였다. 모든 것에는 예외가 존재하지만 그게 우리일 줄은 꿈에도 몰랐다. 삼신할미는 공평하지 않았다.

자궁내막증

"**자궁내막증이** 의심됩니다." 의사에게서 나온 병명은 생소했다. 자궁 안에 있어야 할 자궁 내막 조직이 자궁 밖의 복강 내에서 존재하는 병이라고 했다.

결혼한 지 2년이 다 돼가는데 임신이 되지 않았다. 피임하지 않은지도 일 년이 넘었다. 산부인과 예약을 했다. 혹시나 하는 불안감에 산전검사를 받기로 했다. 병원에서 지정해주는 날에 남편과 함께 갔다. 굳이 남편을 대동하지 않아도 되지만 혼자 가기는 싫었다. 여러 가지 검사를 했다. 초음파 검사를 한 의사가 복강경 수술이 필요하다고 했다. 수술 외에 다른 방법이 없느냐고 물었다. 의사는 고개를 좌우로 흔들며 임신을 위해서는 불가피하다고 한다.

평소 생리주기가 다른 사람에 비해 짧았다. 생리통이 심했다. 한약과 진통제를 달고 살았다. 엄마도 결혼 전에는 생리통이 심했는데 아이를 낳고 나니 괜찮아졌다고 늘 말했다. 엄마를 닮아서 그러려니 했다. 그런데 짧은 주기와 심한 생리통이 자궁내막증의 증상이라고 한다. 임신을 계획하고 있다면 나이가 젊을 때 수술을 하라고 했다. 불임은 아니지만 난임의 큰 원인이라고 했다. 수술만 하면 임신이 되냐고 물었다. 수술 후 6개월 안에 자연 임신이 될 확률이 높아진다는 이야기를 해줬다.

병원에서 집으로 돌아오는 차 안에서 수술을 결정했다. 미룰 필요가 없었다. 생명에 무관하고 확신할 순 없지만, 경증에 속한다고 했다. 한 시간 이내로 끝난다고도 했다. 개복하지 않고 아랫배에 1~2센티미터의 작은 구멍을 내어 진행한다고 한다. 얼핏 간단해 보이기까지 했다. 전신마취를 한다는 것이 걸리긴 했지만, 수술 중에 필요한 과정이라 치부했다.

자궁내막증에 대한 자료를 일절 찾아보지 않았다. 생각하는 것과 다르면 수술을 번복할 거 같았기 때문이다. 부모님에게도 알리지 않았다. 괜한 걱정을 끼치긴 싫었다. 맹장수술 같은 거라고 여기려 애썼다. 자궁내막증이 심하면 모를까? 가볍다고 하니 미리 걱정하지 말자고 다짐했다.

수술 예정일이 하루하루 다가왔다. 평소와 같이 생활했다. 다만 면역력이 떨어지면 안 되니까 감기에 걸리지 않으려 조심했다. 수술 전에 몸을 보한다는 명목으로 외식을 자주 했다. 꽃등심과 삼겹살 구이, 보쌈 등을 몸무게 걱정 없이 포식했다. 수술 예정일 전날에 입원했다. 금식을 시작하자 내일이 수술이라는 것이 실감 났다. 남편과 함께 좁은 침대에 누워 있는데 엄마가 보고 싶었다. 마취에서 깨어나지 못할 수도 있단 생각에 공포가 밀려왔다. 그 밤에 엄마가 올 수는 없었다. 남편에게 엄마가 보고 싶다고 말했다.

늦은 시간에 의사선생님과 간호사가 병실에 들어왔다. 수술동의서를 썼다. 동의서에는 '사망'이라는 문구가 있었다. 눈을 뗄 수가 없었다. 상황에 따라 난소를 절제할 수 있다고 했다. 수술로 인한 모든 부작용과 가능성을 얘기해 주는 것 같았다.

밤새워 뒤척였다. 예상과 다르다. 너무 쉽게 생각했다. 알아볼걸. 경솔했다. 때늦은 후회는 밤을 길게 만들었다. 더디게 오길 바랐던 아침이 왔다. 간단한 수술이라 들었지만 죽을 수도 있다는 망상에 눈물만 났다.

수술실에 들어가기 전에 엄마와 통화라도 하고 싶었다. 병실 문이 열렸다. 간호사가 들어왔나 싶어 보니 엄마였다. 남편이 새벽에 친정에 전화한 것이다. 엄마가 새벽 첫차를 타고 올라왔다. 아빠는 섬에 가 있어서 올 수 없었다고 했다. 잠시 후 언니도 왔다. 울산에서 형부와 함께 갓난애를 데리고 와주었다. 엄마는 나를 보자마자 울었다. 몹쓸 병을 물려주었다고 자신을 원망했다. '괜찮다고, 엄마 탓이 아니다.'라고 말하고 싶었는데 눈물만 나왔다. 한참을 울었다.

수술실로 가야 할 시간이 되었다. 침대에 누워 수술실이 있는 3층으로 엘리베이터를 타고 올라갔다. 심장이 터질 것 같았다. 수술실에 홀로 들어갔다. 보호자는 들어올 수 없다고 한다. 남편을, 엄마를, 언니를, 형부를, 갓난애를 두고 홀로 들어갔다. 몸이 심하게 떨렸다. 이가 딱딱 부딪혔다. 등 뒤로 느껴지는 침대의 서늘함에 몸서리가 쳐졌다. 수술실을 박차고 나가고 싶었다. 간호사에게 손을 잡아 달라 부탁했다. 난생처음 보는 그녀의 손에서 전해지는 온기에 위로를 받았다.

하지만 여전히 몸의 떨림이 멈추지 않았다. 힘들어하는 날 보던 다른 간호사가 마취과 선생님을 호출했다. 너무 힘들어해서 마취를 일찍 한다고 했다. 입에 산소마스크가 씌워졌고 주삿바늘이 꽂혔다. 10부터 거꾸로 숫자를 헤아리라고 한다. 갑자기 편안해졌다. 근심·걱정이 잊혔다.

—혹시 이거 마약 성분인가요?

엉뚱한 말이 나왔다. 그 후 기억이 없다. 10이란 숫자는 입에서 나오지 못했다. 눈을 떴다. 살았다는 안도감이 들었다. 앞에 여러 사람이 서 있었다. 초점이 흐릿해 누가 누군지 분간되지 않았다. 목소리가 들리지만 윙윙거렸다. 누군가가 대답을 종용했다. 귀찮았다. 간신히 뭔지도 모르는 질문에 '네.' 하고 대답했다. 누군가가 반복적으로 '환자분, 잠들면 안 됩니다.'라고 했다. 좌우로 흔들며 깨웠다.

그리고 뭐라고 이야길 했는데 정확한 기억이 없다. 자다가 깨기를 수없이 반복했다. 정신을 차린 건 그로부터 한참이 지난 후였다. 시계는 4시를 향해 가고 있었다. 물이 머고 싶었다. 아직 물을 먹으면 안 되니 참으라고 한다. 그 말이 왜 그렇게도 서러운지 소리 없는 눈물이 또 나왔다. 보다 못한 엄마가 거즈에 물을 적셔 입에 대주었다. 입술만 적시라 했지만 빨아 먹었다. 어지러웠다. 온몸이 두들겨 맞은 듯 아팠다. 생각보다 수술 시간이 길어졌다고 했다. 한 시간을 예상한 시간이 3시간 하고도 30분을 더했다. 진통제가 들어갔다고 하는데 아팠다. 모두가 있는 앞에서 아프다고 내색하기 싫었지만 절로 '아야.' 하는 소리가 나왔다. 계속 춥다고 반복했다. 덕분에 몸 위로는 이불이 겹겹이 쌓여 갔다.

엄마는 계속 울기만 했다. 그 옆으로 눈이 퉁퉁 부은 남편이 보였다. 목이 다 쉰 채로 '괜찮다, 괜찮다.' 말해주었다. 언니는 갓난애 때문에 오래 있을 수가 없어 깨어나는 걸 보고 울산으로 갔다고 한다. 언니가 떠나간 빈자리는 남동생이 채웠다. 연락을 받자마자 서울에서 내려왔다고 했다. 평소에 무뚝뚝하던 동생이 내 손을 잡고 있었다. 커다란 두 손으로 감싸고 있었다.

나중에 엄마에게 들었다. 한 시간을 예상하고 수술실에 들어갔는데 한 시간 삼십 분이 지나고 두 시간이 지나도 나오지 않자 남편은 그때부터 어린애처럼 소리 내어 울었다고 한다. 이렇게 힘든 수술인지 알았다면 못 받게 할걸. 미안하다고 하며 통곡했다고 한다. 상의 한 마디 없이 멋대로 수술을 결정한 철없는 둘째 사위를 원망하던 엄마가 나중에 남편을 달랬다고 한다.

수술하고 일주일 뒤에 퇴원했다. 원래는 수술하고 삼 일 후에 퇴원 예정이었는데 미뤄졌다. 의사 말을 빌리면 생각보다 유착이 심했다고 했다. 한 개의 구멍을 예상했는데 네 개를 뚫었다고 했다. 수술실에서 실수가 발생한 건 아닌가 하는 엄마의 의심은 계속되었지만 알 방법은 없었다. 퇴원했는데 하혈이 계속되었다. 수술한 병원을 찾았지만, 일시적인 증상이라며 괜찮다는 말만 되뇌었다. 생리대로는 감당이 안 되어 기저귀를 찼다. 의심은 증폭되었지만, 의사의 말을 믿는 수밖에 달리 도리가 없었다.

어지럼증으로 생활이 힘들었다. 일어서거나 앉으면 핑 돌았다. 아침저녁으로 약을 한 움큼씩 먹었다. 올라오는 구토를 물로 가까스로 다스렸다. 허한 속을 달래기 위해 밥이라도 먹으려 하면 속에서 받아주지 않았다. 미음을 겨우 넘겼다. 손과 발끝이 저렸고 뒷목이 뻣뻣했다.

점점 하혈은 잦아들더니 사라졌다. 호르몬 치료를 3개월간 했다. 호르몬 치료가 끝나고 생리가 시작되었다. 의사는 임신을 시도하라고 했다. 배란일을 받아 관계를 했다. 하지만 6개월 동안 임신은 성공하지 못했다. 간절한 마음은 실망으로 뒤덮였다. 임신 테스트기를 사서 새벽마다 검사했다.

결과가 나오기 전, 몇 초 시간의 긴장감은 이루 말할 수가 없다. 절로 손이 모인다. 깍지 긴 손가락엔 여전히 테스트기가 들려 있다. 테스트기가 떨린다. 손에 힘을 줘 보지만 헛일이다. 두 줄을 바라지만 늘 한 줄이었다. 변기 위에 앉아 혹시나 하는 마음으로 한참을 들여다본다. 역시나 변함이 없다. 남편이 보지 못하게 휴지로 감싸 쓰레기통에 버린다. 담담한 척 화장실을 나서는 날 남편이 지긋이 바라본다. 아무 말이 없다.

언젠가 임신을 하면 그 아이가 더욱 소중하게 느껴질 것이다. 다른 아이보다 안 좋은 자궁환경이지만 찾아줄 아이에게 고마울 따름이다. 그리고 미안하기도 하다. 자궁내막증은 재발을 잘하는 병이다. 왜 이 병이 걸렸는지 이유조차 모른다.

의사는 여러 가지 가능성을 추측했지만 말 그대로 추측이다. 수술했다고는 하지만 재발하여 더욱 심하게 진행될 수도 있다. 늘 생리의 변화에 관심을 두고 하복부를 따뜻하게 해주어야 한다. 스트레스를 피해야 한다. 불임이 아니다. 난임일 뿐이다. 의사의 말을 되짚는다. 생명을 잉태할 수 있도록 좀 더 나은 자궁을 만들어야 한다.

자궁내막증을 알게 되고 수술과정을 거치며 깨달은 게 있었다. 당연하게 여기던 친정식구들의 사랑이었다. 받는 것에 익숙해 있었다. 간절하지 않았다. 그런데 죽을 수도 있단 공포에 질렸을 때 남편이, 엄마가, 아빠가, 언니가, 남동생이, 형부가, 그리고 조카가 차례로 떠올랐다. 곁을 지켜주던 그들이 있어 이겨낼 수 있었다.

병은 고치면 된다. 하지만 마음이 아픈 것은 도려내기 힘들다. 그들의 사랑을 느낄 수 있어서 난 참 행복한 여자다. 차후 모든 것을 포기하고 싶었을 때, 마지막까지 가지 않았던 건 이때의 기억 덕분이다.

어머니의 한

친정집에 갔다. '집에 오너라.' 생전에 없던 엄마의 호출이었다. 일언반구 없이 무턱대고 오란다. 무슨 일이지 감이 잡히지 않는다. 일요일, 아침 일찍 남편과 함께 갔다. 집에 도착하자마자 앉기도 전에 엄마가 먼저 일어선다.

—같이 갈 때가 있다.

아빠를 쳐다봤다. 당황스러웠다. 숨 좀 돌리고 가자고 했다. 어디를 그렇게 급히 가야 하는지 물었다. 엄마가 대답하지 않았다. 뭔가 낌새가 이상했다. 재차 물었다. 보살집에 가잔다.

—엄마, 근데 보살집이 뭐야?

어감이 예사롭지 않다.

—유명한 보살집인데 너 데리고 오라더라.

동문서답이다. 아니, 보살집이 뭐하는 곳인지도 모르는데 날 데리고 오란다. 이게 뭔가 싶다. 남편을 쳐다보니 그의 낯빛이 심상치 않다. 그제야 보살집의 정체를 눈치챘다. 점집이었다.

남들이 흔히 본다는 궁합도 보지 않고 결혼했다. 점집을 가본 적도 없다. 결혼이 얼마 남지 않은 시기였다. 엄마와 함께 텔레비전에서 미신에 대한 방송을 함께 봤던 적이 있다. 점쟁이가 용하게 맞추는 모습이 신기했다. 남편과의 궁합이 궁금했다. 혼자 가기는 꺼림직해 엄마에게 함께 보러 가자고 했다. 그때 엄마는 '사람이 모든 걸 다 알면 땅을 밟고 살 이유가 없다.'라는 이유로 궁합 보는 것을 반대했다. 그런 엄마였는데 점집을 다녀왔단다. 그것도 여러 군데를 찾아갔다는 사실에 어이가 없었다. 그들이 엄마에게 무슨 말을 했는지 궁금했지만 듣고 싶진 않았다. 처음 간 곳에서 긍정적인 이야기를 했다면 다른 곳을 찾진 않았을 터였다. 생년월일과 태어난 시로도 모자라 데리고 오랬다는 건 심상치 않다는 것이다. 이미 예약을 해두었다는 엄마에게 가지 않겠다고 했다.

자궁내막증 수술 후, 엄마는 달라지기 시작했다. 딸에게 자궁내막증이라는 병이 있다는 것을 모르던 시기의 엄마는 신혼을 좀 더 즐기다가 아이를 가지라고 했다. 어린 나이에 애 엄마가 되는 것에 반대했다. 수술하고 임신이 힘들 수도 있다는 것을 알게 된 후에 엄마는 바빠졌다.

병은 소문내야 고칠 수 있다며 지인들에게 자궁내막증에 대해 물었고, 임신에 도움이 되는 것들을 알아보기 시작했다. 엄마도 결혼하고 아이가 바로 생기지 않았단다. 삼 년이 지나서야 임신을 했다. 내 병을 자신의 탓으로 돌렸다. 그런 게 아니라고 여러 번 이야기했지만 통하지 않았다.

한약으로 시작되었다. 십 년 동안 아이가 없던 여자가 어디 한약을 먹고 바로 애가 들어섰다더라 하는 이야기를 엄마가 주위에서 듣고 오면 당장 그 한의원을 찾아갔다. 진주, 경주, 부산 등에서 진맥하고 약을 지었다. 땅이 비옥하지 못해 아무리 씨를 뿌려도 말라 죽는다는 한의사의 말에 나보다 엄마가 더 침통해 했다. 좋은 것들만 먹으니 살이 찌기 시작했다. 살이 찌니 차갑던 몸이 따뜻해지기 시작했다. 하지만 그것뿐이었다.

치마를 준 일도 있다. 척 보기에도 낡았다. 색깔도 우중충했다. 허리부분이 고무줄로 되어 있고 어중간하게 종아리를 덮었다. 아이를 많이 낳은 여자의 옷이라며 입으라 했다. 새 치마를 사주고 받아 온 옷이란다. 원래는 속옷이어야 하는데 그건 구하지 못했다며 아쉬워했다. 이길 입으면 아이가 생긴단다. 한숨이 나왔다. 도저히 입을 수가 없었다. 이렇게까지 해야 하나 싶었다. 제발 그만 하시라고 했다. 집에 있는 석류 그림도 떼겠다고 했다.

집으로 돌아오는 내내 눈을 감고 있었다. 이유 없이 남편 얼굴을 보기가 싫었다. 눈을 어디에 둬야 할지 몰랐다. 몸을 옆으로 돌렸다. 결혼하면 꼭 자식을 낳아야 하는지에 대해 생각했다. 둘만 살면 안 되나 묻고 싶었다. 혼자 살면 이런저런 고민이 없을 테고, 엄마 역시 자유스러울 텐데……. 여기까지 생각이 미치자 화가 났다. 화낼 대상조차 없다. 자신에게 치미는 짜증에 얼굴을 찌푸렸다.

며칠이 지났다. 엄마가 백일기도를 시작했다. 매일 산 중턱에 있는 사찰에 가서 기도한다고 했다. 장사하는 사람인데 그럴 시간이 어디 있느냐 하며 그만두라고 했지만 이렇게 해서라도 임신만 되면 백일이 아니라 천일도 할 수 있겠다고 한다.

며칠 후 엄마가 새벽에 산을 오르다 발을 헛디뎌 삐끗했다. 계속되는 만류에도 침을 맞고 다음 날에도 기도를 드리러 갔다. 퉁퉁 부은 발목이다. 조여 오는 운동화의 끈을 느슨하게 한 채 한쪽 다리에만 힘을 주며 산을 올랐을 터이다. 앉았다 섰다를 반복하며 기도를 올린다. 가해지는 통증을 말해 무엇하랴. 한 번 두 번의 절로 끝나지 않는다. '왜?' 하고 물을 수 없었다. 내일은 하루 쉬라는 말로 대신한다.

—정성이 다인데 하루라도 빠지면 안 된다.

기어이 또 산을 오른다.

엄마는 무섭다고 했다. 가장 힘든 건 어쩌면 내가 아니라 엄마일 수도 있겠단 생각이 들었다. 딸 가진 죄인인데다 그 딸이 혹까지 달고 있으니 그 죄는 더욱 가중되어 엄마의 목을 조였다. 남의 집 대를 이을 수 없어 딸이 이혼이라도 당할까 봐 노심초사했다.

잊고 싶었던 기억이 되살아났을 테다. 본인이 삼 년간 아이를 낳지 못했을 때 받았던 구박과 상처가 떠올랐을 것이다. 여과 없이 비난하는 시댁 어른들과 동네 사람들의 수군거림이 나 때문에 되살아났을 것이다.

좁은 방에 쪼그려 앉아 삼신할미에게 빌었다. 아무도 모르게 부엌에 물을 떠 놓고 손을 비볐다. 차오르는 달을 보며 자신의 배도 차오르길 염원했다. 없는 살림에 한약을 먹을 수도 없었고, 병원에 갈 수도 없었다. 할 수 있는 거라고는 신에게 의지하는 일뿐이었던 엄마였을 것이다. 비슷한 아픔을 딸이 겪어야 하는 사실에 화가 났을 테다. 그 화에 초조함이 더해져 공포로 다가왔을 터이다.

사람이 궁지에 몰리면 초인적인 힘이 생기나 보다. 엄마는 이전에 지나가듯 말했던 내 이야기를 들먹였다. 언니는 2000년 5월에 결혼을 했고, 허니문 베이비로 임신을 했다. 같은 해 12월 결혼을 며칠 앞둔 날이었다. 이모가 결혼 준비는 잘 되는지 궁금하다며 보러 왔다.

─언니야, 정미가 이제 배가 많이 불렀지? 수경이 결혼식 때, 정미는 식장 안에 들이지 마라.

허황한 이야기에 엄마는 그런 소리 하려면 집에 가라고 이모에게 소리쳤다.

─아고, 내 말 좀 들어봐라. 둘이 한 해에 결혼하는데 언니가 임신을 해가 동생 결혼식에 가는 거 아이라더라. 영 그러면 식장 안에는 들어와도 식은 보지 말라 해라. 나중에 동생이 임신이 안 된다 안 하나. 이런 말도 좀 듣고 해라. 조심해서 나쁠 기 뭐가 있냐? 언니야, 허투루 듣지 마라.
─이모, 이상한 소리 좀 하지 마라. 미신이다. 언니가 동생 결혼식에 안 오면 대체 누가 올 건데?

조카를 위하는 이모의 마음은 알겠지만 쓸데없는 걱정이었다.

─갱아, 언니한테 식장에는 와도 결혼식은 보지 말라고 해야겠다. 미신이라 해도 찝찝하다.

평소와는 다른 엄마의 모습이었다.

―엄마, 임신이 안 되면 말지. 자식 없어도 된다. 언니한테는 말도 꺼
　내지 마라.

오래전 잊힌 이야기였다. 엄마는 '입살이 보살'이라며 부정을
탔다고 한다. 언니 탓이라고도 했다. 원망하고 싶은 대상이 필요해
보였다. 속에서 커지던 화가 더 이상 자리를 찾지 못하고 꾸역꾸역
기어 나와 언니와 나에게 닿았다. 엄마는 서럽게 울었다. 종내 '더
러운 거 물려줬다.'란 말만 되뇌었다. 그 뒤, 한참을 엄마에게서 연
락이 없었다. 매일같이 오던 전화가 거짓말처럼 끊겼다.
　쉰다섯 엄마의 한을 들추었다. 스물넷에 결혼한 새댁이 삼 년
간 난임으로 고통을 겪었다. 어렵게 낳은 첫 아이를 가슴에 묻
었다. 슬픔을 추스르기도 전에 줄줄이 찾아온 셋을 끌어안고 서
른 해가 넘는 세월을 견뎌냈다. 먹고 사는 게 또 다른 고통이라
돌아볼 여유가 없었다. 그런데 내가 왈칵 꺼내어 놓았다. 혼란스
러운 마음을 다스리고 정리하는 시간이 필요할 터이다. 구멍 뚫
린 가슴을 기워야 할 것이다.
　친정에 갔다. 별안간 들이닥친 딸을 보고 머쓱해했다. 함께 절
에 가자고 했다. 보살집 이야길 꺼냈다가 퉁을 받은 엄마가 의아해
한다. 백일기도 드리는 곳을 가보고 싶다고 했다.

―이제 빌어볼 마음이 생겼어.

손 비비는 모양을 흉내 냈다.

흙길을 한참 올라갔다. 차로 올라가는 것에는 한계가 있었다. 산 초입에 주차했다. 나지막해 보이던 산이었는데 올라가는 길은 쉽지 않았다. 포장되지 않은 길은 사람들의 잦은 출입으로 반들반들해져 있었다. 자칫 다른 생각이라도 하면 미끄러지기 일쑤였다. 꺾어진 나뭇가지가 부지기수다. 헛발질에 잡은 것이리라. 겨우 올라간 절은 작았다. 절 옆에는 절만큼이나 소박한 텃밭이 있었다. 직접 길러 먹는지 듬성듬성한 자리가 눈에 띄었다. 스님을 만날 수 있었다. 그분이 나를 찬찬히 들여다보시며 아이와 인연이 없는 건 아니라고 했다. 사주에 아들이 있지만 늦게 찾아오고, 노력이 많이 필요하다고도 했다. '사람이 모든 걸 다 알면 땅을 밟고 살 이유가 없다.'라고 여겼던 엄마가 '다행이다.'를 연신 말했다.

절을 올리는 엄마의 뒷모습을 물끄러미 쳐다보았다. 염주를 손에 쥐고 바닥에 납작 엎드린다. 세상에서 가장 낮은 곳에 있어야만 하는 사람 마냥 머리를 조아린다. 손바닥을 하늘로 내민다. 저 손이 원하는 것은 무엇일까? 절 한 번에 염주 한 알을 굴린다. 부드럽게 흔들리는 염주에 흘려보내고 싶은 건 무얼까?

백일기도의 효험은 금방 나타나지 않았다. 어쩜, 그 기도는 나를 위한 것이 아니라 자신을 달래는 의식이 아니었을까 생각해본다. 하루도 빠짐없이 산을 오르며 올린 정성에 오래된 한풀이가 끝났길 바라본다.

시
험
관

아기

정오가 가까운 시간, 홀로 배를 탔다. 페레스트로이카에 몸을 싣고 부산으로 향한다. 평일이라 그런지 몇 명만이 넓은 배에 있다. 드문드문 앉은 사리가 처량하다. 이들이 부산에 가는 이유가 궁금해진다. 물어보지 않았다. 내가 가는 이유를 구태여 말하고 싶지 않기 때문이다.

갑자기 갑갑증이 일었다. 의자에서 일어났다. 다닥다닥 붙은 의자들이 손님을 기다리지만 만족하지 못한 채 목적지를 향해 가고 있다. 아니, 가야만 한다. 밖으로 나갔다. 바다가 잔잔하지 않다. 물보라를 튀긴다. 갈매기가 낮게 난다. 뭐 얻어먹을 게 있나? 배를 선회한다. 새우깡이라도 하나 사올걸.

하지만 이내 도리질한다. 갈매기와 노닥거릴 시간이 없다. 처지를 인지하며 배 안으로 들어간다. 여전히 숨이 막힌다.

부산에 도착했다. 택시가 잡히지 않는다. 콜택시를 불러야 하나 고민하다가 손목시계를 흘깃 봤다. 부지런을 떨어서인지 아직 여유가 있다. 서 있기가 버겁다. 내리쬐는 태양에 한 발, 두 발 뒤로 물러선다. 그늘이 없다. 온전히 직사광선에 노출되어 있다. 여전히 숨이 막힌다. 이렇게까지 해야 하는지 한숨이 절로 나온다. 집으로 돌아가고 싶다. 택시가 앞에 섰다. 욕지거리가 목구멍까지 차올랐을 때이다. 마리아병원이 목적지라 일렀다. 택시기사가 나지막하게 '아이, 씨'를 뱉는다. 차로 오 분의 거리다. 하지만 내 걸음으론 30분이 넘는다. 일부러 못 들은 척한다.

마리아병원에 들어섰다. 무거운 공기에 한없이 침체된다. 밝은 표정의 사람이 없다. 누구 하나 얼굴을 들지 않는다. 모두가 고개를 푹 숙인 채 의식적으로 서로의 눈을 피한다.

— (죄지었냐?)

큰 소리로 외치고 싶었다. 할 수 없었다. 저들과 나는 죄인이기 때문이다. 임신하지 못하면 죄가 되는 세상이다. 자식을 낳지 못하면 반성해야 한다. 의료기술을 빌려서라도 출산해야 한다. 필수불가결이다.

시술 후 생리가 없다. 혹시나 하는 생각은 미리 하지 않았다. 또 역시 안 되었을 때의 허탈감을 맛보고 싶지 않다. 반복되는 실패에 설레발이 얼마나 위험한지 알고 있다. 병원에 도착해서 피검사를 했다. 임신이 아니다. 인공수정 시술 후 생리가 늦춰지는 경우가 종종 있는데 이번에도 그 경우란다.

— 인공수정은 임신 가능성이 낮습니다. 이제 시험관아기 시술을 해보는 것이 어떨까요?

의사가 차트에 코를 박고 말한다. 거듭되는 실패다. 얼굴을 똑바로 들기가 힘든 건 나뿐만이 아니란 사실에 괜스레 위로받는다.

—몸이 회복하는 대로 시험관아기를 하는 게 나을 거 같습니다. 충분히 생각해보시고 생리 시작 이틀째에 오세요.

시험관은 성공확률이 높다고 하면서 다시 한 번 힘을 내자 한다.

—남편과 상의해 볼게요.

다른 말은 필요 없었다.

부산 여객선 터미널 의자에 앉아 고민했다. 연이은 인공수정에 심신이 지쳤다. 마지막이라 생각하고 했는데 실패다. 견뎌내야 하는데 쉽지 않다. 거제로 가는 배편의 안내방송에 정신이 들었다. 남편에게는 어떻게 이야기해야 하는지 벌써 고민이다. 파도가 몰아친다. 배가 요동친다. 의자에 앉아 손잡이를 움켜쥔다.
집으로 가는 길이 험난하다. 멀미가 시작됐다. 머리가 어지럽다. 속에서 무언가가 올라온다. 덩어리가 솟구치지만, 밖으로 나오는 건 없다. 헛구역질에 눈물만 핑 돈다. 가슴에 돌이 얹힌 양, 갑갑하다. 손을 넣어서라도 끄집어내고 싶지만, 실체를 알 수 없어 어쩔 도리가 없다. 빨리 집에 도착하길 희망해본다. 지금은 달리 할 수 있는 것이 없다.
한 달 동안 고민했다. 시험관아기냐? 아니면 자연 임신을 기다리나? 두 가지의 선택지는 잔인하다. 선택의 여지가 별로 없다. 시험관아기 시술을 받기로 했다.

매일 동네 산부인과에 가서 과배란 주사를 맞았다. 임신을 한 사람들 틈에 앉았다. 임신 과정이 순조로운지 정기검진을 받는 임산부, 임신인지 아닌지 확인하러 온 부부가 대부분이었다. 그들의 봉긋 솟은 배에 눈길이 간다. 상대적으로 납작한 배를 손으로 가린다. 간호사가 이름을 부른다.

—박수경 님, 주사실로 들어오세요.

흰색 침대와 검은색 의자 하나가 놓여 있다. 하얀 시트 위에 누워 배를 드러냈다. 간호사가 주사를 놓는다.

—매번 오기 번거롭지 않으세요? 집에서 혼자 할 수도 있어요.

간호사가 주사기를 다시 배에 갖다 대며 위치를 알려 준다.

—혼자 하기가 쉽지 않아서요. 남편도 늦게 와요. 정해진 시간에 맞아야 하는데 제 배를 스스로 찌르기가 겁나요.

주사를 맞은 후, 병원 문을 나선다. 병원 앞에는 임산부가 서 있다. 남편을 기다리는 모양새다. 정기점진을 받으러 왔구나 하는 생각이 얼핏 들었다. 주사 맞은 부위에 통증이 온다. 살살 마사지를 해본다.

남편 차를 타고 부산 마리아병원으로 갔다. 난자를 채취하는 날이다. 채취 차례를 기다리며 의자에 앉았다. 기다리는 사람이 셋 더 있었다. 간호사가 이름, 생년월일, 남편 이름 등을 확인하고 링거를 놓았다. 의도치 않게 대기자들과 통성명을 했다. 우연히 옆 사람과 이름이 같았다. 얼떨결에 인사를 나눴다. 나이가 다섯 위였다. 첫 번째 딸도 시험관아기로 낳았다고 한다. 둘째는 아들로 꼭 가지고 싶단다. 욕심 같겠지만, 시부모의 계속된 손자 욕심에 다시 이 힘든 일을 하고 있다 푸념했다. 다시는 보지 않을 얼굴이었기에 쉽게 이야기할 수 있겠지 싶다. 간호사가 이름을 부른다.

시술침대에 누웠다. 산소마스크를 씌우더니 마취약을 놓는다. 한 시간 가까이 잠을 자고 일어났다. 꿈을 꾸었다. 하얀 옷을 입은 할아버지가 아무 말 없이 슬픈 표정으로 바라보는 꿈이다. 누구지? 알 수 없는 얼굴이다. 할아버지 얼굴이 흔들린다. 신명했던 얼굴이 흐려진다. 간호사가 깨운다. 머리가 어지럽다. 땅이 빙글빙글 돈다. 난자가 17개가 나왔다고 한다. 적지 않은 숫자다. 병원을 바로 나서지 못하고 소파에 앉았다. 한참을 남편 어깨에 기댔다.

5일 후, 다시 남편과 함께 이식을 위해 병원을 찾았다. 이식은 간단하게 끝났다. 30분 정도 누워있는데 별의별 생각이 다 들었다. 잠이라도 들면 좋으련만 눈은 더욱 말똥해진다. 천장의 얼룩을 눈으로 쫓는다. 병원이라는 장소에 맞지 않게 누런 자국이 제법 보인다. 비가 새나 했지만, 중간층이기에 가능성이 낮다. 순간 이 방에서 흘린 사람들의 눈물이 아닐까? 하는 생각이 퍼뜩 들었다. 증발하지 못하고 머물러 있는 것이 왠지 내 처지인 것 같다.

이제 기다리기만 하면 된다. 착상이 잘되길 속으로 빌었다. 그것 외에는 할 수 있는 것이 없었다. 열흘 후 병원에 다시 가서 피검사를 하면 된다. 열흘을 견디면 된다. 집으로 돌아와서 거의 누워 지냈다. 기운이 다 빠진 거 같다. 침대에서 천장을 바라봤다. 누런 자국이 없다. 도배가 깨끗이 잘된 베이지색의 천장만이 보인다. 얕은 잠을 자다 깨기를 반복했다. 누구 하나 잠을 방해하지 않는데 깊게 잠들 수가 없었다.

임신 테스트기를 샀다. 기다리기가 힘들었다. 화장실에 앉아 고민했다. 며칠 후 병원에서 피검사를 하는 게 낫다고 판단했지만, 유혹을 참기가 쉽지 않다. 삼 일 만이라도 더 희망을 품고 있는 것이 나을지, 아니면 테스트를 하고 기쁨 혹은 슬픔의 십일을 보낼지 쉽게 선택할 수 없었다. 전자를 택했다. 이전에도 겪었던 삼일의 시간을 또 번복할 용기가 없었다.

3일 후에 부산을 다시 방문했다. 병원에 들어서기 전, 갑자기 허기가 몰려왔다. 거제에서 출발하기 전에 밥을 먹은 터였기에 당황스러웠다. 남편과 근처 식당에 들어갔다. 돼지국밥집이었다. 즐겨 먹는 음식은 아니었지만 그런 걸 따질 때가 아니다.

배가 고팠다. 밥을 말아 듬뿍 떴다. 다진 양념이 골고루 퍼지지 못해 뭉쳐 있는 걸 입안으로 밀어 넣었다. 평소엔 돼지국밥을 남겼는데 밥 한 톨까지 싹싹 긁어먹었다. 한 그릇 비우는데 십분 남짓 걸렸다. 가게 문을 나서는데 집으로 돌아가고 싶었다. 병원에 들어가서 결과를 듣는 것이 무서웠다.

피검사를 했다. 수치가 140이 나왔다. 다행이었다. 그대로 쭉 올라가길 빌었다. 이틀 동안 임신이길 간절히 바랐다. 동네 산부인과에서 한 2차 수치는 기대에 미치지 못했다. 자궁외임신일 수도 있다고 한다. 며칠 후 떨리는 심정으로 다시 피를 뽑았다. 3차 수치는 더욱 떨어졌다.

이번에도 실패다. 그나마 다행인 건 자궁외임신 역시 아니란 점이다. 의사선생님이 시험관아기 시술이 백 프로 성공을 장담하지는 못하며 이번의 경험을 빌어 다음엔 꼭 성공할 수 있을 거라 위로했다.

맥이 풀렸다. 노력해도 가질 수 없는 것이 있다는 사실에 허탈했다. 간절히 원한다고 해서 내 것이 되는 건 아니란 걸 다시 느꼈다. 남들에겐 당연한 일이 나에겐 오히려 어려운 일이다. 누군가를 원망하고 탓하고 싶다.

삼신할미가 있다면, 신이 있다면 왜냐고 묻고 싶었다. 정말 이전에 엄마가 했던 말처럼 전생의 업보를 이렇게 현생에서 갚는 건가 싶다. 말이 안 되는 소리다.

하지만 전생의 내가 퍽 원망스럽다. 목적지 없이 헌침을 걸었다. 원하는 대답은 구할 수 없었다. 다시 일상으로 돌아가야 한다. 또 아무 일도 없었다는 듯 살아가야 한다. 갑자기 건물들이 나를 향해 덮친다. 어지럼증에 주저앉았다. 일어서야 하는데 한없이 땅으로 꺼진다.

남편에게 전화를 걸었다. 한 번의 벨소리에 전화를 받는다. 설움이 터져 나왔다. 그는 아무 말 없이 끝까지 원망 섞인 울음을 듣고만 있다. 한참을 그렇게 울다 데리러 오라는 말로 전화를 끊었다. 십 분도 안 되어 그가 왔다. 집으로 돌아간다. 차창으로 익숙한 풍경이 스쳐 지나간다. 혼자 텅 빈 집으로 들어가지 않아 다행이다.

불
행
을

만나다

남편이 식당을 예약했다.
시부모님과의 식사자리다. 고현에 있는 한정식에서 뵙기로 했다.
시부모님에게 시험관아기 시술결과를 말씀드려야 했다. 인공수정
을 여러 번 실패한 것을 알고 있는 시부모님이라 시험관 시술의 결
과에도 그렇게 크게 상처를 받진 않을 것이라 여겼다. 시골집에 가
서 말해도 되지만 남편이 식당에서 말씀드리자고 했다.

벌써 식당 주위를 여러 바퀴째 돌고 있다. 퇴근 시간과 맞물려
주차할 장소가 없다. 식당 주차장은 이미 만석이다. 주위에 있는
공용 주차장과 사설 주차장 또한 마찬가지다. 불법 주차까지 감수
하며 자리를 찾았지만 마땅치가 않다. 월급날도 아닌데 식당마다
사람들이 그득하다. 제법 떨어진 곳의 빌라 주차장에 차를 넣었다.
어슴푸레 어둠이 밀려온다. 바쁜 걸음을 옮긴다. 약속 시각이 코앞
이다.

안내를 받으며 예약된 방으로 향했다. 살창문으로 빛이 새어나
온다. 시부모님은 이미 도착해서 자리를 잡고 계셨다. 시어머니의
맞은편에 앉았다. 일 미터도 안 되는 좁은 거리다. 얼굴을 들면 시

어머니의 얼굴이 바로 보인다. 결혼한 지 사 년 차지만 얼굴을 이렇게나 가까이서 본 건 정말 오랜만이다. 굵은 주름이 이마를 가로지르고 있다. 눈가를 덮는 잔주름은 관리하지 않는 촌부임을 여실히 보여준다. 왔니? 하는 말 한마디 없이 굳게 다문 입술은 오늘이 쉽지 않을 걸 예상하게 한다. 오랜만의 나들이에 입었을 재킷의 단추에 시선을 떨구었다. 음식이 빨리 나와 어색한 공기의 흐름을 바꾸었으면 싶다.

—어떻게 됐냐?

공기를 뒤흔든 건 시아버지셨다. 다짜고짜 결과부터 물으신다.

—식사하면서 이야기 드릴게요.

남편의 목소리가 무겁다.

—또 안 됐나?

날 선 소리가 뒤를 따랐다. 그때 문이 열렸다. 종업원이 밀차에 차려진 상을 방 안의 테이블로 밀었다. 레일을 따라 매끄럽게 자리를 찾는다. 어느 하나 흐트러짐 없이 아귀가 딱 맞다. 상 위에는 수십 가지 음식들이 차려졌다. 냄새가 코를 찌른다. 괜히 식당에서 만나자고 했나 하는 후회가 든다. 평소와 달리 젓가락질이 느리다. 모두들 자기 앞에 있는 반찬만 먹는다. 손을 뻗어 다른 것을 집어가지 않는다.

—이제 밥은 얼추 먹었으니 이야기해봐라. 임신이제?

궁금증을 이기지 못한 시어머니가 채근한다.

—잘 안 됐다. 그게 어디 사람이 하는 일인가? 노력한다고 다 되는
  게 아니네.

'탁' 숟가락을 놓는 소리가 났다. 시아버지 쪽이다. 보지 않아도
화가 난 것이 틀림없다. 식사하기 전부터 이미 알고 있었을 테나.
하지만 실낱같은 희망을 부여잡고 있었는데 끊어졌으니 분통이 터
지신 게다.

—누가 문제고?

올 것이 왔다. 항상 얼버무리며 지나쳤던 이야기다. 사실대로
말해야 한다. 입을 떼려는 순간,

—제가 문제가 있다고 합니다. 정자 활동이 둔하답니다.

남편이 내 죄를 가져갔다. 당연히 며느리가 문제일 거라 여겼
던 시부모에게 그 말은 청천벽력이었다. 시어머니는 진짜냐고
계속 확인했다. 시아버지 역시 당혹스런 표정이다. 고민됐다. 자
궁내막증 수술을 받았다고 지금이라도 말해야 하는데 입이 떨어
지지가 않았다. '불임'은 아니고 다행히 '난임'이라 알려 줘야 하
는데 그러지 못했다.

죄가 한 가지 더 늘었다. 부모를 속였다. 결국, 아무 말도 하지 못했다. 치졸했다. 쏟아질 비난을 감내하기 싫었다. 못난 사람으로 취급당하기 싫었다. 알량한 자존심에 입을 닫았다.

그 후 음식에 손을 대는 사람은 없었다. 서로 말이 없었다.

집으로 돌아오는 길은 늘 그대로인데 멀게 느껴졌다. 남편의 옆자리가 불편했다. 나 때문에 한순간에 장남 구실도, 남자 구실도 제대로 못 하는 사람이 되었다. 어떻게 말을 꺼내야 할지 몰랐다. 먹은 것도 거의 없는데 속은 더부룩하고 머리는 깨질 듯 아팠다. 미안하다고 말하려니 그의 희생이 아무것도 아닌 것이 되어버릴 거 같고, 고맙다는 말은 죄의 무게를 가져가 줘서 '홀가분하다.'로 왜곡될 거 같았다. 무엇보다 '왜' 하고 묻고 싶었다. 입을 떼야 하는데 어떻게 시작해야 할지 머릿속이 복잡했다.

―휴, 집에 빨리 가고 싶다.

한숨으로 시작한 혼잣말을 했다.

―그래, 집에 가자. 괜찮다. 오늘 부모님께 어차피 말하려고 했다. 미리
    상의했어야 했는데 신경 쓰일까 봐 그러지 않았다. 식당예약도 그래
    서 했다.

남편의 이야기가 원망스러웠다. 남편의 의도는 분명히 나를 위한 거란 걸 아는데, 고맙고 미안해야 하는데 아이러니하게 화가 났다. 이 사람과 결혼하지 않았다면 임신에 대해 이렇게까지 스트레스를 받지 않아도 될 거 같았다. 아니, 장남이 아니라면 굳이 저렇

게 거짓말을 할 필요가 없을 거 같았다.

남편의 속 깊은 배려가 비참했다. 만반의 준비를 했고 자신이 원하는 바를 이루었다. 그런데 그 계획에 '나'는 없었다. 의견을 물어보지 않았다. 그냥 고마워하고 미안해하는 것이 나의 역할로 여기는 거 같았다. 남편에게 따져 묻지 않았다. 그러기엔 남편 나름의 배려가 너무 컸다.

무엇보다 그 자리에서 말 한마디 못한 자신이 미웠다. 아니, 훨씬 전에 자궁내막증을 알게 되었을 때 말했어야 했다. 단순한 병이라고 생각하지 않았기에 몰래 수술했다. 여자로서 자존심도 있었지만 숨기고 싶었다. 친정 식구 외에는 알리지 않았다. 가뜩이나 성에 차지 않는 며느리다. 몹쓸 병까지 걸렸기에 어떤 취급당할지 눈에 선했다. 고친 후에 말씀드려야지 했다. 이기적이었다. 시기를 놓쳐 말을 못한 것이 아니라 의도적으로 숨겼다. 남편도 그렇게 하는 것이 최선이라 했다.

그때는 안도했다. 사실 자궁내막증 수술만 하면 바로 임신이 될 거라 순진하게 믿기도 했다. 삼신할미는 모두에게 공평하지 않다는 걸 그때는 몰랐다. 잠시 숨기는 거라고 자신을 다독였다. 이렇게 긴 거짓말이 될 줄 몰랐다. 그리고 그 긴 거짓말로 여러 사람이 각자의 상처를 안게 됐다.

결국, 탈이 났다. 몸살이 났다. 약을 먹어도 쉬이 낫질 않는다. 밤마다 꿈을 꾼다. 내가 울고 있다. 꿈에서의 울음은 현실에서도 나타났다. 서러운 울음이 잠을 깬 후에도 이어졌다. 한참을 그렇게 울다 다시 잠이 들었다. 그 다음 날은 더욱 아팠다. 정말 손가락 하나 까닥할 힘이 없었다. 만사가 귀찮았다. 침대에서 나오는 것이 고역이었다. 몸을 겨우 일으켜 발을 디디면 방바닥이 얼음처럼 차갑다. 한기에 몸서리친다.

억지로 화장실에 들어가 정신을 차리기 위해 세수를 하려 한다. 물을 튼다. 고개를 든 거울 앞에 낯선 여자가 서 있다. 산발의 머리에 눈은 퀭하다. 짙게 드리워진 다크서클과 유난히 패인 팔자주름은 뭉크의 절규하는 남자를 연상케 한다. 따뜻한 물로 인해 수증기가 거울에 맺힌다. 보기 싫은 얼굴이 지워진다. 꿈에서 왜 울었을까를 기억해내려 애써보지만 떠오르지 않는다. 장막에 가렸다.

헛것이 보이고 들리기 시작했다. 시작은 늦은 밤이었다. 그날도 울다 잠이 깼다. 누군가가 보고 있었다. 처음엔 도둑이 든 줄 알았다. 두 사람의 남자 형체가 보였다. 도둑이라고 하기엔 키가 너무 컸다. 천장까지 닿는 키였다. 스탠드를 켰다. 아무것도 없었다. 시계는 세시 삼십 분을 가리키고 있었디. 옆에는 남편이 자고 있었다. 침대에 다시 누웠지만 잠이 오지 않았다. 알 수 없는 공포에 남편의 손을 꼭 쥐었다. 날이 밝는 걸 보고 겨우 잠들었다. 피곤해서 잠시 잘못 본 거라 여겼다.

다음 날은 비가 왔다. 먹구름이 무겁게 하늘을 뒤덮었다. 오후 두 시인데 밖은 벌써 어둑어둑했다. 소파에 누워 텔레비전을 보다 빨래 널어 놓은 것이 생각났다. 앞 베란다의 빨래건조대에서 빨래를 걷고 있는데 "안녕하세요?" 하는 인사 소리가 들렸다. 창문을 열어 밖을 내다보았다. 옆집에 사시는 여자 분인 거 같았다. 베란다 밖으로 상체를 내민 그분과 눈이 마주쳤다. '어, 위험한데.' 하고 생각하며 "안녕하세요." 했다.

빨래를 마저 걷고 거실에 앉았다. 마른 옷과 젖은 옷을 구분해 젖은 옷을 다시 건조대에 널려고 베란다로 나갔다. 순간 온몸에 소름이 돋았다. 여자 분과 인사한 쪽으로는 집이 없다. 외벽이다. 사람이 절대로 있을 수 없는 자리였다. 분명 인사했는데 뭐지?

시험관아기 시술을 하며 몸과 마음이 피폐해진데다가 밤에 잠을 자지 못해 피곤해서라고 남편은 말했다. 스트레스가 심하면 착시나 환청이 들릴 수 있다며 안심시켰다. 본 것과 들은 것이 아니라 뇌가 착각하는 거라 이해시켰다.

하지만 계속되었다. 언제 또 보일지 모른다는 공포에 휩싸였다. 24시간 집안 곳곳에 불을 켜두었다. 안방과 거실은 물론이고 베란다까지도 환히 밝혔다. 눈을 감는 것이 무서웠다. 뜬눈으로 지새웠다. 낮에도 혼자 있는 것이 무서웠다. 이불을 둘둘 말고 다녔다. 남편이 올 시간만 기다리며 시계만 쳐다봤다.

텔레비전을 온종일 켜두었다. 환청이 들렸다. 보지도 않는 드라마를 켜두고 멍하니 화면을 보고 있었다. 순간 공간이 분리되는 느낌이 들었다. 텔레비전에서 나오는 소리가 들리지 않았다. 그리고 옆에서 누군가가 "재밌니?" 하고 물었다. 숨을 쉴 수가 없었다. 화면은 계속 움직였다. 전화기를 집어 들었다. 남편에게 전화했다. 지금 와 달라고 소리 질렀다.

말라갔다. 아무것도 할 수 없었다. 무기력해져 갔다. 결국, 친정으로 갔다. 혼자 집에 있을 수가 없었다. 사정을 전해 들은 엄마는 가게 문을 닫았다. 엄마는 '아고, 아고'를 연발하며 본인의 가슴을 쳤다. 나의 등을 때렸다. 이리저리 흔들렸다. 순간 헛구역질이 올라왔다. 먹은 것이 없는데도 신물을 왈칵 뱉었다. 그리고 기억이 없다. 오랜 시간 잠을 잤다. 눈을 뜨니 엄마가 옆에서 이불도 덮지 않고 모로 자고 있었다. 나지막하게 코를 곤다. 이불을 덮어주니 화들짝 놀라며 잠을 깬다.

―엄마, 나 밥 줘. 배고파.

엄마는 죽을 내왔다. 미리 끓여놓았는지 전자레인지에 데워 주었다. 하얀 미음을 허겁지겁 먹었다. 오랜만에 정신이 맑았다. 스물여섯 시간 내내 잠만 잤다고 했다. 숨을 쉬는지 확인까지 했다고 한다.

거제로 돌아가기가 싫었다. 또다시 같은 일을 반복할 순 없었다. 아빠에게 여기서 살면 안 되느냐고 부탁했다. 돌아서는 아빠에게 "나 쫓아내지 마. 그러기만 해봐." 하고 으름장을 놨다. 악을 썼다. 남편이 내가 깨어났다는 소리를 듣고 바삐 왔다. 아빠는 남편을 보자마자 뺨을 때렸다. 순식간에 일어난 일이다. 한 대, 두 대, 세 대를 때린 후 멱살을 잡았다가 놓았다. 놀래서 말릴 틈도 없었다. 남편이 무릎을 꿇었다. 선명한 손자국이 새겨진 뺨에는 눈물이 흘러내렸다.

―잘못했습니다. 잘못했습니다.

되뇌는 남편 옆에 주저앉아 어린아이처럼 엉엉 소리 내며 울었다.

―이혼해라.

아빠의 단호한 음성에 남편을 쳐다봤다. 갑자기 눈물이 났다. 왜 우는지 이유를 알 수 없었다. 소리조차 없다. 그냥 흘러내렸다. 바라던 바인데 가슴에 구멍이 난 거 같았다. 가슴을 쳤다. 기뻐해야 하는데 난데없이 아리는 가슴이 이해가 되지 않았다.

─당신, 미쳤나? 이혼이 무슨 말이고? 애 없다고 이혼하면 세상에 이
혼 안 하는 부부가 몇이나 있는데. 둘이 잘 살면 된다는 말은 하지
못할망정 지금 무슨 소리고?

엄마의 일갈에 가슴이 뻥 뚫렸다. 남편에게 하고 싶었던 말을
엄마의 입을 빌려 전한 거 같았다. 여태까지 한 번도 못한 말이다.
남편이 알아주길 바랐다. 염치가 없어 꽁꽁 싸매두었다. 강요할 순
없었다. '나냐? 아기냐?' 하고 상상만 했었다. 돌아올 대답에 자신
이 없었다. 감히 물어볼 수조차 없었다. 부모를 버리라는 말이었나.

─…… 헤어질 수 없습니다.

많은 뜻이 담겼다. 신중한 사람이라 함부로 뱉진 않았을 터이
다. 하지만 자신이 없었다. 시간을 달라고 했다. 그 사람의 곁에 있
으려면 다시 마음을 다잡아야 했다.
아빠가 우셨다. 원체 눈물이 많기도 하지만 견디기 힘든 스트레
스로 헛것까지 보는 딸이 애처로웠을 거다. 나로 인해 각자의 세상
이 허물어진다. 엄마도 울고, 남편도 울었다.

─헤어질 수 없습니다. 제가 잘하겠습니다.

울먹이며 남편이 말했다.
불행했다. 세상에서 제일 사랑하는 사람들을 아프게 했다. 슬픔
은 가시지 않았다. 대못이 되어 죗값을 치르게 했다. 임신에 자유
로울 수 없는 자신이 만든 벌이다.

결국, 거제로 돌아왔다. 두 번 다시 밟고 싶지 않았지만, 남편을 사랑하기에, 부모님을 사랑하기에 더 이상 아픔을 줄 수 없었다. 사랑하는 사람들까지 불행의 구렁텅이에서 허우적거리게 할 수는 없었다. 그리고 행복하게 살고 싶었다.

가
족
의

조 건

시어머니가 드라마 〈인어아가씨〉를 보냐고 물었다. 챙겨 보고 있었기에 그렇다고 말했다. 주인공 아가씨 동생도. 너하고 처지가 같더라고 이야기한다. 뜨악했다. 꼭 그렇게 말씀해야 했을까 싶었다.

—네? 아, 네! 휴우.

요즘 한숨이 늘었다. 연이은 인공수정과 시험관아기 시술의 실패로 마음이 힘들다. 상처를 후벼 파는 그 한 마디에 나락으로 떨어진다. 울고 싶은 놈 뺨을 치신다. 남편의 거짓말은 통하지 않았다. 아니, 믿을 수 없었겠지. 믿고 싶은 만큼 저울의 기울기가 달라진다. 양쪽의 접시는 추의 무게와 이미 상관없다. 한쪽으로만 기울여지게 짜여있다. 아니면 삶의 연륜으로 알아챘을 수도 있겠다. 살짝 떠보며 반응을 보고 싶으신 걸까? 순간 오만가지 생각이 머리를 어지럽혔다. 쿵 하고 무언가가 바닥을 쳤다.

— (히히히, 히히히, 히히히, 네 죄야. 어떡할래?)

비웃는다. 웃음소리가 사방을 채운다. 이불을 뒤집어썼다. 밖으로 뛰쳐나가고 싶지만 그렇게 할 수 없었다. 한번 버렸던 곳이다. 또 반복되면 다시는 돌아오지 않을 거 같다. 텔레비전의 볼륨만 한없이 키운다.

드라마 〈인어아가씨〉를 보다가 주책없게 눈물이 흐른다. 저 드라마를 안 봐야 하는데 결말이 궁금하다. 이 드라마를 보는 사람들이 궁금해하는 은아리영의 마지막이 아니다. 그녀의 동생역으로 나오는 은예영의 이야기다. 그녀는 극 중에서 불임으로 나온다. 부모의 업보로 인해 임신할 수 없단다. 말도 안 되는 설정이지만 이유는 배제하더라두 임신을 바라는 긴절한 마음은 같기에 그녀를 응원한다. 유약했던 마마준이 누구보다 든든한 남편의 모습을 보여준다. 마음속으로 박수를 보낸다.

드라마 안에서는 다양한 가족의 모습을 보여준다. 남편의 바람으로 가정이 파탄 난 가족, 다른 사랑을 찾아 행복하게 살아가는 가족, 시어머니를 모시고 살지만, 고부간의 갈등은커녕 남편보다 더욱 애틋하게 서로 아끼며 살아가는 가족, 첫사랑을 잊지 못해 껍데기인 채로 살아가는 가족 등 다양하다. 그중 나는 어디에 속해 있을까? 굳이 찾자면 은예영의 모습이었다. 그녀의 전체적인 삶이 아니다. 불임이라는 교집합으로 묶인다.

시부모에게 거짓말까지 하는 남편을 마마준과 비교하는 것이 맞나? 연이어 꼭 가족은 세 명 이상이어야 하나? 두 명이면 안 되나? 엄마 말대로 둘이 잘 살면 되잖아. 자식이 뭘까? 대를 잇지 못하면 이혼을 해줘야 할까? 고민이 깊어진다. 괴롭다. 차일피일 미루었던 남편의 생각이 궁금했다. 한 번도 직접 이야기를 들은 적이 없다. 에둘러서 표현하기는 했지만 터놓지 못하는 진심이 과연 뭘까? 용기가 없어 건드리지 못했던 판도라의 뚜껑을 열어보고 싶다.

거제에 몇 안 되는 수제 제과점까지 일부러 찾아갔다. 휘황찬란한 케이크들 사이에 하얀 케이크가 눈에 들어왔다. 백색 크림 위에 신랑 신부가 서 있다. 순백의 웨딩드레스를 입은 신부는 눈을 내리깔고 있다. 하얀 턱시도의 신랑은 신부의 손을 꼭 쥐고 있다. 맞잡은 두 손에 들린 핏빛의 부케가 눈에 거슬린다. 부케마저 하얀색이었으면 좋았을 걸 하는 마음에 미리 제작 주문하지 못한 아쉬움이 남았다.

　　—원하시는 문구가 있으면 말씀해 주세요. 넣어드릴게요.

신랑신부의 앞에 글자를 쓰기 위한 공간이 있었지만, 종업원에게 괜찮다고 말했다. 초만 서너 개 챙겨 달라고 했다. 도대체 뭘 쓸 수 있을까? 제법 부피가 있는 케이크를 손에 들고 제과점을 나섰다. 묵직한 무게감이 팔에 전해진다.

남편과 저녁을 먹은 후, 간단한 술상을 차렸다. 맥주와 오징어를 준비했다. 흔히들 맥주와 궁합이 맞지 않는 안주 중 하나가 오징어라 한다. 설사를 유발하기 때문에 피해야 한다. 모순되지만 맥주를 마실 때 오징어를 먹으면 평소의 마른오징어보다 맛있다. 좋지 않다는 걸 머리로는 알지만, 행동은 다르다. 심심찮게 땅콩, 오징어를 맥주와 함께 먹는다. 알면서도 실천하지 않는다. 머리를 흔들면서도 쟁반 위는 그대로다. 사실, 맥주 옆자리를 다른 안주에게 내주기 싫다. 그 둘이 합은 맞지 않을지언정 어울린다. 세상의 통념에 삐딱해지고 싶다.

시원한 맥주가 컵을 가득 채운다. 불에 구운 오징어를 집었다. 결대로 찢는다. 아직 뜨겁지만 견딜 만하다. 맥주 한 잔을 비웠다.

—듣고 싶은 이야기가 있어. 있는 그대로 말해줘.

남편 역시 맥주를 마신다. 고개를 끄덕인다.

—여보, 가족이 뭘까? 가족 안에는 꼭 아이가 있어야 할까?

남편은 말없이 맥주를 마저 비우고 다시 잔을 채운다.

—있으면 좋지. 왜? 많이 힘들어?

'당연하지.'를 바로 말하고 싶었지만, 오징어를 먹으며 일부러 뜸을 들였다.

—응, 힘이 드네. 너도 계속 지켜봤잖아. 신기루를 좇는 거 같아. 손에 잡힐 듯 말 듯하다가 멀어져 버리니 갈수록 허망해져. 아버님이 지난번에 시험관을 열 번이고 스무 번이고 될 때까지 하라고 하는데 난 솔직히 이젠 못 하겠다. 딸한테도 그런 소릴 하시겠나? 시술과 정을 몰라서 그럴 순 있다고 하지만 열 번, 스무 번은 상식적으로도 이해가 되지 않잖아. 인공수정과 시험관 했을 때도 그랬어. 아버님과 어머님 중 누구 하나 몸 괜찮은지 걱정해주지 않더라. 성공에만 관심을 주시더라. 많이 서운했어. 문제가 나한테 있어서 감내하려 하지만 애 낳는 여자 그 이상도 이하도 아닌 존재가 되는 거

같아 서러웠어. 여보, 기분 나쁘라고 하는 이야긴 아니야. 내 입장이 그렇단 거야.

—…….

남편은 입을 닫았다. 그리곤 이미 먹기 좋게 손질된 오징어를 다시 찢고 있다. 생각할 시간이 필요하단 몸짓이다.

—난 아이 한 명은 있으면 좋겠다. 아빠가 되고 싶다. 사람들이 아이들과 함께하는 거 보면 마냥 부럽다. 근데 네가 그렇게까지 힘들다면…?

말꼬리가 잘렸다. 얇아질 대로 얇아진 오징어를 손에서 놓지 못하고 있다.

—여보, 우리 헤어지는 거 생각해봤나?

내가 듣고 싶은 답이 뭘까.

—난 근래 자주 한다. 세 명 이상이 꼭 가족이 되어야 한다면 다른 사람과 함께 하는 게 맞는 거 같다. 이해해 주라고 안 할게. 유책 배우자가 이혼을 요구하면 안 되는 거 아는데 나도 노력했잖아. 우리 여기까지만 하자.

여태 속으로만 삼켰던 말들을 뱉어냈다. 생각과 달리 떨리지 않았다. 눈물도 나오지 않았다. 많이 힘들 거라 여겼는데 오히려 속이 후련했다.

—…….

남편의 컵에 이슬이 맺혔다. 흘러내리기 직전이다.

케이크를 내왔다. 초에 불을 켜진 않았다. 어리둥절해하는 남편에게 내밀었다. 검은 머리가 파뿌리가 되겠다던 결혼 서약을 지키지 못해서 미안하다고 했다. 결혼 생활을 유지하든 끝내든 축하하고 싶었다. 더욱이 초라하고 비참하게 끝내고 싶지 않았다고 나지막하게 말했다. 언제든 헤어지고 싶을 때 그렇게 해주겠다고 못을 박았다. 질척거리지 않는다는 말로 맺었다.

—시험관은 그만두자. 자연임신이 되면 좋겠지만 안 되면 할 수 없다
고 여길게. 그래, 입양하자. 네가 입양도 싫으면 그냥 기다릴게. 내
색하지 않을게. 난 너 없으면 못산다.

안과 밖이 같을 수 없다. 그걸 숨기지 못하는 사람이다. 말만이라도 그래, 둘만 살자고 쉽게 할 수 있는데 그러지 못한다. 참 속내가 들키기 쉬운 사람이다. 아이에 대한 간절함이 어쩌면 나보다 더 강할 수 있겠구나 싶다. 아이에 대한 끈을 놓지 않는다. 나와 엮인 빨간 인연의 실 또한 여전히 팔목에서 풀지 않으려 한다. 내 쪽에서 잘라줘야 한다. 셋 이상을 원하는 그에게 둘을 강요할 수 없다. 어영부영 없던 일이 될 거 같아 마음이 급해진다.

시간이 지나면 없어질 이야기로 치부했을 수도 있을 것이다. 이 순간만 지나가길 기다리고 있을 수도 있겠다. 부엌에서 빵 칼을 가

져와 케이크를 잘랐다. 신랑과 신부의 사이를 정확하게 갈랐다. 맞잡은 손이 풀렸다. 핏빛의 부케가 뭉그러졌다. 순백을 더럽혔다. 선혈이 낭자한 곳을 숟가락으로 떴다. 달다.

—야!

그 모습을 지켜보던 남편이 외마디를 남기고 밖으로 나갔다. 화가 나서 견딜 수 없을 때, 남편은 혼자가 된다. 웅크리고 웅크린다. 몇 시간이 지나야 들어올 것이다. 케이크를 꾸역꾸역 먹었나. 또 입에 욱여넣는다. 너무 달아 질린다. 우리 사이도 이럴 것이다. 사랑이라는 감정이 언제까지 갈 수 있을까? 결국엔 서로 질려버릴 것이다. 그때가 언제일지 모르기에 서서히 준비해야 한다. 너무 아픈 상처는 치유가 안 된다. 죽을 때까지 따라다닌다. 남편의 원망이 쏟아진다면 견뎌낼 수 없을 거 같다. 이기적이지만 그 전에 끝내야 한다.

그를 기다리지 않고 잠을 자기 위해 안방 불을 껐다. 거실에서 들어오는 불빛이 신경 쓰이지만, 문을 닫진 않았다. 익숙해져야 하는 어둠인데 아직은 싫다. 다시 불을 켠다. 남편의 빈자리가 크게 느껴진다. 모질게 떼어내야 하는 외로움이다. 누워 있지만, 눈은 더욱 말똥해진다. 이불을 머리 위로 뒤집어써 보지만 한 번 붙은 외로움은 떨어질 줄을 모른다. 이 밤, 잠이 올 거 같지 않다.

현관문 열리는 소리가 났다. 이불을 뒤집어쓴 채 눈을 감고 자는 척했다. 숨소리가 신경에 거슬린다. 들어오는 인기척이 났다.

—수경아, 이제 네 나이 스물아홉이다. 왜 그리 빨리 포기하니? 나

란 사람이 너한테 고작 그거밖에 안 되나? 아직 시간이 많잖아. 난 너 없으면 안 되는데 너는 내가 없어도 되나? 같이 아파해주지 못해 미안하다. 근데 나도 힘들었다. 해줄 수 있는 게 없어서 미안했다. 너 인공수정 실패할 때마다 안 좋은 일이 일어날까 봐 간이 다 떨렸다. 옆에 있어 주는 것만으로도 고마웠다. 귀신 보인다고 했을 때 가슴이 찢어졌다. 그 귀신이 너 데려갈까 봐 무서웠다. 내가 못나서 미안하다. 정말 미안하다. 미안하다.

술 냄새가 진동한다. 술에 취한 채 토해낸다. 눈물이 나왔다. 말라버릴 법도 한데 또 나온다. 울음이 입 밖으로 터져 나왔다.

내 생각만 했다. 상처받기 싫어 몸부림쳤다. 그도 상처받는 걸 뻔히 알면서 모른 척했다. 아파서 그의 아픔을 외면했다. 난 그의 가족이 아니었다. 언제나 떠날 준비를 하던 동거인이었다. '나에게 상처 주기만 해봐 나갈 거야.' 하고 으름장을 놓기만 했다. 나이만 스물아홉이었다. 이불을 걷어내고 그를 올려다봤다. 남편이 울고 있었다. 소리조차 낼 수 없는 울음이 얼마나 아픈지 알고 있다. 아파하고 있었다. 아이를 낳지 못하는 날 사랑해주지 않을까 봐 겁을 내었다. 그가 떠나기 전 먼저 밀어내고 있었다. 어리석었다. 가족은 둘, 셋과 같은 숫자놀음이 아닌데. 손을 맞잡고 있기만 해도 되는 것을 잊고 있었다.

아
픈

상 상

시장을 갈 때마다 기웃거리는 곳이 있다. 들어갈 용기가 없었다. 쇼윈도에 진열된 물건을 밖에서 구경한다. 매번 똑같은 전시품은 간혹 바뀌기도 한다. 새로운 물건이 나왔거나 계절이 바뀌었을 때이다. 미묘한 변화라도 있으면 그것을 보는 재미에 푹 빠진다. 한 벌의 옷이 성인 티셔츠 한 장보다 작다. 한 뼘도 안 되는 신발, 그보다 더 귀여운 양말 등이 주인을 기다린다.

용기를 내어 들어가 보기로 했다. 사장은 하나라도 파는 것이 좋을 터이다. 지갑이 열리지 않는 나 같은 사람을 싫어할 것이다. 수시로 쳐다만 보던 나를 기억하고 있진 않을까? 실없는 걱정을 해본다. 밖에서 보던 모습과는 또 다르다.

여러 가지 물건이 정갈하게 정리되어 있다. 생각과는 달리 화려한 색깔이 없었다. 파랑과 분홍, 그리고 초록이 주류를 이루었다. 장난감과 쓰임새가 짐작되는 기구들도 있었다. 모든 것이 작았다. 소인국에 들어온 걸리버의 기분이 이랬을까? 손으로 집어보고 꼼꼼하게 비교도 해보고 싶은데 만지기가 조심스럽다. 눈으로 훑었다.

신발을 하나 골랐다. 신발 중 가장 작았다. 손바닥 위에 올라간다. 초록 바탕에 분홍과 파란 무늬가 작게 프린트되어 있었다. 말, 구름, 꽃 등이 앙증맞다.

─선물하시나 봐요. 근데 보행기 신발은 오래 신지 못해요. 아예 신기지 않는 엄마들도 있어요. 차라리 다른 걸 고르는 게 나을 수 있어요.

사장으로 보이는 여자의 설명이다. 보행기 신발이구나. 그런데 보행기가 무엇인지 알 수가 없다. 신발의 종류 중 하나려니 한다. 괜찮다고 말했다. 누굴 주기 위해 구매하는 것이 아니기 때문이다. 상자에 신발을 담고 손수건 한 장을 넣어준다. 그리고 포장을 곱게 한다. 상표가 찍힌 종이가방에 넣어 건넨다.

집으로 돌아와 포장지를 풀었다. 변함없이 그대로다. 아니, 자꾸 쳐다보니 더욱 사랑스럽다. 어디에 둘까 고민하다 침대 옆, 협탁에 올렸다. 함께 들어있던 손수건을 깔았다. 스탠드 바로 옆에 두었다. 그 자리에 원래부터 있었던 거처럼 딱 맞았다. 신발을 본 신랑의 표정이 마땅찮다. 하지만 치우진 않았다.

한 번 들어가기가 힘들었지, 그다음은 쉬웠다. 협탁 위에는 작은 물건이 늘었다. 딸랑이, 짱구 베개가 신발 옆에 줄지어 놓였다. 나중에 아이를 낳게 되면 다 필요한 것들이다. 미리 장만한다고 자신을 이해시켰다.

언니가 아이를 데리고 친정에 왔다 한다. 남편이 마칠 때를 기다려 함께 갈까 했지만, 민이가 너무 보고 싶었다. 오랜만에 보는 거라 얼마나 커 있을지 궁금했다. 통화 때, '이모' 하고 부르는 소리를 실제로 빨리 듣고 싶었다. 버스를 타고 한 시간이면 가는 거리다. 먼저 친정에 가기로 했다.

시외버스에 올랐다. 역한 냄새가 코를 찔렀다. 속이 울렁거렸다. 아직 버스가 움직이지도 않았는데 멀미가 시작되었다. 출발하기 십여 분이 남았다. 자리에 앉아 있기가 고역이다. 구토가 나올 거 같다. 헛구역질이 나왔다. 통로 건너편에 앉은 사람이 힐긋거리며 쳐다본다.

평소에는 멀미를 잘 하지 않는데 당황스럽다. '나중에 친정에 갈까? 아니면 지금 갈까?' 고민됐다. 어차피 갈 건데 다시 집에 들어갔다가 나오기가 번거롭다. 버스에 남는 걸 택했다. 그 선택을 곧 후회했다. 버스가 출발하고 몇 분 뒤, 결국 토했다. 다행히 버스에 비치된 검은 봉지가 있어 바닥을 더럽히는 망신은 면했다. 헛구역질하는 날 보던 옆 통로 사람의 도움이었다. 버스기사에게 양해를 구하고 차에서 내렸다. 도저히 앉아 있을 수가 없었다. 땅을 밟으면 멀미가 가라앉는단 말은 사실이었다. 거짓말처럼 사라졌다.

— 엄마, 나 버스에서 토했다. 체했나 봐. 나중에 김 서방이랑 같이 넘어갈게. 좀 잘란다.

엄마가 갑자기 먹고 싶은 게 없느냐고 물었다. 비빔국수가 먹고 싶다고 이야기하고 전화를 끊었다.

그날 저녁, 남편과 함께 친정에 갔다. 낯선 얼굴에 민이가 울음을 터뜨렸다. 종일 울기만 한다고 엄마는 서운해하셨다. 하지만 우는 모습조차 귀엽다. 성인이 저렇게 울면 추하겠지만 세 살 아이는 예외다. 한참을 울고 눈물이 잦아든다. 안방 협탁 위에 있었던 연한 하늘색의 플라스틱 공을 주었다. 안에 방울이 들어있어 굴리면 소리가 난다. 언니 품에서 떨어지지 않던 아이가 공을 향해 걸어온다. 부끄러워하며 달라고 손을 내민다. 공이 손을 덮어버린다. 한참을 딸랑거리는 소리가 집에 울렸다.

저녁을 먹기 위해 상 앞에 앉았다. 언니가 좋아하는 회와 매운탕이 차려졌다. 그 옆에 비빔국수가 놓였다. 나중에 집에 갈 때 가져가라며 갓 담은 김치를 내왔다. 그 순간 또 헛구역질이 났다. 젓갈 특유의 냄새를 참을 수가 없었다. 세상에서 제일 맛있는 엄마 김치가 거슬렸다.

—갱아, 너 혹시?

엄마가 뒷말을 잇지 못했다. 민이를 제외한 모두가 나를 쳐다봤다. 재빨리 날짜를 세었다. 평소에 생리가 불규칙해서 아리송했다. 마지막 생리가 33일 전이었다. 처음 있는 일이다.

—에이, 설마? 체한 거 아닐까. 나 원래 생리가 멋대로이잖아.

애써 침착하려 했다. 실망하기 싫었다. 거듭되는 실패로 이미 많이 아팠다. 헛된 희망을 품기 싫었다. 확실한 증거가 필요했다. 엄마가 얼른 김치를 치웠다.

—정미야, 수경이 김치까지 네가 다 가져가라. 내가 너 가졌을 때, 김치 냄새가 제일 싫더라.

엄마는 이미 확신을 하셨는지 입꼬리가 올라간다.

—수경아, 아직 약국 문 열었을 건데 집에 가봐라. 어차피 지금 밥도
  못 먹잖아.
—제부, 수경이 데리고 집에 가시는 게 좋을 거 같아요.

언니가 귀가를 종용한다. 말이 없는 건 아빠뿐이다. 집에 갈래
를 남편이 연신 묻는다. 이게 아닌데. 왜 이렇게 모두가 들떴지. 점
점 인상이 굳어졌다.

—김 서방, 밥은 먹고 가. 정미 엄마, 애들 밥은 먹이고 보내야지.

남편은 마음을 숨기지 못한다.

—네.

말과 행동이 달랐다.

—어무이, 수경이 임신했을 때는 뭐가 먹고 싶었대요?

면 종류가 그렇게 먹고 싶었다고 대답하는 엄마다. 그 말에 심
장이 떨렸다. 이젠 태연함을 가장할 수가 없었다. 엄마가 얼마 전
에 태몽 비슷한 걸 꿨다고 한다.

—엄청나게 큰 하얀 뱀이 철창우리에 갇혀 있더라. 나를 보며 눈물을

짓는데 어찌나 안쓰럽던지 같이 울었어. 꿈에서 울면 좋은 일이 생긴다잖아.

— 엄마, 진짜가? 나도 얼마 전에 꿈꿨는데 수경이가 아이 하나를 안고 집에 놀러 왔더라. 하얀 보자기에 싸였던데. 수경아, 아침에 병원 가 봐라.

설마 하던 마음이 혹시 하는 마음이 되었다. 밥을 편하게 먹을 수가 없었다. 수저를 놓았다. 서둘러 인사를 하고 집으로 향했다.

돌아오는 차에서 오만가지 생각이 났다. 이미 마음으론 임신이 기정사실이 되었다. 확인이 필요할 뿐이다. 얼마 전 내가 자두 먹고 싶다는 이야길 한 걸 상기시키며 남편은 딸이면 좋겠다 한다. 함께 목욕탕에 갈 수 없어 아쉽지만, 저형이나 제수의 딸을 보면 아들보다는 딸이 낫다 한다. 아이가 생기면 지금 사는 집이 좁을 텐데 분양을 받자는 이야기도 했다. 태명은 뭐로 할지 고민했다. 한 번도 해보지 못한 이야기들을 주고받았다.

약국에 들러 임신테스트기를 샀다. 꿈에서 현실로 돌아왔다. 갑자기 불안해졌다. 화장실까지 가는 거리가 멀게 느껴졌다. 너무 자주 사용해서 설명서는 필요 없었다. 손이 떨렸다. 두 줄이 필요하다. 테스트하고 억겁의 시간이 흐른 듯 느껴진다. 차라리 보지 말잔 생각으로 눈을 감았다. 속으로 천천히 열을 셌다. 다시 열을 셌다. 이렇게 세 번을 반복하고 눈을 떴다. 온몸의 말초신경이 한군데로 집중됐다. 선명하게 한 줄만 새겨져 있었다. 테스트기를 떨어뜨렸다. 다시 주워 확인해봐도 한 줄이다. 또 아니다. 다른 건 필요 없었다. 확실한 증거에 힘이 빠졌다.

화장실에서 나갔다. 남편이 표정을 살피다 테스트기를 낚아챘다. 손에 테스트기를 쥐고 있었나 보다. 바뀔 리 없다. 그의 인상도 곧 굳었다. 전화벨이 울린다. 전화기는 한참을 쉬지 않았다.

냉장고에 있는 소주를 꺼냈다. 병뚜껑을 따고 선 채로 들이켰다. 쓴 기운이 목구멍을 타고 내려갔다. 한 병을 비우고 또 다른 병을 꺼내려 냉장고 문을 열었다. 구역질이 났다. 급하게 마신 술은 위를 통과하지 못하고 솟구쳐 올랐다. 투명한 액체가 흥건하게 바닥을 적셨다. 연이은 구토에 온몸에 악취가 났다. 화장실로 달려갔다. 노란 물까지 올리고서야 멈췄다. 바닥에 주저앉았다. 그제야 눈물이 나왔다. 욕조에 들어가서 샤워기를 틀고 설움을 뱉어냈다. 옷이 젖어든다. 소주의 흔적이 지워져 간다.

밖으로 나오니 남편이 토사물을 치우고 있었다. 바닥에 쪼그려 앉아 걸레로 닦고 있었다. 나보다 키가 작아져 있다. 열심히 걸레를 훔치는 어깨가 가늘게 떨리고 있었다. 내가 하겠다고 말했다. 어지른 사람이 치우는 게 맞다 했다. 남편은 괜찮으니 쉬라고 한다. 공기를 타고 통한의 진동이 전해져 온다. 쪼그려 앉았다. 몸을 한껏 웅크리고 위를 올려다봤다. 남편이 울고 있었다. 더러워진 손으로 훔치지 못한 눈물이 범벅이다. 눈물길이 천 갈래 만 갈래다. 손으로 닦아주었다. 손가락 끝에 그의 아픔이 전해온다. 남자는 태어나면 세 번 운단다. 이 남자는 나를 만나고 도대체 몇 번을 우는지 셀 수조차 없다.

이번에도 받아들이기 쉽지 않았다. 기대를 하고, 좌절하고 실망을 하는 것 모두 마음가짐인데 어찌지 못한다. 기대조차 하지 않았다면 덤덤하게 지나갔을 일이다. 아직은 내 것이 되지 못하는 것에 또 욕심부렸다. 미련이 깊다.

흔들리다

언니가 울산 자기 집에 오라고 한다. 마침 형부도 집에 없다며 바람도 쐬고 같이 맛있는 것도 먹으러 다니잔다. 간혹 언니 집에 가서 며칠을 보내고 오곤 했다. 언니 사는 동네 구경도 여러 번 했고, 맛있는 것은 여기도 있다며 거절했다. 대뜸 백화점을 가잔다. 그 소리에 마음이 동했다. 거제엔 백화점이 없다. 망설이고 있는 나에게 남편이 오랜만에 가서 푹 쉬고 오란다. 마음의 평화를 위해 울산에 가기로 했다. 사실 백화점에 가고 싶었다.

언니 말을 듣길 잘했다. 거제에서 점점 멀어질수록 마음이 가벼워졌다. 공간의 스펙트럼이 넓어질수록 꽉 막힌 생각에서 차츰 벗어날 수 있었다. 하루의 많은 시간을 임신으로 스트레스를 받았다. 바쁘기라도 하면 그 시간만큼은 지우기라도 했을 텐데 게으르게만 보냈다. 반면 언니는 바빴다. 아침부터 밤까지 민이 뒤를 졸졸 쫓아다녔다. 아이가 일어나면 언니도 일어났다. 외출 장소는 백화점이 아니라 놀이터였다. 몇 시간을 모래 위에서 보내고 집으로 돌아오면 또 정신없이 지냈다. 난 쉬러 왔는데 졸지에 언니의 역할을 나누어 하고 있었다. 손님이길 기대했는데 현실은 가사도우미였다. 아이가 잠드는 아홉 시가 되어서야 언니도 나도 겨우 쉴 수 있었다. 민이가 잠든 시간, 녹초가 되어 소파에 앉았다.

— 언니야, 백화점 간다며? 언제 갈 건데? 형부 출장 가고 힘들까 봐 나 데리고 왔지?

어떻게 알았느냐며 소리 내어 웃는다. 내일은 외출하잔다. 설마 또 놀이터는 아니겠지 물으니 다행히 아니란다.

다음 날, 민이를 언니 시댁에 맡겼다. 둘이 택시를 탔다. 동구 어디로 가자고 기사님에게 말한다. "현대백화점 가는 거야?" 하고 물었지만 가보면 안단다. 그래, 백화점도 가고 다른 곳도 들르면 되지 하고 생각했다. 택시에서 내린 곳은 번화가가 아니었다. 오래된 골목길이었다. 두리번거리는 내 손을 잡아끈다. 대나무가 꽂힌 집 앞에서 멈추었다. 어리둥절해하는 내게 예약을 했다며 들어가잔다. 자기 시댁어른들이 한 번씩 가는 곳인데 용하단다. 헉 소리가 절로 났다. 한 번도 가본 적이 없는 곳이다. 들어가기 싫었다. 하지만 이미 문 앞까지 온 언니를 이길 순 없었다.

막상 들어가니 무섭지 않았다. 그냥 일반 집에 신당 하나만 차려져 있었다. 부처님도 계시고 여러 가지 화려하게 꾸며져 있었지만 크게 감응이 일진 않았다.

보살도 이웃집 아주머니 같았다. 텔레비전과 달랐다. 눈도 쭉 찢어지지 않았고 광채도 없었다. 작은 상을 마주하고 서로를 탐색했다.

— 언니, 아기가 무서워서 안 와.

아기 목소리였다. 첫 마디였다. 순간 소름이 돋았다. 미신이라 치부했는데 이 한 마디에 몸을 앞으로 당겼다. 언니가 어떻게 하면 아기가 올 수 있느냐고 물었다.

—언니, 성질 좀 죽여. 기 센 거 봐. 그 성질 꺾여야 아기가 와.

할 말이 없었다. 성질이 더러워서 아이가 안 온다는 말에 기가 막혔다. 아기를 기다리는 걸 맞추어서 기대했는데 별안간 기가 세서 아기가 안 찾아온다는 말에 코웃음이 나올 지경이다. 병이 있어서 그렇다고 했으면 보살을 업고 다녔을지도 모른다. 그 뒤부터는 시큰둥했다. 이성을 앞세우니 앞뒤가 안 맞는 말투성이다. 첫 마디도 때려 맞춘 거 같다는 의심이 들기끼지 했다. 부적을 쓰라 한다. 그 부적값이 어마어마하다.

들어올 때와는 반대로 언니 손을 끌고 나왔다. 언니는 계속 부적에 미련을 못 버린다. 신 줄, 공덕을 들먹인다. 말도 안 되는 소리 하지 말고 백화점에 가자고 재촉했다. 언니는 민이 찾으러 가야 한다는 말로 뒤통수를 쳤다. 나를 울산에 데리고 온 목적이 가사도우미임이 틀림없다. 부랴부랴 택시를 타고 언니의 시댁으로 갔다.

언니의 전화기가 울렸다. 엄마였다. 점집에 다녀온 이야기를 한다. 둘이 작정을 한 거다. 의심의 여지가 없다. 전화기를 낚아챘다.

—엄마, 나. 혹시 언니하고 짰나?

수화기 너머가 조용하다. 대답을 재촉했다.

―아니, 짠 게 아니고 저번에 그런 일 있고 속상해서 그랬다. 울산 그
　집이 그리 용하다고 하더라. 얼굴을 직접 봐야 정확한 점사가 나온
　다잖아. 그건 그렇고, 부적은 하나 쓰자. 기가 꺾여야 임신이 된다
　며. 그 돈은 엄마가 줄게.

또 부적 타령이다.

―아고, 어머니! 왜 이러세요? 부적 같은 소리 한다. 그 돈 있으면 나
　주라. 백화점 가서 옷도 사고 신발도 사게. 엄마, 사람 더 이상 비
　참하게 만들지 마라. 병 있는 것도 서러운데 성질도 괴팍하다 하면
　나는 어떻게 해야 하는데? 엄마, 더 나가지 말자. 부탁이다.

한숨이 전화기 선을 타고 넘어온다. 숨소리가 간헐적으로 멈춘
다. 엄마의 눈물이 느껴진다. 달래야 하는데 그러기 싫어 언니에게
전화기를 되돌려줬다. 방으로 들어가 문을 닫았다. 문밖에서 들리
는 소리에 귀를 막았다. 흔들리기 싫었다.
　밤이 찾아왔다. 하루가 짧다. 언니 집에서의 아침은 밤을 부
른다. 민이를 숨 가쁘게 쫓다 보면 어느새 하루가 지나간다. 언
니가 반상회 간다며 잠시 민이를 봐 달라 했다. 민이도 며칠 계
속 같이 지내다 보니 이젠 익숙해졌는지 짧은 시간 동안은 언니
가 없어도 울지 않았다.
　스케치북에 크레파스를 쥐어 주니 좋아했다. 주황색 줄을 긋고
'뿡뿡이'란다. 민이가 가장 좋아하는 캐릭터다. 노래를 불러줬다.
계속 듣다 보니 간단한 멜로디라 외워졌다.
　'뿡뿡이가 좋아요. 왜? 그냥, 그냥, 그냥 짜잔 형이 좋아요. 왜?

그냥, 그냥, 그냥 뿡뿡 짜잔 뿡뿡' 흥에 겨워 함께 부른다. 사실 처음엔 짜잔 형을 오해했다. 고향에선 지저분한 것을 '짜잖다.'라고 한다. 세상에 '짜잖은' 형이란다. 뿡뿡이는 방귀나 뀌고 그 옆의 형은 지저분하단다. 아이들은 이런 이야길 좋아하나 했다. 사실 충격이었다. 프로그램을 보고 나서야 짜잔이 그 짜잔이 아니란 걸 알았다. 역시 사람은 겪어봐야 깨닫는다. 팔에 입을 대고 방귀 소리를 내니 까르르하고 좋아한다. 자기도 따라 하지만 잘되지 않는다. '뿡뿡' 하고 말로 대신한다. 삼십 분가량을 그렇게 보냈다.

갑자기 민이가 옆으로 오더니 누웠다. 그러곤 누우라 한다. 내 팔을 가져다가 벤다. 그 모습이 사랑스러워하는 대로 가만히 보고만 있었다. 손가락을 하나하나 누르며 하나, 둘, 셋, 하나, 셋 숫자를 센다. 말소리가 느려진다.

눈을 몇 번 끔벅이더니 스르르 잠이 들었다. 팔을 뺄 수가 없어 그대로 두었다. 내 몸 반의반 정도밖에 안 되는 아이인데 움직일 수가 없었다. 고운 잠을 깨울까 조심스러웠다. 양치를 시켜야 한다는 말만 되뇔 뿐이다. 천사가 있다면 이 아이가 아닐까? 천사조차도 반하지 않을까 싶다. 봉긋 솟은 이마며 길쭉한 눈썹, 납작한 콧등이 아주 예쁘다. 인중에 말라붙은 콧물조차 사랑스럽다.

흔들렸다. 아이 없이 남편과 둘만 살아도 괜찮다고 여겼는데 그 마음에 금이 간다. 입양이라도 하자던 남편의 말이 이제야 와 닿는다. 남의 자식을 어떻게 키우나 반문했었는데 민이 같은 아이라면 가능하지 않을까 하는 생각이 든다. 핏줄이라 더 당길 수도 있다.

하지만 며칠 동안 민이를 따라간 놀이터의 아이들 누구 하나 밉지 않았다. 오히려 탐이 났다. 보자기에 둘둘 말아 아무도 모르게 데리고 가고 싶었다. 도리질을 몇 번이나 했다. 허공의 적막을 깨뜨리는 웃음소리가 아집으로 가득 찬 나를 세차게 흔들어댔다.

나도 모르게 잠이 들었나 보다. 언니가 거실에서 자지 말고 들어가서 편하게 자라며 깨웠다. 이미 민이는 자기 침대에 뉘어져 있다. 민이 방으로 들어가서 이마에 입을 맞추었다. 그 모습을 지켜보던 언니가 술 한잔하자 한다.

―민이가 잠투정이 심해서 재우기 힘들었을 텐데 수고했네.

언니의 말에 혼자만의 시간에서 깨어났다.

―언니야, 나 입양할까? 임신이 안 되면 그것도 괜찮겠다. 입양하기 힘들까? 그것도 조건이 돼야 한다고 얼핏 들은 거 같아. 가슴으로 낳은 아이를 잘 키울 수 있을까? 나 봉사 활동 같이하는 사람 중에 C 있잖아. 그분은 결혼했는데 아이를 못 낳아 이혼당했대. 그래서 아이 둘 있는 홀아비랑 재혼했대. 그렇게 잘 살 줄 알았는데 아이들이 전처를 계속 찾아간대. 그 모습을 지켜보는 것이 힘들다 하더라. 난 사실 입양에 대해 부정적이었어. C 같은 인격을 가진 사람도 남의 자식을 키우는 것이 힘든데 난 오죽할까 싶었거든. 근데 요 며칠 언니 집에서 지내는 동안 생각이 바뀌었어. 지금은 나도 할 수 있지 않을까 하는 맘이 든다. 언니야, 나 잘할 수 있을까?

언니가 운다. 난 사람들 울리는 재주가 있나 보다. 나만 보면 우는 사람이 왜 이리도 많은지. 알면서 모른 체하고 싶다.

―수경아, 네 나이가 너무 아깝다. 그건 나중에 아주 시간이 많이 지

난 후에 고민해라. 지금은 아니다. 너 보면 마음이 아파. 예쁘고 똑똑한 동생이었는데 지금은 찌들어 보여. 다시 너를 찾아. 일을 하든 공부를 하든지 해봐. 임신에 대해서 자유로워지면 좋겠어. 그래, 진짜 안 되면 입양도 괜찮아. 민이 키우면서 인생 공부하고 있어. 그런 삶을 너도 살았으면 해.

언니가 서럽게 운다. 삼키는 소리가 잇새를 밀고 나온다. 핏줄이라 그런가 보다. 나만큼 아파해준다. 그게 얼마나 큰 위로가 되는지 언니는 알고 있을까?

사실, 언니가 얄미웠던 적도 있었다. 난 너무 힘든데 몰라주는 거 같았다. 근데 막상 같이 지내다 보니 이해가 되었다. 치열하게 살고 있었다. 가까운 곳에 시댁이 있고, 심지어 언니는 종갓집 맏며느리이자 외며느리다. 일 년에 제사가 열 개도 넘는다. 사업을 하는 형부는 집에 들어오지 않는 날이 많다. 민이는 완전 언니 껌딱지다. 언니 역시 허우적대고 있었다.

흔들린다. 뒤늦게 알게 된 언니의 진심이 두꺼운 벽을 무너뜨린다. 남편에게조차 온전히 보여줄 수 없었던 온 마음을 드러냈다.

— 언니야, 나 사실 너무 힘들었다. 죽고 싶은 적이 한두 번이 아니다. 성일이한테는 죄인이다. 그 사람이 무슨 죄가 있어 나 같은 걸 만나 아빠란 당연한 기쁨을 누리지 못하는지. 게다가 언제 터질지 모르는 시한폭탄 같은 내 눈치만 보고 산다. 그게 더 미치게 한다. 그냥 화를 내면 좋겠는데 소리도 안 내고 운다. 그 모습을 볼 때마다 달리는 차로 뛰어들고 싶었다. 나 정말 못된 딸이다. 내 얼굴 보면 '아들, 아들' 하는 시부모한테는 죄인이라 말도 못하면서 아빠 엄마한테는

짜증만 낸다. 가슴에 대못을 박으면서도 그 짓을 또 반복한다. 대못 빠져도 곪아 터져 있을 거다. 아빠 엄마한테도 죄짓고 있다. 나 왜 이리 못 났지? 이 많은 죄를 다 어찌하지? 아까 그 점쟁이 말이 맞을 수도 있겠다. 죄가 쌓여서 바라는 걸 이루지 못하나 봐.

한참을 언니 품에서 울었다. 언니의 울음소리에 내 울음소리가 묻혔다. 꽁꽁 싸매두기만 했던 응어리가 터져 나왔다. 민이가 놀래서 나왔다. 세 여자의 울음이 아파트를 흔들어댄다.

한 번 만

더

머리카락을 잘랐다. 목이 흔히 드러난 건 오랜만이다. 어깨 아래로 길게 늘어졌던 머리가 경쾌하게 목선 위로 올라갔다 염색과 펌도 했디. 깊은 갈색에서 석당한 펌이 들어간 밝은 오렌지로 바꾸었다. 헤어스타일을 바꿀 계획은 없었다. 그냥 미용실 앞을 지나다 즉흥적으로 들어갔다. 단골 미용실도 아니었다. 깔끔하게 손질만 하려 하다 벽에 쓰인 문구를 보고 마음을 바꾸었다. 'for your beauty & happiness' 순간, 예뻐지면 행복해질 거 같았다.

원하는 걸 말하라는 미용사에게 머리를 짧게 자르고 발랄해 보이게 해달라고 했다. 가위가 지나갈 때마다 상당한 머리카락이 잘려나갔다. 목이 허전했다. 하지만 그것도 잠시였다. 바닥을 새카맣게 덮고 있는 잘린 머리카락에 기분이 좋아졌다. 불필요한 것들이 떨어져 나갔다.

미용사가 스펀지로 목에 남은 찌꺼기까지 털어냈다. 잘 떨어지지 않는지 힘이 가해진다. 두 시간 후 미용실 문을 나서기 전, 다시 한 번 벽에 쓰인 글귀를 눈에 담았다. 이젠 행복해질까?

말 한마디 없이 머리를 잘랐다고 남편이 호들갑이다. 짧아진 머리를 헤집으며 선머슴아 같다고 놀린다. 아깝진 않으냐 물어본다. 여자는 심경의 변화가 있을 때, 헤어스타일을 바꾼다는 데 혹시 자기가 모르는 뭔가가 있는지 묻는다. 내 눈치를 살피는 그에게 그냥 예뻐지고 싶었다고 답했다. 당신과 나, 둘로도 너무 행복한데 더 행복해지고 싶어 그랬다고 말할 수 없었다.

금기어는 아니지만 둘 다 가능하면 쓰지 않는 말이 있다. 그 말이 나오는 상황까지도 웬만하면 만들지 않으려 노력한다. 약속하지 않았지만, 어느새 그러고 있었다.

—여보, 나 다시 직장 나갈까? 그냥 집에만 있으니 심심해. 아니면 희망 봉사단에서 무료 공부방을 하는데 강사가 부족하대. 그거 할까? 나 이전에 수학 강사 했잖아.

머리칼만큼이나 뜬금없는 소리인지 남편은 한동안 내 얼굴만 처다봤다. 돈을 벌고 싶은 건지 조심스레 묻는다.

—나 이제 시험관아기 안 할 거야. 임신에만 매달리니까 내가 없어져. 물론 자연 임신이 되면 좋겠지만 안 되더라도 입양이라는 차선책이 있잖아. 여유를 가지고 생각하고 싶어. 이 세상을 살 기회는 한 번인데 그 삶이 행복하면 좋겠어. 돈을 버는 게 목적이 아니라 지워졌던 '나'를 찾고 싶어.

진심을 말했다. 통하길 바랐다.

―네가 그렇게 말해 줘서 고마워. 정말로 듣고 싶었던 이야기야. 하고 싶은 일을 선택해. 응원할게. 하지만 그 일이 도피처가 되지 않았으면 해. 시험관아기는 이제 그만하자. 양가에도 알릴게.

시아버지는 화가 나서 남편을 구타했다. 입에 올리기 힘든 욕지거리를 했다. 단단히 화가 나신 게다. 화를 못 이긴 시아버지는 집으로 가겠다는 우리를 막기 위해 자동차에 큰 돌을 던지기까지 했다. 보닛이 찌그러졌다. 시험관아기를 하지 않겠다는 말이 발단이었다.

―왜? 시험관을 하지 않을 긴데? 벌써 결혼한 지 4년째다. 지금 무슨 낯짝으로 그런 말을 하니?

겨앙된 목소리에 움찔했다. 무슨 사달이 날 것만 같았다. 꿇은 무릎이 아팠다.

―아이가 자연적으로 생기면 낳고, 안 생기면 입양하겠습니다.

호적에서 판다는 협박에도 남편은 꿈쩍하지 않는다. 불효막심한 놈이라 호통쳐도 할 수 없다고 대꾸한다. 무자비한 폭행에도 한 번의 반항 없이 맞고만 있다.

그만하라고 고함을 쳤다. 아버님이 뭐라고 내 남편을 욕하고 때리나 하고 따졌다. 김씨 집안에 시집온 것이 아니라 남편 하나만 보고 결혼한 것이라며 대들었다. 손이 벌벌 떨린다. 이렇게 고성이 오간 건 처음이다. 시어머니는 울고만 계셨다. 남편이 자리를 박차며 일어선다. 손을 잡아끈다. 끌려나왔다. 갑자기 시아버지가 큰 돌을 들고 뛰어오셨다. 그리곤 차를 향해 던졌다. 모든 것이 정지됐다. 그 자리에서 움직일 수가 없었다. 털썩 주저앉았다. 남편도 놀랐는지 아버님과 돌을 번갈아 보기만 했다. 소리조차 나오지 않았다. 남편의 다리를 부여잡고 힘겹게 일어섰다. 집에 가자고 했다.

후련했다. 미루고 미뤘던 숙제를 끝낸 기분이었다. 짐을 벗어던졌다. 임신이라는 족쇄에서 벗어났다. 희망이 보였다. 무엇이라도 할 수 있을 거 같던 용기가 생겼다. 남편에게 미안했지만 이렇게 하는 것이 맞다고 위로했다. 다시 출발선에 섰다. 스물아홉 가을, 더 나은 삶을 위한 첫걸음을 뗐다. 한 번 더 함께, 그리고 이전과는 다르게 가는 길을 선택했다.

면접을 보러 갔다. 중소기업의 경리직이다. 경력도 관련 자격증도 없지만 하고 싶다는 절실함으로 도전했다. 운 좋게 서류전형에서 합격하고 면접을 보게 됐다. 첫 질문이 '아이를 가지면 직장에 계속 다닐 수 있는가?'였다.

생각지도 못했다. 예상 질문에 없었다. 그렇다고 '난임입니다.' 하고 말할 수 없었다. 그들에게 드러내기 싫었다. 짧은 순간 고민했다. "남자도 아내가 임신하면 회사를 그만둬야 합니까?" 하고 반문했다. 황당해하는 면접관의 표정에서 당락이 결정되었다. '락'이었다. 다시 교차로의 취업난을 뒤적였지만 쉽지 않았다. 장사를 생각하기도 했지만, 밑천도 없고 경험도 없다. 쉬운 일이 없다.

이력서를 내고 다니던 중, 지인의 친구가 하는 가게에 점원이 그만두었다며 잠시 아르바이트하면 어떻겠냐는 연락을 받았다. 유명메이커 의류매장이었다. 엄마 가게를 도와준 경험이 있기에 흔쾌히 수락했다. 남편의 걱정을 뒤로했다. 찬밥 더운밥 가릴 처지가 아니었다. 빨리 일을 하고 싶었다. 판매만 하면 된다고 쉽게 생각했다. 손님 상대하는 것을 어렵지 않다 여겼다.

매장 청소부터 장부정리까지 하는 거라고는 생각지도 못했다. 아침 일찍 일어나 매장문을 열고 마지막까지 남아서 청소하고 문을 닫았다. 상자를 받아 물건을 옮기고 정리하는 것도 내 몫이었다. 판매한 물건과 장부가 일치하지 않으면 그 손해는 월급에서 깎였다. 한 달에 백만 원 버는 것이 고역이었다. 매장 안에서는 냄새 때문에 식사를 하지 못했다. 그렇다고 시간을 따로 내어 밖에 나가 사 먹는 것도 허용되지 않았다. 빵과 우유로 점심을 때웠다. 생각과 달랐다. 막연히 어렵지 않을 거라 여겼는데 무지했다. 세상은 녹록하지 않았다.

결국, 일이 터졌다. 한 손님이 얼룩진 옷을 교환해 달라고 했다. 입지 않았다고 했지만 구겨신 옷은 그녀의 말이 거짓된 것임을 여실히 보여줬다. 가격 태그도 제거되어 있어 교환이 불가능했다. 교환해 달라는 그녀와 그럴 수 없다는 언쟁이 계속되었다. 다른 손님들이 눈치를 보며 매장을 나갔다. 의기양양해진 그녀가 장사를 이렇게 하는 거 아니라고 말하며 더욱 큰소리쳤다. 길어지는 소동에 사장이 결국 교환을 해주었다. 그다음이 문제였다. 사장이 그 옷을 나에게 던졌다. 그리곤 해결하지 못했으니 월급에서 제하겠다고 했다. 어이가 없었다. 더 이상 참을 수 없었다. 갑질하지 말라며 문을 박차고 나왔다. 더 쏘아대고 싶었지만, 지인의 얼굴을 봐서 참았다.

한참을 씩씩대며 사장을 욕했다. 판매는 할 짓이 아니라며 분통을 터뜨렸다. 내 탓은 없다고 여겼다. 하지만 한 번만 더 생각을 달리했더라면 그렇게 그만두지는 않았을 터이다. 사장 입장에서는 답답한 종업원이었을 게다. 영업을 잘하는 것도, 그렇다고 청소를 깨끗하게 하지도 못했다. 고분고분한 맛은 더욱 없었다. 일을 하고

만 싶었지 절실하지 않았다.

그래서 마땅히 해야 하는 일조차 부당하다고 불평만 했다. 사장 역시 참다못해 터진 것일 테다. 생각보다 힘든 일에 그만두고 싶은 거리를 찾고 있었던 것은 아닐까. 마침 일이 발생했고 미련을 두지 않았다. 아니, 미련을 둘 필요조차 없었다.

다시 무슨 일을 할 수 있을까? 고민했다. 남편이 희망봉사단의 무료 공부방 강사 일을 제안했다. C에게 전화했다. 아직 강사가 충원되지 않았다는 이야길 들을 수 있었다. 다행이었다. 다음 주부터 초등학생을 맡기로 했다. 내 자식도 없는데 남의 자식을 가르친다는 사실이 싫었다. 이런 마음으로는 그 아이들에게 다가갈 수 없다. 세차게 도리질을 한다. 한 번 더 용기를 내기로 했다. 더욱 단단해지기로 했다.

공부방은 쉽지 않았다. 말이 나온 지 꽤 시간이 지났기에 어느 정도 기반이 잡힌 줄 알았다. 하지만 아무것도 제대로 갖춘 것이 없었다. 학생도 두 명이었다. 아무리 홍보 부족이라지만 이건 뭐지 싶었다. 내색 안 하려 했지만 워낙에 감정이 얼굴에 드러나는지라 모두가 짐작했으리라. 열 평 남짓 공간에 책걸상만 있었다. 한 계단씩 밟아 가야 했다. 한 명이 아닌, 두 명에 감사했다. 노력한다면 시간이 점차 해결해 주리라 믿었다. 그리고 내 주위의 시간이 빨라졌다. 더디게만 움직이던 시곗바늘이 힘을 낸다. 덩달아 바빠졌다.

03

출 산 ,
행 복 한
순 간

하늘이

준

선 물

꿈을 꾸었다. 평소에 꿈을 자주 꾸는 편이지만, 해몽이나 예지몽을 믿진 않았다. 하지만 이번엔 달랐다. 절이었다. 서너 살쯤 되어 보이는 동자승이 무릎을 꿇은 채 합장을 하고 있었다. 법당을 등지고 앉아 있었다. 곁에 아무도 없었다. 왠지 지켜보는 내내 마음이 아팠다. 제 덩치보다 큰 승복을 입어 더욱 가녀려 보이는 어깨를 안아주고 싶었다. 비록 뒷모습뿐이었지만 낯설지 않았다.

동자승 꿈을 꾸고 삼 일 후, 꿈인지 아닌지 어렴풋한 상태에서 소리를 들었다. 쉽게 들을 수 있는 목소리가 아니었다. 울림이 있는 맑은소리를 가진 남자였다. 부처님 혹은 고승의 음성으로 미루어 짐작되었다.

―절을 가거라. 속히 절로 가거라.

연이은 생소한 경험이었다. 불교신자가 아니다. 그렇다고 다른 종교를 가지고 있는 것도 아니다. 양가 부모님이 절에 다니시긴 했지만 나와는 관계없다고 여겼다. 임신 스트레스로 인한 환청은 아니었다. 아이에 대해 생각을 할 겨를이 없었다. 아니, 사실은 안 하려고 바쁘게 살았다. 봉사활동을 열심히 다녔고, 공부방에도 신경을 많이 썼다. 임신이 안 되면 입양을 하기로 굳혔기에 근래 몇 년만에 마음이 편했다. 배란일 체크도 하지 않았고, 생리날짜를 세지도 않았다. 체온도 한 달 가까이 재지 않았다. 족욕도 반신욕도 관뒀다. 손을 놓아버렸다.

혼자 알기엔 신기해서 남편에게 꿈 이야기를 했다. 남편이 관심을 보였다. 엄마에게 전화했다. 이야기를 전해 듣고 당장 절에 가보란다. 어느 절에 가야 할지 몰라 시어머니에게 도움을 요청했다. 평소에 본인이 가는 절을 소개해주었다.

일요일, B사를 찾아갔다. 시어머니의 밀과는 달리 제법 덩치가 큰 절이었다. 주지 스님을 찾았다. 꿈 이야기를 했지만 시큰둥했다. 공줄이 강하니 공양을 올려야 한다는 말씀에 더 무게를 두었다. 공줄은 뭐고 공양은 또 무슨 말인지 의아했다. 평소에 생각하던 스님의 모습이 아니었다.

엄마를 따라 몇 번 뵈었던 분들과는 딴판이었다. 돈을 밝힌다는 생각밖에 들지 않았다. 급하게 인사를 하고 산에서 내려왔다. 기분이 개운하지 못했다. 시댁으로 갔다. 시어머니에게 만나고 온 이야기를 했다. 시어머니도 이상하다는 말을 되뇌었다. 그럴 분이 아니란 말을 연신 해댄다. 입을 맞추어보니 B사가 아니라 C사였다. 다행이었다. 그리고 헛웃음이 나왔다. C사로 다시 찾아가진 않았다.

만약 신이 존재하고 그 신이 하는 일이라면 이유가 있지 않을까 하는 생각이 스쳤다. 인간의 머리로 좇으려 하니 실수투성이다. 흘러가는 대로 두기로 했다. 머릿속을 비우기로 했다. 꿈일 뿐인데 의미를 두고 허둥대는 꼴이 갑자기 우습게 느껴졌다.

여러 날이 지났다. 11월 초순이었다. 몸살이 났다. 공부방에 신경을 많이 썼더니 결국 탈이 났다. 열이 오르고 어지러웠다. 속이 울렁거리고 소화도 잘되지 않았다. 특히 겨드랑이가 아팠다. 하루 이틀 쉬면 나아지겠지 했지만, 증상은 갈수록 심해졌다. 온종일 잠을 자도 피곤했다. 병원에 가서 링거라도 맞아야 하나 고민됐다. 아프니까 괜스레 짜증이 났다. 약이라도 사 먹을 요량으로 약국에 갔다.

　　—며칠 전부터 어지럽고 속이 울렁거려요. 으슬으슬 춥기도 해요.
　　아, 그리고 겨드랑이가 아파요.

약사는 증상을 듣더니 혹시 생리는 언제 했느냐고 물었다. 주기가 불규칙해서 정확한 날짜는 모르겠다고 답했다. 약사는 약 대신 임신 테스트기를 내밀었다. 검사를 하고 나서 약을 먹어도 늦지 않으니 지금은 테스트가 우선이란다.

　　—에이, 설마요. 저 자궁내막증 때문에 생리주기가 불규칙해요. 임신
　　이 쉽지 않댔어요. 요즘 힘들었나 봐요. 몸살일 거예요.

처음 보는 약사에게 손사래 치며 임신이 아니라고 했다. 괜한 기대를 하기 싫었다. 혹시나 했다가 역시로 끝난 경우가 한두 번이 아니었다. 손에 약사가 쥐여준 봉투를 들고 집으로 왔다. '설마? 에이, 아닐 거야.' 애써 부정했다. 테스트기를 소파에 올려놓고 고민했다. 날이 어두워지는 것도 모르고 한참을 들여다봤다.

밖에서 열쇠 돌리는 소리가 났다. 남편이 퇴근했다. 시간이 벌써 많이 지났다. 얼른 테스트기를 서랍에 넣었다. 함께 앉아 밥을 먹는데 넘어가지 않았다. 명치가 꽉 막힌 거 같았다. 혹시 임신은 고사하고 큰 병이 있는 건 아닐까 덜컥 겁이 났다. 몸살이라고 생각했는데 다른 병이라면 어쩌지? 밥알을 세고 있으니 남편이 내일은 병원을 꼭 가보라고 한다. 불안감이 증폭된다. 몇 달 전에 소화가 잘되지 않아 내과에 가서 검사를 받은 적이 있다. 의사가 소화기 계통이 좋지 않다고 했다. 술과 매운 음식을 피하라고 했다. 가장 즐기는 음식이라 그 이후로도 매일 마시고 먹고 있다. 더 나빠진 건 아닌지 걱정됐다. 약으로 다스릴 수 있으면 다행이다 싶다.

애써 아닌 척해도 내면 깊은 곳에서는 혹시 임신이 아닐까 하는 기대감이 스멀스멀 올라왔다. 임신 초기 증상과도 유사한 면이 많다. 의식하지 않으려 해도 지난 날짜를 거꾸로 세어본다. 먼저 달의 생리 날짜에 다가가자 기대는 더욱 커진다. 불현듯 지난달에는 관계를 딱 두 번 했다는 사실이 떠올랐다. 임신하기 위해 숙제처럼 날짜를 맞추어 하던 관계를 지난달부터 하지 않았다. 일부러 배란기는 피하기까지 했다. 손으로 머리를 두 번 쳤다. 중심이 없다. 흔들리는 갈대보다 더 가볍다. 임신에서 자유로워지고 싶었지만, 여전히 완전히 놓지 못하고 있다. 다시 한 번 마음을 다잡자 결심해본다.

자리에 누웠다. 남편이 손을 잡으며 말한다. 태몽을 꿨단다. 순간 "아고, 왜 이러십니까?" 앓는 소리가 절로 났다. 태몽일 수가 없다고 정황을 설명했다. 어떤 꿈인지 들어나 보자고 했다. 남편이 심통을 부렸다. 알려 주지 않는다고 했다. 나중에 말하고 싶을 때 이야기해달라고 했다. 눈을 감았는데 갈수록 정신이 또렷해졌다. 이미 머릿속은 테스트기가 들어 있는 서랍으로 가 있었다.

게으른 몸에게 감사했다. 안락함을 추구하는 육체 덕에 약한 정신이 더욱 피폐해지는 것을 막을 수 있었다. 방 안의 시계소리가 유독 크게 들렸다. 째깍째깍. 몇 시일까? 새벽인가 하고 불을 켜보니 이제 겨우 두시다. 다시 불을 끄고 잠이 들길 기다렸다. 남편의 고른 숨소리가 거슬린다. 누구는 잠을 이루지 못하고 있는데 옆에선 꿀잠이라니. 쌕쌕거리는 소리와 바늘 침만이 시간의 흐름을 알려준다.

창문 밖에서 들어오는 가는 불빛은 어둠을 몰아내지 못한다. 밤은 길었다. 잠시 잠이 들었다. 주위가 꽃으로 둘러싸여 있다. 한 번도 보지 못한 꽃들이다. 송이가 큰 것부터 작은 것까지, 색깔도 여러 가지고 종류도 천차만별이다. 말 그대로 꽃밭이다. 들여다보고 향기 맡고 다녔다. 잠이 깼다. 여전히 어둠이 방안을 지배하고 있다. 더욱더 잠들지 못했다.

거실로 나갔다. 소파에 앉아 텔레비전을 켰다. 새벽 4시다. 밤이 길어져 아침이 밝아오려면 세 시간을 기다려야 한다. 리모컨만 만지작거린다. 채널을 튼다. 또 다른 곳으로 튼다. 눈은 서랍장에 고정되어 있다. 유세윤의 목소리가 들린다. 개그콘서트 재방송을 한다. 얼룩덜룩한 촌스런 청재킷과 빨간 목 티를 입었다. 등장에서부터 모두의 야유를 받는다. 센스를 외치지만 복학생은 센스와는 거리가 멀다. 그 모습이 우스꽝스럽다. 웃음이 새어나왔다. 순간 복학생과 내가 오버랩 됐다. 같은 공간에 있지만 겉돈다. 어쩌면 그 속에 녹아드는 것을 두려워하고 있진 않나? 그래서 저렇게 더욱 오버하고 있진 않을까 싶다.

누군가 어깨를 흔든다. 눈을 뜨니 남편이다. 텔레비전이 켜진 채다. 새벽에 개그콘서트를 보다 잠이 들었나 보다. 밤에 잠을 잘 못 자서 그런지 어제보다 상태가 더욱 안 좋다. 핑계일 뿐이다. 맞서보기로 했다. 두려워 피했던 것을 하기로 했다. 남편에겐 말하지 못했다. 졸리는 눈을 비비며 남편을 출근시켰다.

화장실로 곧장 들어갔다. 두 줄이길 간절히 원했다. 한 줄이 곧바로 선명하게 드러났다. 일 초, 이 초, 삼 초 시간은 초조하게 흘렀다. 연한 한 줄이 더 나왔다. 믿을 수 없었다. 이때까지 한 번도 보지 못한 두 줄이었다. 가슴이 심하게 두근거렸다. 손이 덜덜 떨렸다. 변기에 주저앉았다. 또 확인했다. 갈수록 진해지고 있었다.

거실로 나왔다. 남편에게 전화했다. 출근 중인지 전화를 받지 않는다. 엄마에게, 언니에게 전화할까 하다 가장 처음은 남편에게 알려주고 싶어 기다렸다. 테스트기를 또 들여다봤다. 혹시 다시 연해지는 건 아닌가 하는 바보 같은 걱정이 들었다. 선명한 두 줄이다. 확인하고 또 했다. 남편에게 다시 전화를 걸었다. 남편의 "어! 왜?" 하는 소리에 울음이 터졌다. "나, 나⋯." 하며 울기만 했다. 무슨 일이냐는 성급한 질문에 뒷말이 생각나지 않았다. '임신'이란 말만 되뇌었다. 한동안 반대편에서 말이 없었다. 내 울음만이 그 사이를 채우고 있었다.

남편이 집에 왔다. 9시가 산부인과 진료시간이다. 남편과 함께 병원으로 갔다. 성격 급한 부부는 우리뿐만이 아니었다. 벌써 몇 명이 와 있었다. 초조하게 기다렸다. 이름이 불렸다. 난임으로 자주 찾던 의사가 우릴 반겼다. 임신 테스트기를 보여줬다.

─테스트기를 보면 임신이 맞습니다. 축하합니다. 긴 시간 고생하셨는데 이제부터 특별히 조심하셔야 합니다.

의사는 마지막 생리와 관계 날짜를 물었다. 배란기가 아니더라도 임신이 될 확률이 있다고 했다. 혹은 불규칙한 생리주기로 배란기 역시 정확하지 않을 가능성도 높다고 했다.

> —정 검사를 하고 싶으시면 이 테스트기보다 정확한 테스트기로 한 번 더 할 순 있어요. 지금은 너무 초기인 거 같아 초음파로 봐도 안 보일 가능성이 커요. 이삼일 뒤에 다시 내원하면 그때 초음파로 확인해 봅시다.

분홍색의 네모난 테스트기로 다시 확인했다. 임신이었다. 의사는 조심하라는 말을 거듭했다. 어렵게 찾아온 아이다. 세상 모든 생명 중 귀하지 않은 것이 없겠지만 지금 이 순간, 가장 귀한 생명이다. 산부인과 밖으로 나왔다. 온 세상이 환했다. 그늘진 곳 하나 없다. 모든 어둠을 빛이 거두어갔다. 11월의 햇살이 고와 눈물이 났다. 남편 역시 소리 없이 울고 있었다.

30살, 결혼 햇수로 5년 만이다. 강산이 반 변했다. 며칠 후 병원에서 초음파로 아기집을 확인했다. '점'이다. 긴 설움의 마침표다.

탄생의

순간

새벽에 배가 아팠다. 무거운 몸을 겨우 일으켜 침대에 걸터앉았다. 출산일이 가까워져 오면서 잠을 깊이 자지 못하고 종종 깬다.

왜 이리 배가 아프지? 소화불량과는 다르게 아랫배가 싸하다. 가진통인가 했지만, 출산일이 아주 넘게 남았다. 다시 자리에 누워 잠을 청했다. 몸을 뒤척거리며 조금이라도 편한 자세를 취하려 했다. 남편이 잠에서 깨어났다. 잠자리가 불편할 뿐이라며 안심시켰다. 앉았다 누웠다 반복하며 결국 남편이 출근할 때까지 제대로 잠을 이루지 못했다.

출근하는 남편을 배웅하고 소파에서 잠시 눈을 붙였다. 화장실이 가고 싶어 잠에서 깼다. 변기에 앉았는데 갑자기 무언가가 쏟아져 나왔다. 처음엔 소변인 줄 알았는데 달랐다. 터져 나왔다. 색깔을 확인했다. 투명했다. 이건 양수다. 확신이 들었다. 11시 즈음에 남편에게 전화를 걸었다. 남편이 바로 달려왔다.

산부인과를 찾았다. 접수처에 양수가 터진 것 같다 하고 이야기를 했다. 하필 항상 봐주던 의사가 출장이란다. 다른 의사에게 진료를 받았다. 자궁이 3센티미터가 열려 오늘 혹은 내일 분만이 예상된다고 한다. 집에 다녀와도 되는지 물었다. 출산 가방을 싸야 했다. 식사도 하지 못해 배가 고프기도 했다. 의사는 한두 시간은 괜찮다고 했다. 집으로 오는 길에 식당에 들어갔다. 간혹 진통이 왔지만 견딜 수 있었다. 정식을 잘하는 집이다. 엄마가 해주는 집밥이 먹고 싶을 때, 종종 들리는 식당이다. 든든하게 먹었다.

집으로 가서 가방을 챙겼다. 양말, 수건, 속옷, 화장품, 세면도구 등 필요한 것들을 넣었다. 집 안 청소도 했다. 엄마가 진통이 시작되면 가만히 누워있지 말고 몸을 움직여야 아이가 빨리 나온다고 했다. 무거운 배로 낑낑대며 바닥도 닦았다. 진통주기를 계속 체크했다. 10분 정도 간격이 되었다. 더 지체하면 안 될 거 같아 병원으로 출발했다. 양갓집에도 전화했다.

2시 정도에 병원에 도착했다. 진통의 주기가 짧아졌지만 견딜만 했다. 드라마의 산모들이 겪는 진통은 역시 연기구나 싶었다. 남편에게도 참을 정도의 고통이라고 이야기했다.

제모를 하고 관장을 했다. 간호사가 대기실로 이동해야 한다고 했다. 대기실에는 남편이 들어올 수 없단다. 침대에 누웠다. MP3에 담긴 음악을 들었다. 많은 일이 머리를 스쳐 지나간다.

태명을 복덩이로 지었다. 세련되고 멋진 이름이 많았지만 처음 떠오른 이름으로 짓기로 했다. 복을 넝쿨째 가져다주는 아이다. 조심스럽기도 했다.

어른들 말마따나 누군가가 시기와 질투를 할까 봐 걱정도 됐다. 엄마는 태명으로 개똥이를 추천했다. 귀한 아이는 태명을 천하게 지어야 명줄이 길어진다고 했다. 태명 덕인지 임신을 하고부터 모든 일이 술술 풀렸다.

뱃속에서 아이가 꿈틀거렸다. 배가 고파 꾸르륵하는 것과는 상이했다. 휘젓고 다니는 느낌이다. 배 안을 유영한다. 태동을 느낄 때마다 함께하고 있단 생각에 행복했다. 배를 푹하고 찬다. 축구선수의 발길질이 이보다 힘찰까? 딸꾹질을 한다. 오른쪽 아랫부분이 솟았다가 가라앉는다. 복덩이 얼굴이 그곳에 있는지 항상 같은 자리만 오르락내리락한다. 어떻게 표현할 수 있을까? 어리석은 인간의 짧은 지혜가 한탄스러울 뿐이다.

　—복덩아, 아고. 또 양수를 마셨구나. 괜찮아. 아직 폐가 완성되지
　　않아서 그래. 넌 할 수 있어. 천천히 숨을 쉬어. 그럼 딸꾹질은 멈
　　출 거야.

좁은 배를 힘껏 차는 복덩이를 느낀다.

　—복덩아, 배 안이 좁구나. 이 세상은 넓어. 네가 10개월을 채우고 나
　　왔을 때, 넓은 세상에 놀라지 않았으면 해.

혼잣말이 늘었다. 어디를 가도 대화를 했다. 처음의 어색함은 없었다. 물론 돌아오는 답은 없다. 주고받는 것이 없기에 일방적인 방백에 가까울 터이지만 이미 원하는 답은 다 듣고 느꼈다. 내가 행복하면 복덩이도 행복할 것이고, 슬픔도 역시 함께할 것이다.

시간은 빨리 지나갔다. 열 달은 짧았다. 그리고 어느 시간보다 소중했다. 한 번도 경험해보지 못한 세상을 주었다. 초음파로 보이는 일 센티, 이 센티의 복덩이는 온 우주를 대신했다. 새로운 숨결에 내 삶이 정립됐다. 이미 24시간이 잠식당한 지 오래다.

갑자기 아픔이 해일처럼 몰려왔다. 간호사에게 너무 아프다고 호소를 했다. 간호사는 '원래 아프다. 그리고 아직 시기가 아니다.'라는 말만 반복했다. 온몸을 도려내는 듯했다. 얼굴은 이미 눈물범벅이 되었다. 도저히 참을 수가 없어 제왕절개를 해달라며 소리를 질렀다. 그 말에 간호사가 상태를 살펴봤다.

의사가 급하게 대기실로 뛰어들어왔다.

―박수경 산모, 지금 진행상태가 너무 빠릅니다. 자궁 문이 거의 다
   열렸습니다. 바로 분만실로 이동하겠습니다. 자칫하면 내힉병원
   으로 옮길 수도 있습니다.

초산인데 속도가 지나치게 빠르단다. 의사의 말에 불안감이 가중되었다. 분만실로 들어가는 통로가 무섭게 다가왔다. 이미 분만실에 들어와 있는 남편의 모습에 그나마 마음이 놓였다.

그것도 잠시, 아픔에 몸을 떨었다. 진통제의 효과는 없었다. 무통 주사를 맞을 여가도 없었다. 회음부를 절개하는데도 무덤덤했다. 비수를 꽂는 듯한 아픔에 묻혔다. 남편은 굳어있었다. 손을 잡고 제왕절개를 해달라고 애원했다. 라마즈 호흡을 하란다. 남편이 자길 보며 따라 하라는데 때리고 싶었다. 그토록 연습했던 것들이 아무 소용이 없었다. 빨리 이 고통이 끝나기만을 빌었다. 힘을 주라고 한다. 힘이 안 들어갔다. 죽을 것만 같았다. 간호사가 외친다.

―산모, 지금 힘을 안 주면 산모도 아이도 위험해집니다. 화장실에서
   대변보 듯 힘주세요.

배를 누르며 간호사가 대신 힘을 준다.

힘을 준다. 머리가 보인단다. 계속 그렇게만 하란다. 지금 쉬면 안 된다고 계속 외친다. 힘이 빠진다. 순간 출산할 때 산모보다 태아가 열 배 이상의 고통을 겪는다는 이야기가 떠올랐다.

용을 쓴다. 숨도 쉬지 않고 이를 악물었다. 더 이상 복덩이에게 아픔을 줄 수 없었다. 분만실에 들어간 지 20여 분 만이다. 병원에 다시 온 지 2시간 남짓이다.

―응애, 응애.

복덩이다. 상상했던 울음소리는 아니었다. 역시 드라마는 거짓 투성이다. 야간은 신경질적이다. 왜 자기를 괴롭히는지 묻는 거 같았다. 마음이 아리다. 같이 눈물이 났다.

―복덩아, 울지 마! 엄마 여기 있어. 많이 힘들었지? 울지 마.

갑자기 울음소리가 멈췄다.

―허허, 의사 생활하는 동안 이런 경우는 처음 겪습니다. 아이가 엄마 목소리 나는 곳을 찾고 있어요. 얼굴을 돌려요.

의사가 계속 이야기를 해보란다. 귀를 곧추세운단다.

―박수경 보호자, 기억하세요. 7월 13일 오후 4시 24분, 41센티미터에 3.2킬로그램의 남자아이입니다. 축하합니다. 보호자, 지금 듣고

계신가요?

남편을 보니 굳어 있다. 아무것도 보이지도 들리지도 않는 눈치다.

—네, 선생님. 4시 24분에 키는 41센티미터에 몸무게 3.2킬로그램의 아이요.

남편을 대신해 답했다. 의사가 남편을 부른다. 탯줄을 자르란다. 잠시 후 복덩이가 내 옆으로 왔다. 발가락 손가락 열 개를 세지 않았다. 그냥 예뻤다. 이미 사랑에 빠져 있기에 아이는 마냥 예쁘기만 했다. '사랑해.' 하고 속삭였다. 출산한 후 허기가 졌다. 푹 꺼진 배가 허했다. 열 달을 복덩이와 함께하다 혼자가 되었다. 그 허전함이 이루 말할 수 없었다. 팔다리에 힘이 쭉 빠졌다. 실없이 웃음이 나다가도 공허함이 찾아왔다. 모순된 두 감정 때문에 혼란스러웠다. 조울증환자처럼 기분이 요동쳤다. 남편에게 배가 고프다고 했다. 다시 채워야 했다. 그러면 행복하기만 할 거 같았다.

미역국과 밥을 허겁지겁 먹었다. 그때 병실문이 열렸다. 부모님께서 오셨다. 기진맥진해 있을 거라 여기고 왔는데 밥을 먹고 있는 딸을 보고 놀란 눈치다. 진통을 짧게 해서 힘들지 않다고 말했다.

엄마가 눈물을 보이셨다. 늦게 와서 미안하다고 했다. 하필, 여행 중이었다. 부부동반으로 산을 오르시던 중에 연락을 받았다고 했다. 진통 때 함께 있어주지 못해 심장이 아팠단다.

엄마에게 괜찮다고 했다. 여자만이 알 수 있는 고통이다. 엄마도 나를 이렇게 낳았을 거라 생각하니 고맙고 죄송했다. 평소와 달리 투정부리지 않았다.

동건이를 보는 부모님이 싱글벙글한다. 인물이 훤해서 단박에 알아보셨단다. 신생아실에 누워 있는 아이들 중에 눈에 띈단다. 눈, 코, 입 안 예쁜 데가 없다. 피는 못 속인다며 어릴 때의 나를 꼭 닮았단다. 그 말에 그지 정말 잘생겼지. 군계일학이야 같이 호들갑을 떤다. 모두들 신생아실 벽 유리창에 코를 박고 떼지를 못한다. 하얀 입김 네 개가 창에 서린다.

감사합니다. 감사합니다. 연신 말했다. 모든 것에 인사했다. 동건에게 남편에게 부모님에게 의사에게 삼신할미에게…… 동건이를 이 세상에 태어나게 해준 모든 존재에게 감사함을 전했다.

아이를 낳은 다음 날, 시부모님이 오셨다. 간호사에게 건네받은 동건이의 머리를 이리저리 살핀다. 가마의 위치를 찾는다고 했다. 제시간에 태어나지 못한 아이는 가마가 정수리에 있지 않단다. 남편을 닮지 않았다는 말을 덧붙인다. 아이가 바뀐 건 아닌지 나에게 묻는다. 순간, 아이를 뺏을 뻔했다. 지금 무슨 생각을 하고 그런 말을 하는지 묻고 싶었다. 머릿속이 뒤엉킨다. 갑자기 처음 아기집을 확인 후, 남편이 시부모님에게 전화했을 때가 떠올랐다. 남편에게 건네받은 수화기에선 축하 대신 다른 말이 나왔다.

—아들이냐?

여전히 시댁에선 이방인이다. 대를 이어주기 위한 도구다. 내가 아니어도 그만이다. 언제쯤이란 기약도 없다. 또 한 번의 기대는 무너진다.

소중한 내 아기

동건이가 젖을 먹기 위해 왔다. 하얀 속싸개로 꽁꽁 싸매고 있다. 까만 머리털과 얼굴만 내놓았다. 흡사 애벌레 같다. 간호사가 가슴에 아이를 올려다 주었다. 꿈틀대는 것이 느껴진다. 체온이 전해졌다. 내 아이구나! 울컥 감동이 솟았다. 세상의 어떤 노래와 영화가 이 감동을 대신할 수 있을까! 살과 살이 부딪혔다. 연약한 살이 쓸릴까 봐 걱정됐다. 안기조차 무섭다. 너무 작아서 힘을 주면 부서져 버릴 것만 같다.

간호사가 팔 위에 아이를 안착시켜준다. 속싸개에 싸여 있는 손을 끄집어냈다. 손톱이 부서져 있다. 꼭 움켜쥐고 있는 손가락을 조심스럽게 편다. 주름이 쪼글하다.

괜스레 열 개인지 세어본다. 이미 여러 번 똑같은 행동을 했지만, 매번 새롭다. 발바닥에 가만히 손으로 대본다. 어제와 길이가 똑같다. 머리카락을 위로 쓸어 올렸다. 유난히 숱이 많은 아이다. 이마와 머리카락에는 땀방울이 맺혀있다. 작은 입으로 연신 빨아대지만, 뜻대로 되지 않는지 숨소리가 거칠다.

아직 모유가 돌진 않지만 계속 빨게 해야 한단다. 볼에다 입을 맞추었다. 이마에도 입을 맞추었다. 귀찮은지 얼굴을 찡그린다. 그 바람에 젖을 놓친다. 울음소리에 짜증이 섞였다. 용을 써댄 덕에 잠이 들었다.

종일 잠만 자니? 눈 좀 떠봐 했지만, 허공에 사라질 말이다. 아이에겐 관심 밖의 일이다. 이내 포기하고 망부석이 되었다. 조금이라도 움직이면 동건이의 꽃잠에 해가 될 거 같아 간호사가 올 때까지 그대로 있었다. 아이를 품에서 떼어낸다. 근원을 알 수 없는 서러움이 밀려왔다. 같이 있게 해달라고 했지만, 간호사는 병원 방침이라는 말을 뒤로하고 데려갔다.

간호사를 뒤쫓아 신생아실 유리창에 섰다. 커튼이 처져 있다. 지금은 볼 수 없단다. 아기들의 숙면을 위해서란다. 쫙 펴진 커튼 옆으로 안을 볼 수 있는 작은 틈이 보였다. 봄을 숙여 안을 봤다. 동건이는 투명한 플라스틱 바구니 안에 누워있다.

왕자의 키스를 기다리는 백설공주처럼 나를 기다리고 있는 건 아닐까 하는 착각에 빠져든다. 미동도 하지 않고 깊이 잠들었다. 나랑 좀 놀아줘 하고 깨우고 싶다. 아니, 눈 뜬 모습만이라도 보여줘 하고 부탁하고 싶다. 오랫동안 하염없이 바라 만보다 하릴없이 발걸음을 옮겼다.

병실로 들어가야 하는데 문 앞에서 머뭇거린다. 안에 들어가기가 겁이 난다. 차라리 신생아실 앞 의자에 앉아 있는 것이 마음이 더 편하다. 저 안에는 어두운 과거가 똬리 틀고 있다. 병실이 없어 본의 아니게 2인실을 사용하게 되었다.

옆에는 한 환자가 있다. 과거, 그녀는 임신이 잘되지 않았단다. 며칠 전에 다낭성난소증후군으로 수술을 받았단다. 이전의 나를 보는 거 같았다. 그녀의 아픔이 전이되었다.

몇 년 전에 자궁내막증으로 수술을 받았다고만 말했다. 기다리면 아이가 찾아올 거라 이야기해주고 싶었지만 어쭙잖은 위로로 더 상처를 주기 싫었다. 아이 낳은 유세로 보일 수도 있겠다 싶었다. 침울한 그녀의 눈빛에 한없이 가라앉는다. 불편한 기색을 자주 내비치는 그녀다. 편하지가 않다. 아기가 젖을 먹기 위해 병실에 들어오면 그녀는 아픈 몸을 이끌고 나가버린다. 출산을 축하하는 손님이 찾아오면 이불을 뒤집어쓴 채 그들이 가길 기다렸다. 가끔씩 찾아오는 그녀의 남편은 십 분도 앉아있지 않았다.

남편이 병실을 옮겨달라고 데스크에 이야기했지만, 하루를 더 기다려야 한다는 말만 돌아왔다. 내일이면 퇴원인데 기다리는 것이 의미가 없었다. 좁은 공간이 둘로 나뉘었다. 어느 순간부터 침대와 침대 사이에 커튼이 쳐졌다. 소리를 낮추어 이야기했다. 장막 너머에 잔뜩 웅크린 채 날이 서 있는 이전의 내가 있다. 보기가 싫었다. 그녀 역시 나와 같을 것이다.

병실 안에 그녀와 둘만 있으면 옛일이 계속 떠오른다. 시간이 흐르듯 그냥 흘러버리면 좋을 터인데, 뭐 좋은 추억이라도 되는 양 훌훌 털어버리지 못하는지 모르겠다. 적막이 감돌면 숨이 막힌다. 행복의 정점을 찍어도 모자랄 판인데 심연에 빠진다. 달리 생각해본다.

그녀에겐 미안하지만, 그녀가 곁에 있기에 지금의 행복이 더욱 소중하게 느껴진다. 출산이 두 배, 아니 몇 배 더 귀하게 다가왔다. 어둠이 진할수록 여명을 맞이하는 기쁨은 더 큰 법이다. 그녀로 인해 잊고 있었던 기억들이 수면으로 떠올랐지만, 곧 이내 다시 가라앉을 것이다. 다시는 떠오르지 않을 것임을 안다.

지나가던 간호사가 병실로 돌아가라고 한다. 갑갑해서 나왔다고 했지만 억지로 떠민다. 문을 조심스럽게 열었다. 삐걱거리며 열리는 소리가 유난히 크게 들린다.

　—나에게도 아기가 올까요? 당신이 부러워요. 왜 나만 이렇게 아파
　해야 하는지 되는지 모르겠어요. 모든 것이 원망스러워요.

　이불을 푹 뒤집어쓴 채 그녀가 말했다. 울고 있는지 목소리가
떨렸다. 그녀 옆으로 갔다. 손을 잡아주고 싶었지만, 이불 속에 숨
어있는 그녀다.

　—네. 언젠가 아기가 올 거예요. 저도 결혼 5년 만에 임신했어요. 남
　들은 쉽게도 가지던데 전 무슨 짓을 다 해도 안 되더라고요. 많이
　울고 힘들었어요. 근데요, 때가 있는 기 같아요. 그릏게 소원할 때
　는 와주지 않던 아기가 마음을 비우는 연습을 하니까 오더라고
　요. 저는 자궁내막증 수술에, 시험관도 했어요. 사실 친정엄마가
　굿도 했대요.
　　그러니까 기다리시면 꼭 아기가 찾아올 거예요. 위로해 드리는
　거 아니에요. 예전엔 저도 이런 말이 위로가 되지 않았어요. 그냥
　저 같은 사람도 있다고 말씀드리고 싶었어요. 전 임신하기 위해 많
　이 노력했어요. 혹시 도움이 필요하시면 연락하셔도 돼요.

　이불이 들썩거린다. 마음이 아팠다. 그녀가 수술할 용기를 낸
것처럼 다시 한 번 더 용기를 내었으면 한다. 밖으로 나가주었다.
새까맣게 탄 속을 비워내려면 시간이 걸릴 것이다. 울음소리가 꼬
리처럼 따라붙는다.

신생아실의 커튼 틈으로 동건이를 바라봤다. 간호사가 안 돼 보였는지 커튼을 젖혀준다. 바구니까지 바로 앞으로 당겨준다. 바라보기만 해도 행복하다. 꿈을 꾸는지 얼굴을 찡그린다. 세상에 나와 경험한 것이 별로 없는 아이다. 이틀 동안 한 건 먹고 자고 싸는 것이 전부다. 꿈에서 젖을 빠는지 입을 오물거린다. 만난 사람도 극히 일부다. 열이 채 되지 않는다. 그중 내가 있다. 먼저 만나진 못했지만 가장 큰 사랑을 줄 것이다. 꿈속에 내가 있으면 하고 바라본다. 그 속에 들어가 사랑한다고 말해주고 싶다.

열 달 내내 한몸이었다가 둘로 나뉘었다. 복덩이에서 아기로 독립했다. 배 속이 텅 비었다. 미역국과 밥을 아무리 먹어도 채워지지 않는다. 더부룩해 소화만 되지 않았다. 아이를 바라보면 가슴 언저리가 뻐근해진다. 덩어리가 울컥 치밀어 오른다. 눈물이 나온다. 따뜻한 기운이 몸을 감싼다. 바라만 봐도 열기가 피어오른다. 이 아이만 내 곁에 있다면 세상에 겁나는 것이 하나도 없다. 호랑이가 와도 때려잡을 수 있을 거 같다. 어떤 고난이 와도 이겨낼 수 있을 거 같은 용기가 생긴다. 옆에만 있어준다면 무엇이든 할 수 있다.

젖을 먹을 시간이 됐는지 간호사가 아이를 데리고 나왔다. 얼른 병실로 들어갔다. 침대에 걸터앉아 젖을 물렸다. 아직 미숙하지만 아무도 그걸 탓하지 않는다.

젖을 세차게 빤다. 자기를 봐 달라고 한다. 존재를 각인시킨다. 모든 것들이 희미해진다. 오직 둘만이 이 자리에 존재한다. 탯줄로 연결되었던 우리가 모유로 다시 하나가 되었다. 여전히 우린 이어져 있다. 그 고리는 누구도 끊어내지 못한다. 불변의 약속이다. 내 피와 살로 만든 아이이기에 후일, 내가 천명을 다해 자연으로 귀의

하더라도 우리의 관계는 지속할 것이다. 뿌듯했다. 세상에 나서 제일 잘한 일이다.

　또 다른 삶이 시작되었다. 이제부터 엄마로 살아가야 한다. 미지의 세계에 대한 기대로 가슴이 두근거린다. 소중한 아이와 함께할 시간이 기다려진다.

이

름

밤새 병실을 지키던 남편이 서둘러 나갔다. 잠시 다녀올 때가 있단다. 한 시간쯤 후에 돌아왔다. 손에는 한 장의 종이가 들려있었다. 출생신고를 하고 왔단다.

오 년의 시간 동안 두 명만 존재하던 곳이다. 초록색의 종이에는 세 명의 이름이 있다. 김성일, 박수경, 김동건이다. 허전했던 공간이 셋으로 가득 채워졌다. 스물여섯에 결혼해서 서른하나에 출산했다. 긴 시간이었다. 팔십 평생에서 오 년은 길지 않지만, 임신을 할 수 있는 시간에서 오 년은 길디길었다. 종이 한 장에 적힌 게 무어라고 힘들었던 세월을 보상받는 느낌이었다. 나오려는 눈물을 참았다. 기쁜 일에 울기 싫었다. 가만히 등본을 쓰다듬는다.

등본에 적힌 내용은 특별한 게 없었다. 이름과 생년월일, 주소가 전부다. 가만히 들여다보다가 얼굴이 찌푸려졌다. 둘은 김씨다. 나만 박씨. 사실 김박동건 혹은 박김동건으로 올리고 싶었다. 속된 말로 아이를 만든 건 같이했지만, 뱃속에 품고 공을 들이는 건 나다. 남편에게 아이의 이름에 둘의 성이 모두 당연히 들어가야 한다고 이야기했다. 일언지하에 거절당했다. 아직은 흔한 경우가 아니기에 차후에 이름으로 놀림을 당할 수가 있다는 이유에서였다. 바로 설득당했다.

동건이란 이름은 계획에 없었다. 다른 이름이 있었다. 태명은 처음 떠오른 복덩이로 지었지만 이름은 뭐로 할지 오랜 시간 고민했다. 처음엔 가온, 누리와 같은 한글로 하고 싶었다. 어릴 때는 예쁘지만, 나이가 들었을 때, 김누리 할아버지는 어울리지 않았다. 한글 이름은 포기했다. 그다음에 내 이름 중의 '수' 자를 아이의 이름에 넣고 싶었다. 김○수, 김수○다. 남편이 자기의 이름도 넣잔다. 김성수, 김일수, 김경일, 김일경, 김경성, 김성경. 도저히 마음에 들지가 않는다.

외국어 이름은 어떨까 고민하기도 했지만 결국 옥편의 힘의 빌리기로 했다. 마음에 드는 이름을 생각한 후 옥편에서 뜻을 찾았다. 그렇게 만들어진 이름만 오십 개가 넘었다. 특히 한, 강, 민, 준 등과 같은 외자 이름에 끌렸다. 유력한 이름 몇 개에 빨간 별표를 했다. 서로가 고른 이름이 더 낫다며 우겼다.

7월 13일, 아이를 낳았다. 남편이 시어머니에게 부탁했다.

—엄마, 절에 좀 갔다 와줘. 복덩이 이름을 지어야 하는데 우리 마음대로 하면 안 될 거 같다. 작명소는 싫고, 스님한테 좀 물어봐라.

시어머니가 놀란다. 몇 번이고 작명소에 가서 신중하게 이름을 지으라고 할 땐 귓등으로도 안 듣더니 갑자기 이름을 내놓으라니 어이가 없다 하신다. 저녁이라 스님이 만나줄지 모르겠단다. 거듭되는 재촉에 주지 스님께 전화를 거셨다.

다음 날, 늦은 오후 시부모님이 오셨다. 손에는 봉투가 들려 있었다. 봉투 속에는 이름 세 개가 적혀 있는 노란 한지가 들어있다. 첫 번째 이름이 김병건이다. 웃음이 나왔다. 50년대 이름도 이보다는 낫겠다며 낄낄댔다. 남편도 병건은 심하다며 두 번째 이름에 눈을 돌렸다. 표정이 심상찮다. 김봉건이란다. 순간, 헉했다. '봉건?' 병건보다 심하다. 이제 여유가 없다. 세 번째 이름을 듣기가 망설여졌다. 그 이름까지 비슷하면 한지에 있는 이름은 포기해야 했다. 동건이란 이름이 남편의 입에서 나왔다. 앞의 두 이름이 워낙에 충격적이었기에 동건이란 이름이 근사하게 느껴졌다. 선택지가 없다는 것이 정확했다.

김동건, 동건, 건. 발음하기가 좋다. 몇 번을 되뇌어도 싫증 나지 않는다. 복덩이의 생김새와도 왠지 어울린다. 김동건으로 이름을 정했다. 아이에게 이름이 생겼다. 누구나 가지고 있지만 한 사람에게만 허락된다. 아무리 이름이 마음에 들어도 내가 동건일 수는 없다. 특별해진다. 새 생명이 갖추어야 할 것들을 차츰 채워간다. 아이는 이제 가족인 아빠와 엄마, 평생 함께할 이름 등을 가졌다. 더 많은 것들을 충족시켜줘야 한다. 부모가 해줄 수 있는 것이 무엇일까? 생각해본다. 가장 기본이 되는 의식주가 바탕이 되어야 한다. 온전한 사랑, 보살핌, 기다림 등 셀 수 없이 많다. 다행히 함께할 남편이 있다. 혼자 이 모든 걸 해내라고 하면 쉽게 지칠 것이다. 그가 곁에 있음에 감사하다.

아이에게만 집중했다. 엄마가 된 기쁨에 취해 있었다. 어렵게 얻은 자식이라 다른 것을 생각할 겨를이 없었다. 문득 곁에 있는 것이 너무 당연해서 지워진 누군가가 있다는 사실을 깨달았다. 부모도 아니고, 형제도 아니다. 피 한 방울 섞이지 않은 남편이다.

십 년이면 강산이 변한단다. 몇 달만 있으면 꼭 십 년을 채운다. 아직 십 년을 안 채워서인지 여전히 그는 한결같다. 물론 남편이 스물넷의 그때와 완벽히 똑같다는 것은 아니다. 파릇했던 얼굴은 세월의 흔적이 보인다. 살집이 붙어 배도 약간은 나온 거 같다. 사실 발에는 무좀도 생겼다. 어디서 옮았는지 모르겠단다. 쪼그려 앉아 무좀약을 매일 바르지만 쉽게 없어지지 않는다. 사실 그 발이 내 몸에 닿으면 균이 옮을까 봐 싫다.

숙맥처럼 순진하기만 했던 그였는데 지금은 많은 사람 앞에 서도 주저함이 없다. 한 잔의 술에도 정신을 차리지 못했는데 소주 한두 병은 너끈하다. 세월은 흔적을 남긴다. 그럼에도 불구하고 한 가지는 그대로다.

돌아보면 늘 그 자리에 있었다. 한 걸음 앞으로, 혹은 여러 걸음 뒤로 물러 서 있을 때도 있다. 하지만 손을 내밀었을 때 손끝이라도 닿는 거리에 그가 늘 있었다.

반 보만 더 뒤로 가면 놓칠 수도 있는데 더 물러서지는 않는다. 참는다. 인내한다. 벌써 떠나도 누구 하나 욕할 사람 없는데 미련하게 도망치지 못했다. 언제든 떠나도 좋다고 배포 있게 통보했다. 본심과 다른 말이 나왔다.

떠나지 말라고, 날 붙잡아 달라고 마음속으로는 애원했다. 아이 없이 살아도 행복하다고 큰소리쳤다. 아이를 쉽게 낳지 못하는 죄인의 말을 곧이곧대로 듣지 않길 바랐다. 내 속을 꿰뚫어본다. 그는 떠나지 않았고, 아이를 낳지 못한다고 타박하지 않았다.

나만 힘든 건 아니었다. 남편도 많이 부대꼈을 것이다. 내색도 하지 못하고 속으로 삭인 세월이 오 년이 넘는다. 아버지에게 입에 담지 못할 욕도 들으며 오욕의 세월을 견딘 그다. 사형제 중 바로

155

밑 동생이 먼저 임신해서 부모님에게 첫 손주를 안겨 주었을 때, 그
쓰린 속을 소주로 달랬다.

　—이제 우리 세 명이다. 두둥! 새로운 가족의 탄생이다.

　남편이 등본에 적힌 동건이의 이름을 손으로 가리킨다. 고맙다
한다. 내가 더 고마워하고 말해 주고 싶지만, 입 밖으로 내진 못했
다. 이렇게 오랜 시간 기다리게 해서 미안해하고 덧붙이고 싶었지
만, 이 말도 혀를 거치지 못한다. 공기를 뚫고 나가야 남편의 귀에
도착할 터인데 입안에서만 뱅뱅 돈다.
　'여보, 당신' 하던 호칭에도 변화가 생겼다. 한 번도 경험해보지
못한 이름이 아직은 어색하기만 하다. 하지만 두렵진 않다. 이렇게
불릴 수 있음이 다행이다.

　—동건이 아빠?

　조심스레 불렀다. 닭살이 돋는 듯 팔에 찬 기운이 느껴진다.

　—왜? 동건이 엄마?

　다정스럽게 반문하다. '복덩이 아빠, 복덩이 엄마'로 불릴 때와
는 또 다르다. 이제야 온전히 한 가족의 모습이 완성됐다. 김성일,
박수경, 김동건이다.
　김성일은 박수경의 남편이자 김동건의 아빠다. 박수경은 김성
일의 아내이자 김동건의 엄마다. 김동건은 김성일과 박수경의 아

들이다. 호칭에 변화가 생기자 가족의 무게가 다르게 느껴진다.

　유희를 위해 이름이 만들어진 건 아닌가 하는 착각에도 빠진다. 불리지 않으면 묻히는 것이 이름이다. 그렇다고 함부로 부를 수도 없다. 제한적이다. 이름을 서로 부를 수 있는 것은 어느 정도의 친분이 형성되었을 때다. 서로의 존재를 확인하는 과정이다. 내 삶의 테두리에 상대를 수용하는 의식이다. 아이는 초록색의 종이와 함께 우리 부부에게 정착했다. 한 장의 종이가 묵직하다.

엄마가 된다는 것

퇴원을 한다. 동건이가 생애 처음 밖으로 나간다. 좁디좁은 자궁을 벗어나자마자 병원이란 한정된 공간에서만 생활했다. 이제 넓은 세상으로 첫발을 내딛어야 한다. 살아갈 곳이다. 병원에 있는 사흘 중 이틀 동안 내리던 비가 그쳤다. 다행이다. 퇴원할 때 비가 오면 여간 번거로운 것이 아니다. 집으로 가는 길을 축복이라도 하듯 하늘이 청명하다.

남편을 앞세워 병원 문을 나섰다. 햇빛, 바람, 습도까지 신경 쓰인다. 먼지 한 톨 용납할 수 없다. 속싸개 속의 동건이는 잠들어 있다. 혹시 깨기라도 할까 봐 가슴에 안고 차를 향해 천천히 걸었다. 아이와 만나기 전, 오랜 시간 눈물로 걸었던 길이었다. 발을 뗄 때마다 힘이 더해진다. 내딛는 발자국에 아픈 흔적이 지워진다.

엄마가 되어야 한다. 임신을 하고 싶었고, 겨우 출산을 했다. 모든 것이 낯설다. 경험해보지 못했기에 설렘과 두려움이 공존한다. 서툴기만 하다. 아이를 안는 것이 아직도 어색하다. 과연 잘해낼 수 있을까 걱정이 크다. 갓난쟁이를 어떻게 다루어야 하는지 알 길이 없다. 책으로 배운 것이 전부다. 아기는 먹고 배변하는 시간을 제외하곤 하루 내내 잠을 잔다. 수유는 두 시간마다 한 번씩 한다. '아이가 울면 배가 고프거나 기저귀가 젖어서다.' 등의 얕은 지식으로 해내야 하는 부담감이 컸다. 지면으로 보던 아이가 내 눈앞에서 자기의 존재를 드러낸다. 무작정 잘해야지 하고 다짐한다.

침대에 누워 있는 아이에게 눈을 뗄 수가 없다. 병원에선 면회 시간 동안 잠시만 볼 수 있었다. 곁에서 바라볼 수 있음에 감사했다. 이마에 입을 맞추었다.

눈꺼풀에도, 볼에도 입맞춤은 계속되었다. "동건아." 하고 이름을 불렀다. "내가 너의 엄마야." 하고 인사했다. 이렇게 곁에 있어 줘서 고맙다고 덧붙였다. 쌕쌕거리는 숨소리로 대답을 대신한다. 꼭 감은 눈이 생긋 웃는 거 같다. 가슴이 요동친다.

시부모님이 오셨다. 더운데 아이를 속싸개에 싸두었다며 타박을 했다. 급히 속싸개를 뺐다. 기저귀에 배냇저고리만 입혔다. 시어머니가 배냇저고리마저 벗겨 낸다. 자궁 안의 온도를 유지해야 한다고 했지만, 책과 현실은 다르다며 혀를 차신다. '아이를 넷이나 키운 분이니 맞겠지.' 하고 수긍했다. 시부모님은 두어 시간 정도 후 집으로 갔다. 잠시 후 친정 부모님께서 오셨다. 갓 태어난 아이를 벗겨놓았다고 난리다. 따뜻하게 해야 한단다. 엄마는 배냇저고리를 입히고 속싸개를 싼 후 이불까지 덮는다. 아이가 추웠을 거라며 보일러를 가동시킨다.

도대체 누구의 말이 맞는지 모르겠다. 혼동이 왔다. 몇 달 전에 출산한 친구에게 전화를 걸었다. 미쳤다는 말과 함께 친구는 친정 부모님의 편을 들었다. 방 안이 후끈했다. 온도계를 보니 37도다. 거실에는 에어컨을 켰다. 방 안의 열기에 지치면 거실에 가서 땀을 식혔다. 동건이는 계속 방안 침대에 눕혀 놓았다. 아이가 울기 시작했다. 젖을 물렸지만 먹지 않는다. 기저귀를 살폈지만 젖지 않았다.

이제 아는 것이 없다. 어떻게 할지 몰라 아이를 안고 같이 울며 방 안을 서성거렸다. 방 안이 갑갑해서 그런가 해서 거실로 나갔다. 찬 에어컨 바람이 걱정되어 다시 방으로 들어갔다. 한 시간이 넘게 아이는 울기만 했다.

전화를 여러 군데 하며 이유를 알아내려 애썼지만, 누구 하나 도움이 되지 않았다. 아이는 너무 울어 목이 다 쉬었다. 아픈 것이 틀림없다. 퇴원한 지 몇 시간 만에 다시 종합병원으로 향했다.

의사가 급히 호출됐다. 신생아 파상풍이 의심된다고 했다. 신생아가 열이 오르는 이유가 몇 가지 있는데 현재 동건이에게 가장 유력한 병명이라고 한다. 파상풍 접종을 했느냐고 물었다. 이성을 잃었다. 울면서 그게 뭐냐고 반문했다. 남편이 옆에서 접종했다고 대신 답변했다. 엄마가 왜 이리 울기만 하느냐는 의사의 호통에 울음을 간신히 멈췄다. 잠시 나가 있으란다. 주삿바늘을 꽂아야 하는데 엄마가 견딜 수 있겠냐고 했다. 괜찮다는 말에 의사는 머뭇거리며 간호사를 불렀다. 간호사는 침착하게 혈관을 찾았다. 작은 몸은 혈관을 쉽게 내어주지 않았다.

결국, 머리에 주삿바늘을 꽂는다고 한다. 정신이 아득해졌다. 다리에 힘이 풀려 주저앉았다. 간호사가 울음소리에 집중하지 못할까 봐 걱정되었다. 남편의 다리에 얼굴을 묻고 소리를 죽였다. 차마 그 모습을 보지 못했다.

엄마가 왔다. 부둥켜안고 우는 거 외에 할 수 있는 게 없었다.

—수경아, 너 이러다 큰일 난다. 너 아이 낳은 지 일주일도 안 됐다. 동건이가 너한테 귀하듯이 나한테는 네가 귀해. 얼른 밥 먹자. 네

160

가 정신을 차려야 아이도 돌볼 수 있잖아.

엄마가 끓여온 미음을 억지로 먹었지만, 곧바로 다 토해냈다. 도저히 삼킬 수가 없었다. 엄마가 토사물을 닦으며 소리 내어 운다. 울음소리가 귀를 때린다. 머리가 터져나갈 것만 같다. 정신이 아득해진다. 눈앞이 캄캄해졌다.

동건이가 입원하고 이틀이 지났다. 여전히 물 한 모금 넘길 수가 없다. 아이의 울음소리가 귀에서 떠나지 않았다. 울고 또 울다가 지치면 쓰러져 잠들었다. 그것도 한 시간을 채우지 못했다. 아이를 볼 수 있는 시간은 하루에 딱 두 번이다. 그 시간에만 정신이 들었다. 대충 옷을 껴입고 병원에 갔다. 십 분도 안 되는 시간 동안 울기만 했다. 이젠 목소리도 나오지 않는다.

—엄마, 이러면 아이도 빨리 낫지 않아요. 내일이면 이것저것 검사결과가 나옵니다. 이럴 때일수록 엄마가 강해져야죠.

간호사가 위로한다. 고맙다고 말하지 못했다. 벽에 기댔다. 나도 모르게 주저앉았나 보다. 눈을 뜨니 남편이 보였다. 낯선 방이다. 팔에 주사가 꽂혀 있다. 선을 따라가 보니 혈액 팩이 보였다.

—여보, 이거 빼줘, 동건이 보러 가야지. 지금 몇 시야? 면회 시간 다 된 거 아냐?

갈 수 없단다. 입원수속을 밟았단다. 아이를 볼 수 없다는 말에 퇴원시켜달라고 소리를 질렀다. 몸부림쳤다. 하혈이 심해서 나갈 수 없단다. 남편이 괜찮다는 말을 반복했다. 동건이도 너도 둘 다 괜찮다고 했다. 할 수 있는 게 없었다.

기도뿐이었다. '제발, 아무 일 없게 해주세요.' 모든 신에게 빌었다. 오로지 그것만이 내게 허락된 것이었다. 평소에 믿지 않던 하나님, 부처님, 알라신, 조상신, 그리고 대자연의 신에게 아이의 건강을 기원하고 무지에 대한 용서를 구했다.

아이의 열이 내렸다. 검사결과 이상이 없단다. 파상풍이 아니란다. 그리고 다른 병도 없이 건강하단다. 안도의 한숨이 나왔다. 의사에게 그리고 실체를 알 수 없는 누군가에게 '감사합니다.'를 연발했다. 기쁨도 잠시, 황달기가 있단다. 일주일 동안 치료를 받아야 한다. 불행은 연달아 온다고 했던가.

나도 퇴원이 안 된다고 했다. 피를 너무 흘려서 헤모글로빈 수치가 3점대란다. 정상수치의 삼 분의 일도 안된다며 의사가 겁을 주었다. 아니나 다를까 연한 색의 피가 계속 나왔다.

헤모글로빈보다 물의 차지가 더 많은 피다. 이 상태로 나가면 길을 가다가도 쓰러져 죽을 수 있단다. 그래도 퇴원시켜 달라고 말하는 내게 의사는 고개를 흔들며 죽으면 아이는 어쩔 거냐며 겁을 준다. '아.' 하는 탄식이 나왔다. 삼 일은 퇴원불가라 했다.

동건이가 두 번째 퇴원을 한다. 며칠 동안 피눈물을 쏟으며 다닌 길이다. 임신을 하기 위해 흘린 눈물에 비할 바가 아니다. 실체가 없는 존재를 얻기 위해 헤맬 때보다 더 아팠다. 태어난 지 고작 삼 일된 아이였다. 자기가 살아온 시간의 반 이상을 고통받았다. 그것도 부모의 무지에 의해서다. 열의 원인이 밝혀지진 않았지만 추후 집히는 것은 있었다. 급격한 온도차에 의한 체온 이상이다. 수분 보충도 되지 않았기에 더욱 열이 오른 것일 터이다. 미안하다는 말도 사치였다. 초보 엄마의 신고식은 가혹했다.

아이러니하게 출산예정일이다. 원래대로라면 이즈음 동건이가 태어났어야 했다. 일찍 나온 아이는 세상의 모진 풍파를 온몸으로 맞았다. 또다시 간호사에게 퇴원하는 아이를 받았다. 두 번째다. 몸에 맞춘 듯 품에 쏙 들어온다. 힘을 주어 안았다. 동건이가 눈을 뜬다. 눈을 맞추었다. 울음을 터트린다. 재회의 기쁨을 표현하고 있다. 이미 울고 있는 나를 위로해준다. 사랑한다는 말을 계속했다. 세상에 있는 말이라곤 오직 그 한 마디가 전부인 듯 되뇌었다. 곁에서 엄마도 울고 있었다. 집으로 오는 내내 울음은 멈추지 않았다.

─동건이도 너도 잘못되는 줄 알고 얼마나 가슴 졸였는지 모른다. 태어나자마자 죽은 네 오빠가 띠올라 무서웠다.

오빠 이야기는 금기어였다. 누구 하나 입에 올리지 않았다. 아빠가 만취해 목 놓아 불렀던 이름도 없는 존재다. 딱 한 번 엄마에게 들었던 이야기 속에만 있었다. 엄마도 난임이었다. 결혼 삼 년 만에 어렵게 임신을 했다.

출산 당일, 당시 섬에 살았던 부모님은 비바람이 심해 배를 띄울 수 없었다. 난산이었다. 역아였다. 다리가 먼저 세상에 나왔다. 죽을 힘을 다해 낳은 아기는 시퍼렇게 질려 있었다. 울음소리가 나지 않았다. 엉덩이를 세차게 때려도 소용이 없었다.

결국, 숨 한번 뱉어보지 못하고 싸늘하게 식어갔다. 부둥켜안고 하염없이 울고 울어도 눈을 뜨지 않았다. 곁에 있던 조산사가 아이를 뺏어 갔다고 했다. 엄마의 몸이 회복되자마자 곧장 섬에서 나왔다. 그곳에서 살 수가 없었다. 그 뒤로 부모님 가슴속에서만 기억

되고 있었다.

엄마의 손을 잡았다. 오랜만에 잡는 손이다. 마디가 억세고 거칠다. 몇 장 안 되는 흑백사진 속의 곱고 젊은 엄마는 더 이상 없다. 육십을 바라보는 엄마는 결혼 이후로 가족을 위해 살았다. 그게 당연하다고 여겼다. 하지만 지금은 아니다. 동건이를 낳고 알았다. 엄마는 엄마가 되었기에 그렇게 살 수밖에 없었다. 올망졸망한 눈 여섯 개가 자신만을 바라보고 있다. 밥 달라 보채는 입을 굶길 순 없었을 것이다. 본인이 하고 싶은 일보다 해야 할 일을 하며 살았을 세월이다.

나도 엄마처럼 할 수 있을까? 임신 중에 남편에게 약속받은 것이 있다. 임신을 하니 얼굴에 뾰루지가 생기고 배는 부르터서 징그러운 자국을 남겼다. 출산 후 피부 관리실에서 산후 관리를 받을 거라 했다. 아이는 낳기만 하면 되는 줄 알았다.

잘 키워야지 하고 생각만 했지, 현실을 몰랐다. 철없었다. 마사지는 고사하고 머리도 감지 못했다. 아이에게 예쁘게 보이고 싶어 출산 당일에도 했던 화장을 이후에는 하지 못했다. 아니, 할 수가 없었다. 여자로서 하고 싶은 것을 포기해나간다. 그렇게 엄마가 되어가나 보다.

품 안에 있는 동건이는 여전히 잠을 자고 있다. 세상의 모든 평화가 이 아이에게 쏟아져 내린다. 그 어느 때보다 부자가 된 거 같다. 밥 먹지 않아도 배가 부를 거 같다. 수없이 욕심내었던 것들이 머릿속에서 지워진다. 돈도, 집도, 명예도 부질없다. 이 아이만 건강하게 옆에 있어주면 된다. 단 한 가지만 욕심내본다.

이
해
와

용 서

일기장을 꺼냈다. 결혼 후 힘든 일이 있을 때마다 한 장 두 장 썼던 것이 벌써 5권이나 된다. 감정을 그대로 옮겨놓은 거라 다시 들추기가 민망하고 겁이 난다. 이 공책들은 무슨 죄로 욕받이가 되었을까? 예쁜 겉표지 안에는 타인에게 들키면 안 되는 단어들이 조잡하게 나열되어 있다.

엄마에게도 남편에게도 할 수 없었던 이야기들이다. 휘몰아치듯 글로 쓰고 나면 마음이 어느 정도 안정되었다. 처음엔 자주 쓰지 않았다. 기껏 한 달에 한두 번 정도였다. 하지만 화가 쌓여갔다. 이 일기장을 찾는 일도 잦아졌다. 대부분이 아이와 시부모에 관한 이야기다.

임신하지 못하는 스스로에 대한 책망이 여러 군데다. 종이에 얼룩이 져 있다. 찢어진 곳도 있다. 아이를 기다리던 마음이 나중에 화로 변했다. 원망을 드러낸다. 시험관의 어려움과 서러움도 적혀 있다. 남편에게 미안한 마음도 자리를 차지한다. 아이를 좋아하는 사람이 표현도 하지 못하고 괜찮다고만 말했다. 그것조차 상처가 되었던 시절이었나 보다. 동정심으로 표현되어 있다.

시부모님에 관한 이야기는 죄스러워 읽기가 힘들다. 제 역할을 못한다고 비난받았던 원망을 드러낸 흔적이 난무하다. 안 보이는 곳에선 나라님도 욕한다지만 또 다른 이름의 부모에게 드러내는 감정치곤 정도가 심하다. 그걸 이제야 깨닫는다. 나를 힘들게 했으니 나 또한 이런 글을 써도 괜찮다고 당당하다고 자신을 위로했다. 하지만 자식을 낳아보니 어렴풋이 그 마음을 알 것도 같다.

이해하고 싶다. 할 수 있을 거 같다. 완전히 상처가 아물진 않았지만 내가 받은 상처의 크기만큼, 아니 어쩌면 그보다 더 시부모님도 받았을 것이다. 손뼉도 마주쳐야 소리가 나는 법이다. 한 손으로는 허공을 가로지를 뿐이다. 눈엣가시처럼 보이는 것은 나에게도 잘못이 있을 것이다. 뾰족한 부분을 드러낸 건 나이다. 시어머니가 아이에 대해 한마디 하면 고분고분하게 '네' 하고 답하지 않았다. 표정으로 대신하기도 하고 딴청을 피우는 경우도 종종 있었다. 시간이 흐를수록 더욱 뾰족해졌으리라.

남편이 일기장을 본 적이 있다. 그날도 시아버지와 싸우고 왔다. 친정부모가 가정교육을 잘못시켜 아이를 낳지 않는다고 시아버지가 엄마에게 전화했다. 수화기 너머로 엄마의 울음소리가 들렸다. 따지기라도 하면 좋을 텐데 맞다 하는 소리만 연신 하는 엄마에게 미안했다. 의기양양하게 딸 데리고 가라 하는 시아버지가 악마처럼 보였다. 순간 이성을 잃고 고함을 질렀다. 더 이상 살 수가 없다며 발악했다. 가만히 있는 남편이 미웠다.

앞뒤 잴 여유가 없었다. 몸을 웅크리고 귀를 막았다. 시아버지의 음성을 듣는 것이 괴로웠다. 그제야 남편이 시아버지의 전화기를 뺏었다. 내쫓겼다. 차로 끌려오다시피 했다. 차 안에서 남편이 뒤늦은 사과를 했지만, 상처가 컸다.

─나쁜 놈.

속이 후련하다. 이미 그는 남편이 아니다. 부부로서 해야 할 도리를 지키지 못하고 있다. 검은 머리가 파뿌리가 되도록 사랑하며 지켜주겠다던 맹세는 잊힌 듯했다.

그의 아버지를 물어뜯었다. 부자의 경거망동을 힐책한다. 잔인하고 험한 단어들을 내뱉는다. 분노로 덧입혀진 말들이 차 안을 부유한다. 분이 풀리지 않아 핸들을 꺾으며 같이 죽자고 했다. 휘청거리는 차에 묘한 쾌감이 일었다. 시부모에게 벌을 주고 싶었다. 일방적인 소리와 행동으로 고통을 갈음했다. 서서히 분통이 지쳐간다. 주위를 맴돌다 사그라진다. 더 이상 퍼부을 화도 없다. 공허함이 재빨리 그 자리를 메운다. 이렇게 한들 바뀌지 않을 기린 생각이 든다. 그만 멈춘다. 각자의 상처만 더욱 벌어진다.

엄마에게 전화해서 미안하다고 했다. 못난 딸 때문에 죄인이 된 엄마의 긴 한숨소리가 칼날이 되어 돌아왔다. 집으로 와 곧장 일기를 썼다. 칼날은 여백에 깊고 흉측한 자국을 남겼다. 뒤에 남편이 서 있는 줄도 모르고 써내려갔다.

글로 쓰는 포효였다. 반 페이지를 넘기고서야 쓰기를 멈추었다. 황망한 얼굴의 남편이 침대에 걸터앉아 있었다. 본 걸 짐작했지만 아무 말 하지 않았다. 그 후 존재를 들킨 일기장을 숨겼다.

심호흡을 했다. 일기장의 속지 한 장을 찢었다. 무거운 내용에 어울리지 않게 경쾌한 소리를 내며 찢겨나간다. 그 종이를 다시 세로로 여러 번 갈래를 냈다. 하나의 문장이 어그러진다. 단어가 반 토막이 난다. 흰 것은 종이요 까만 건은 글자일 뿐, 의미가 퇴색되어진다. 또 한 장을 찢었다. 찌익 하는 소리에 스트레스가 달아난다. 찢긴 종이에 때가 쌓인다. 오랜 시간 벗겨 내지 못한 마음의 때가 종이에 얹힌다. 얼마나 묵었는지 쉽사리 속살을 드러내지 않는다. 그러다 한 번씩 눈에 띄는 반 토막의 글자에 울컥한다. 이를 악물며 참다 3권을 끝냈을 때 결국 터졌다. 과연 잊을 수 있을까? 의문이 들었다. 대단한 의식이라도 치르는 양 열중하는 내 모습을 한참 바라보던 남편이 이제 그만하라고 했다. 아직은 때가 아니라고도 했다. 남편의 품에 안긴 동건이에게 눈이 갔다. 겨우 자고 있다. 퇴원한 후 동건이는 불안정해 보였다.

품에서 떨어지려 하지 않는다. 특히 잠자는 것을 두려워하는 것 같다. 그런 아이를 밤새 안았다가 내려놓았다가를 반복하다 새벽이 되어서야 겨우 잠이 드는 남편이다. 팬티만 입고 맨살에 아이를 안고 있는 남편과 기저귀와 배냇저고리만 입은 채 맨다리를 드러낸 동건이의 모습이 사랑스럽다.

다시 일기장을 집어 들었다. 지금 하지 않으면 안 될 거 같다. 일기장을 집 안에 두는 것이 싫다. 행복하다. 사랑하는 두 남자와의 공간이다. 작은 오점조차 남기지 싫지 않았다. 그림자를 지우고 싶었다. 네 권째는 앞보다는 수월했다. 예쁜 장미가 그려진 속지다. 향기를 품지 못한 꽃잎이 흩날렸다. 무채색의 종이더미에 색이 입혀졌다. 용서할 수 있을까? 어느새 시간은 한 시간을 넘어섰다. 찢는 것도 이골이 났다. 거침이 없다. 기계적으로 행위에만 초점이 맞춰진다. 곪은 상처를 다시 건드려봐야 덧나기만 할 뿐이다. 새살이 돋아나기까지 시간이 걸릴 테지만 기다릴 용기가 생겼다. 아니, 흉터가 옅어지기까지 기다리지만은 않을 힘이 생겼다.

누가 누구를 용서할 수 있을까? 나 역시 가해자다. 어린 나이를 앞세우며 피해자인 양 위장했다. 쏟아지는 폭언을 그대로 맞지 않았다. 자신을 보호하기 위해 거짓말도 했다. 지금 생각해보면 그 위선을 시부모님은 알고 있었을 것이다. 앓는 속을 치며 견뎌냈을 것이다. 부모라서 감내해야 했던 고통을 미루어 짐작해본다.

찢어진 종잇조각만큼이나 쌓인 것 역시 많을 것이다. 누가 덜 쌓이고 누가 더 많이 쌓였나를 구분하는 것이 무슨 의미가 있을까? 풀어가야 할 매듭일 뿐이다.

일기장은 다시 감정의 배출구가 되어주었다. 하지만 다른 의미에서다. 이전에는 화가 쌓여 분출할 곳이 필요했다면 지금은 그 화를 풀어내기 위한 실마리가 되어 준다. 까만 봉투에 쓰레기를 넣었다. 한 봉지에 담지 못할 만큼 양이 많다. 눌러 담았지만 다른 봉투가 필요했다. 납작하게 하려고 발로 밟았다. 감정 역시 소분해서 소각하면 더 빨리 잊히지 않을까? 납작히게 민들어 더 이상 뛰어나오지 못하게 해야겠다.

남편이 애썼다며 어깨를 두들겨 준다. 일기장의 존재를 모른 척했지만 5권을 모두 읽은 것이 틀림없다. 읽는 내내 그의 감정이 어땠을까 안쓰러운 마음이 생긴다.

—자기야, 내 일기장 읽어봤지?

조심스레 물었다.

—응, 사실 읽어봤어.

역시 거짓이 없다. 그냥 안 읽었다고 말해도 믿어줬을 것이다.

169

—어땠어? 화나진 않았어?

기어이 물어본다. 솔직한 대답이 두려워 소리가 기어든다.

—…… 솔직히 당황스러웠다. 그런데 나중에는 이해가 되더라. 네가 얼마나 힘들었을지 알 수 있었어. 처음엔 난 네가 왜 힘들어하는지 잘 몰랐거든. 그냥 어른이 하는 소리를 흘려들으면 되는데 그걸 참지 못하는 모습에 실망도 했어. 그러다 네 일기장에 장인·장모가 사위인 나한테 그런 행동을 한다면 내가 과연 가만히 있을까? 하는 구절을 보고 머리에 뭘 맞은 거 같더라. 내 부모니까 쉽게 이해했던 거야. 아버지가 네 아버지가 아니란 사실을 간과했던 거지.
　그 이후부터 너의 말에 귀 기울였어. 아버지의 억지가 눈에 보이더라. 네가 당장 이해해주길 바라진 않아. 하지만 언젠가는 그런 날이 오지 않을까 싶어. 지금이 시작점인 거 같아 기쁘다.

어느 순간부터 시아버지의 말과 행동을 대신 사과하는 남편이었다. 훔쳐본 일기장에서 도움을 받았다는 남편의 고백이다.

—혹시 일기장을 자기가 쓰고 있는 거 아녀?

미안하다는 말은 하지 않았다. 하지만 남편은 알고 있을 것이다. 그가 일기를 쓰길 바란다. 우연히 발견하면 나 역시 그 일기장에서 도움 받고 싶다. 상처 입은 남편에게 용서를 구하고 싶다.

온전한

아침

아이의 울음소리에 잠이 깼다. 이전엔 잠이 깊게 들었다. 누가 업어 가도 모를 정도였는데 지금은 조그만 기척에도 눈이 뜨인다. 지난밤에도 잠을 설쳤다. 침대 중앙에 아이와 나란히 누워 잠이 들어도 어느새 내 몸은 모퉁이에 가 있다. 아이 혼자 침대의 대부분을 차지한다. 잠결에 팔이나 다리로 아이를 누를까 봐 여간 신경 쓰이는 것이 아니다.

간혹 신생아 질식사나 유아돌연사 같은 뉴스를 들으면 몸이 절로 움츠려진다. 예민해진다. 그럴 땐 아이의 가슴에 가만히 손을 올려본다. 오르락내리락한다. 쿵쿵 뛰는 심장이 느껴진다. 나 여기 있으니 괜찮다고 아이는 자면서도 모자라고 부족한 엄마를 안심시킨다. 기저귀를 확인했다. 젖어있지 않다. 잠자리가 불편한지 확인했다. 짱구베개를 다시 머릿밑에 넣어주고 이불로 배도 덮었다. 울음이 계속된다. 옆으로 누워 젖을 물렸다. 살고자 하는 본능에 이끌려 자면서도 젖을 빠는 모습이 신기하다.

얼마나 용을 쓰는지 땀을 흘린다. 꿀떡꿀떡 넘어가는 소리가 힘차다. 그러곤 잠이 든다. 몸을 일으켜야 하는데 쉽지 않다. 정신은 말짱한데 육체는 깨어나길 거부한다.

가까스로 몸을 일으켜 암막 커튼을 걷었다. 이른 아침의 햇살치곤 강하다. 여름을 다시 확인한다. 창문을 조금 열고 속 커튼만 쳤다. 얇은 조직에 눈부심이 한풀 꺾였다. 창문 크기만큼 바닥의 어둠을 몰아낸다. 핸드폰 시계를 확인해보니 여섯 시다. 아침인지 저녁인지 모를 생활을 하고 있다. 채광은 신경조차 쓰지 못했다.

하루의 대부분을 잠을 자는 아이를 위해서는 어둠이 필요하다. 형광등으로 자연의 빛을 대신했다. 좀 더 눈을 붙이기 위해 다시 침대 위로 올라가다 미끄러졌다. 아침 햇살에 비친 동건이의 얼굴이 예뻐 눈을 뗄 수가 없었다. 육중한 몸에 걸맞은 소리가 났다. 하필 허우적거리다 잡은 것이 기저귀 보관함이었다. 기저귀가 몸 위로 쏟아졌다.

남편이 안방 문을 벌컥 열었다. 기저귀와 함께 널브러진 날 보며 웃음을 터뜨린다. 엉덩이가 아팠다. 삼단 트롤리가 넘어지면서 발목을 찍었는지 시큰거렸다. 일으켜줄 법도 한데 남편은 여전히 웃고만 있다. 바닥을 짚고 일어서며 눈을 살짝 흘겼다.

남편에게 침대에 누우라고 했다. 말이 떨어지기 무섭게 남편은 침대의 가장자리를 차지한다. 거실이 아닌 같은 공간에서 잠들고 싶었나 보다. 나 역시 맞은 편 그 자리에 누웠다. 세 명이 누웠지만, 공간이 남는다. 아이는 여전히 중앙에 있다.

열린 창문으로 바람이 들어온다. 한여름의 더운 열기로 데워진 바람이 아니다. 새벽의 시원함을 품은 공기가 방 안을 대류한다. 가볍게 흩날리는 직물에 의해 방 안으로 들어오는 빛이 춤을 춘다. 아이가 옆에서 잠을 잔다. 코가 막혔는지 숨소리가 조금은 거칠다.

남편은 벌써 잠들었는지 미동도 없다. 가만히 아이와 남편의 손을 잡았다. 둘이 깰까 봐 조심스럽다. 괜히 손바닥 크기를 비교해 본다. 남편의 손바닥 안에 동건이의 주먹 쥔 손이 들어간다. 선잠을 자는지 남편의 손에 힘이 들어간다. 동그랗게 말아 쥔다. 어미 새가 알을 품듯 조심스럽다. 옆에 누가 있는지 알고 몸이 반응하나 보다. 무의식 속에서도 보호한다.

—동건 어멈.

그 소리가 우습다. 어멈이라니!

—동건 아범, 와?

남편도 키득거린다. 굴러가는 낙엽 잎에 웃음을 터뜨리는 사춘기 소년 같다.

—우리 이사 가자.

뜬금없다. 갑자기 이사라니. 처음 집을 구하러 다닐 때가 떠올랐다. 호황기의 작은 도시에는 사람들로 넘쳐났다. 저렴하면서 깨끗하고 넓은 집은 발품 파는 내내 찾기 힘들었다.

결국, 오래된 지금의 18평 아파트를 전세로 계약했다. 모든 것이 작은 아파트다. 욕조도 없는 화장실은 여닫는 문이 변기를 겨우 비껴간다. 거실과 부엌은 스무 걸음을 채우지 못한다. 사방으로 짐들이 자리를 차지해 제 몸집보다 좁아진 거실에 여러 명의 손님이라도 오면 앉을 곳이 마땅치 않아 서로 민망해지기 일쑤다.

아귀가 맞지 않는 창문틀에 얹혀 있는 얇은 유리창은 작은 진동에도 흔들린다. 하지만 이사를 생각해본 적은 없다. 집을 구하기가 너무 어렵다. 게다가 신생아가 있다. 말도 안 되는 소리라고 했다.

— 동건 어멈, 지금 사는 아파트는 작고 오래돼서 지저분하잖아. 그리고 방풍이 안 돼 바람이 군데군데 들어와. 지금은 그렇다 하더라도 겨울엔 어떡할래? 갓난쟁이가 살기엔 적당하지 않은 거 같아.

사원아파트를 알아본단다. 옥포에 있고 24평이다. 공간 활용이 잘되어 있다. 작은 동물농장도 있고 산으로 이어지는 산책로도 있다. 나무도 많아 아이 키우기에 흠 잡을 데가 없다며 부추긴다. 대신 기다리는 시간이 필요하다고 했다. 그 시간이 짧을 수도 길 수도 있단다.

사원아파트에서 살다 분양받아 둔 새 아파트에 입주하잔다. 입주하기까지 일 년 정도 남았다. 그냥 일 년만 여기서 살다 새 아파트에 들어가는 게 낫지 않느냐 하고 물었다. 반듯하게 누워 있던 남편이 나를 향해 돌아누웠다.

— 욕심일 수 있지만 좀 더 나은 환경에서 동건이를 키우고 싶어서 그래. 물론 일 년 정도 후에 다시 이사하는 것이 힘들 수도 있지만, 지금은 이사 가고 싶어.

망설여졌다. 저렇게 이야기하는 이유가 공감되지 않는 것은 아니다. 1층이라 그런지 하수구 냄새도 수시로 올라오고 벌레도 많

174

다. 집 앞을 오가는 사람들 때문에 창문도 열어 놓기가 쉽지 않다. 단점을 나열해 본다. 안 좋은 점이 한둘이 아니다. 이미 결정권은 남편에게 넘어갔다.

　—어린이집은 몇 살부터 다니지?

　이사 이야기에 이어 또 뜬금없다. 여자 친구를 언제 집으로 데리고 올까 라는 소리에 벌써 흐뭇해진다. 옛날엔 열다섯이면 장가를 갔는데 빨리 장가보낼까? 아니면 끼고 살다가 늦게 결혼시킬까? 결혼이야기까지 오간다.

　성격이 나쁜 여자는 괜찮아도 못생긴 여자는 안 된다는 남편이다. 우리 늙어서 동건이 자식을 키워줄까? 태어난 지 한 달도 되지 않은 신생아의 미래를 둘이 주거니 받거니 한다. 50센티밖에 안 되는 아이의 훗날을 예상해본다.

　미래가 기다려진다. 일분일초 후, 조금은 먼 몇 년 뒤, 그리고 수십 년이 지난 시간이 기대된다. 아이가 어떤 얼굴일지 상상조차 되지 않는다. 그 곁에 있을 우리의 모습 역시 마찬가지다. 세 가족이 나란히 서 있길 희망해본다.

　현실에 급급해 살았다. 오늘이 고단했다. 스스로 만든 덫에 걸려 헤어나지 못했다. 미래를 생각해볼 여유가 없었다. 오히려 과거에 묶여 살아왔다. '왜?' 하며 따지고 들었다. 누구 하나 그렇게 살라 하지 않는데 얽매였다. 바보 같은 삶을 더 이상 반복하지 않으리라 다짐한다.

　결국, 둘 다 더 이상 잠을 이루지 못했다. 커튼을 걷었다. 방안 가득 햇살이 퍼진다. 그림자가 물러난다. 커피가 먹고 싶었다. 남편에게 부탁했다. 커피를 내리는지 열어둔 문으로 향이 퍼진다.

　남편의 손에 들린 트레이 위에 커피와 토스트가 올려져 있다. 바삭하게 구운 빵에 잼을 얇게 펴 발라 한 입 베어 문다. 최고의 아침이다. 모자람이 없다. 사랑하는 두 남자가 내 곁에 있다. 둘이 맞이하던 아침이 지워진다. 살랑거리는 바람이 싫지 않다. 모든 것이 완벽한 아침이다.

04

육 이 ,
불 행 한
순 간

아

프

다

　　　　　　　　아이가 수분부족과 황달로
태어난 지 사흘 만에 입원했다. 열흘이 넘는 시간 동안 병원 신세
를 진 후 퇴원을 했다. 아이만 곁에 있으면 모든 문제가 사라질 줄
알았다. 집에 오길 손꼽아 기다렸다. 그새 키도 컸다. 열흘의 시간
동안 변화가 생겼다는 사실에 입안이 썼다. 건강을 되찾았다는 위
로로 마음을 추슬렀다. 무엇보다 미안한 마음이 컸다.

　아이는 울기만 했다. 불안해 보였다. 차라리 병원에 있을 때가
더 편해 보였다. 엄마가 아이에겐 낯선 사람이 된 것이다. 열 달 동
안 품었다. 산부인과에서도 같이 있는 시간보다 떨어져 있는 시간
이 더 많았다. 하지만 그때도 품을 파고들었던 아이다. 아무리 병
원에서 열흘의 시간을 보냈다지만 매일 면회를 가서 안아주었다.
혈액 팩을 팔에 꽂고도 찾아갔다. 잊어버리지 말라고 그렇게 애원
했는데…… 병원 냄새와 간호사의 손길에 익숙해져 버린 것일까?

　엄마를 거부한다. 혹시 버려진 것으로 착각하고 있는 것일까?
숨이 턱에까지 차오른다. 간신히 뱉어내는 숨조차 꺽꺽대는 소리
에 막힌다. 그조차 미안해서 숨죽인다. 얼마나 당황스럽고 무서웠

을까? 따뜻한 체온에 익숙해질 시간이 없었을 것이다.

하루 내내 기다리다 나중에 포기하지 않았을까. 하루에 고작 몇 번, 찰나의 순간에 간호사에게 안겨 그녀의 냄새에 취했을 것이다. 기억도 하기 전에 또 다른 간호사의 손에 맡겨졌을 터이다. 또 다른 채취에 적응해야 했을 것이다. 반복되는 동안 엄마는 사라졌다는 것을 본능이 알려주었으리라.

미안했다. 짧은 말로 그 긴 시간을 대신할 수 없을 것이지만 대체할 수 있는 말 또한 없다. 미안하다, 또 미안하다 그리고 미안하다……. 아가, 미안하다. 열 번도 백번도 아니, 천 번도 넘게 울며 말했다. 동건이란 이름이 아이에게 낯설 것 같아 태명이었던 복덩이로 불렀다. 사랑한다 하고 귀에 속삭였다. 아이는 몸을 뻗대며 벗어나려고만 한다. 어떻게 해야 할지 난감했다.

더 큰 문제가 있었다. 아이가 젖을 빨지 않았다. 젖을 물리면 서럽게 울어댔다. 몇 번 빠는 시늉만 했다. 뜻대로 되지 않으면 혀로 밀어내며 울음을 터뜨렸다. 배가 고픈지 쪽쪽 빠는 시늉을 해댄다.

병원 생활을 하며 젖병에 길든 아이는 엄마의 젖이 필요 없었다. 모유수유를 꼭 하고 싶었다. 임신 기간 동안에는 막연히 모유수유를 해야지 생각했지만, 지금은 필사적으로 매달렸다.

모유가 건강에 좋은 것은 둘째 치더라도 빨리 나의 체취에 젖어들길 바랐다. 버린 게 아니라 잠시 떨어져 있었음을 이해해 주었으면 싶었다. 욕심이란 걸 알면서도 포기가 안 됐다.

동건이의 눈물만큼 울었다. 눈물샘이 원망스러웠다. 차라리 막혀버리길 원했다. 엄마에게 하소연했다. 또다시 흔들어댔다. 서러움을 토로할 곳이 필요했다.

─엄마, 복덩이가 젖을 안 빤다. 우야면 좋누? 엄마, 이러다 우리 복
덩이 잘못되는 거 아닌가 걱정된다. 엄마, 그냥 젖병을 물릴까? 엄
마…….제발 어떻게 해야 할지 말 좀 해줘.

늦은 밤, 전화가 왔다.

─갱아, 단단히 들어라. 미신이라고 밀어놓지 말고 엄마 말 잘 들
어라. 엄마가 스님도 만나고 점쟁이도 만났다. 보이는 사람마다
붙들고 묻기도 했다. 갱아, 혹시 동건이 태어나던 날에 집 어디
못질했나? 보살이 계속 그 이야길 한다. 그리고 김 서방이 상갓
집에 갔다 온 적 있나?

말도 안 된다. 어떻게 그걸 알지 싶다.

─엄마, 어떻게 알았어? 김 서방이 말했어? 동건이 낳은 날에 김 서
방이 모빌 단다고 천장에 못질했다. 그리고 아기 낳기 며칠 전에
상갓집에 다녀온 것도 맞다.

한동안 말이 없다. 침묵이 길어진다. 뭐지? 왜 말을 하지 않지?
불안감이 엄습해온다.

─아고, 이 철없는 것들아, 우얄라고 그런 방정맞은 짓들을 하니? 몰
라도 그리 모르나? 아고, 아고! 이 일을 우야면 좋노? 아고, 아고,
그 말이 맞네, 맞아!

180

이유 모르는 질책이 계속된다. 아고를 연발하던 엄마는 결국 분통이 섞인 울음을 터뜨렸다. 너희가 무슨 짓을 했는지 아느냐는 엄마의 말에 의문이 증폭된다.

엄마의 울음이 잦아들길 기다릴 수밖에 없다. 엄마에게 죄를 짓는다. 과거에 지었던 불효는 이미 잊었다. 미래에 잊을 죄가 또 하나 보태진다.

—삼신할미가 돌아앉았단다.

무슨 말이지? 삼신할미는 아기를 점지해주는 신인데. 아기를 낳은 마당에 돌아앉는다는 게 뭐지? 이해가 되지 않는다.

—삼신할미가 아가야 태어나고도 몇 년은 보살펴 주는데, 너희가 부정 탄 행동을 해서 화가 나셨단다.

어이가 없었다. 미신의 '미' 자도 꺼내지 않던 엄마였는데, 이젠 뭔 일만 있으면 말도 안 되는 이야길 늘어놓는다. 내가 원인이다. 한참을 우야고와 삼신할미 이야기를 하던 엄마가 삼신상을 차리란다. 단박에 무서워서 싫다고 했다. 신이라 불리지만 상까지 차리는 건 왠지 께름칙했다.

젖을 안 빨아서 모유를 먹일 수 있는 좋은 방도가 없을까 하고 물었는데 뜬금없다. 엄마에게 재차 방법을 물었지만 동문서답이다. 남편 밥상도 차려주지 못하는데 삼신상이 웬 말이래 하고 전화를 끊었다. 하지만 안 들었으면 모를까 이미 들었기에 찜찜했다. 내 일이라면 말도 안 되는 소리로 치부했을 텐데, 달랐다.

혹시나 하는 생각이 지워지지 않는다. 천장에 못질한 거며 상갓집 이야기에 더욱 신경이 쓰였다.

인터넷에서 삼신상을 찾았다. 아기를 낳은 뒤에 삼신에게 올리는 상이라고 나와 있다. 쌀밥과 미역국을 차려 놓고 아기의 무병장수를 빈 뒤 산모가 먹어야 한단다. 별거 아니네. 솔깃해졌다. 정말 차려볼까 고민했다. 하지만 이런 걸 일일이 다 믿다간 한도 끝도 없을 거 같다. 그냥 처음부터 안 하는 게 맞다 판단했다. 조금 더 노력해보기로 했다.

아이의 오줌이 이상하다. 신생아는 하루에 20회까지 소변을 눈다고 하는데 양과 횟수가 적었다. 하루에 기저귀를 가는 횟수가 서너 번이 안 됐다. 결정체까지 만져진다. 도우미 이모도 걱정했다. 먹는 양이 적어 그렇다며 모유수유 중단을 권유했다. 이젠 젖을 빨지 않는다. 입을 대면 적은 힘으로도 빨리는 쉬운 젖병에 미련을 두는 아이를 보며 입이 말랐다. 억지로 밀어 넣으면 한두 번 빠는 시늉만 하다 울음을 터뜨리기 일쑤다. 젖을 짜서 입에 넣으면 삼키지만 스스로 하지 않았다.

삼신할미가 돌아앉았다는 통화를 하고 며칠 후, 아침 일찍 엄마에게서 전화가 왔다. 삼신상을 차렸는지 물어본다. 아니라 말했다.

—가스나, 그럴 줄 알았다. 보살이 너 그거 안 할 거라 이야기하더니 딱 맞네. 한 가지 비방을 알려주더라. 분유를 타서 젖병을 물리라. 오늘 밤 12시가 넘어가기 전에 꼭 해야 한다. 알겠나?

아이의 먹는 양이 적을 때 젖병을 한두 번 물렸다. 비방이란 말이 거슬렸다. 젖병을 물리지 않았다. 종일 젖만 먹이려 했다. 유독

애를 먹인다. 갖다가 대기만 해도 거부한다. 누가 꼬집기라도 하는
듯 자지러지게 울며 고개를 돌린다. 불편한지 끙끙거렸다. 진땀이
난다. 자세를 계속 고쳐 앉아도 마찬가지다.

남편이 분유를 먹이자고 한다. 그 말이 서럽게 다가왔다. 내 맘
을 알아주는 사람이 아무도 없었다. 울면서 분유를 다 쏟아버렸다.
개수대가 하얀 가루로 뒤덮였다. 오물이라도 되는 양 얼른 물을 틀
어 흘려보냈다.

아이가 지쳐 잠만 잔다. 종일 먹은 것이 없다. 조금씩 짜주는 젖
도 뱉어낸다. 이 조그만 녀석 고집이 제 엄마를 닮아 만만찮다. 탈
수가 걱정되기 시작했다. 팔을 들어 놓으니 툭 떨어진다. 심장이
내려앉았다. 또 입원하는 상황이 벌어질 것만 같았다. 겁났다. 그
모습을 말없이 지켜보던 남편이 지갑을 가지고 나갔다. 시계를 쳐
다보니 밤 11시가 조금 넘었다. 기다려도 돌아오지 않는다. 12시를
10분 남긴 채 남편이 급하게 뛰어들어왔다. 급히 분유를 타서 아이
입에 가져다 댄다. 말리지 않았다. 미신이고 뭐고 없었다. 탈수가
오기 전에 먹여야 했다. 남편의 행동을 지켜봤다.

동건이가 분유를 숨도 쉬지 않고 들이킨다. 속도가 너무 빠르
다. 뭔가 이상하다. 거의 바닥을 드러내는 젖병을 잡아챘다. 갑자기
토를 했다. 분수처럼 뿜어져 나왔다. 이불이 분유로 흥건히 젖어들
었다. 아이가 놀랐는지 울음을 터뜨렸다. 등을 살살 만져주며 괜찮
다고 했다. 안으니 가슴에 머리를 기댄다.

젖병을 살펴보니 입구가 크게 뚫려 있었다. 도우미 이모가 버리
려고 따로 놓아둔 걸 남편이 쓴 것이다. 등을 한참 만져 주니 트림
을 크게 한다. 전화벨 소리가 들렸다. 종일 울리는 전화기를 외면
하다 받았다. 엄마다. 분유를 먹였는지 궁금해한다. 이건 먹은 것도

안 먹은 것도 아니다. 토했다고 말했다.

—딸, 그래도 결국은 했네. 가스나야, 그렇게 다 엄마가 되는 기다. 네 고집대로 키우는 거 아이다. 아가야가 원하는 게 뭔지가 먼저다. 됐다. 욕봤다.

'아가야가 원하는 게 뭔지가 먼저다.' 도돌이표가 되어 머릿속에서 떠나지 않는다. 초등학교를 겨우 졸업한 엄마다. 고등교육을 받고, 전문가가 쓴 육아 책을 옆에 끼고 살았지만 깨닫지 못했다.

아이가 원하는 것이 있을 거라 생각조차 못했다. '젖을 먹여야지.'라는 생각만 가득 찼던 머리가 하얘진다. 아이에게 엄마가 버린 거 아니라고 변명하기 급급했던 게 아닐까? 젖을 물리지 않으면 내가 버려질까 봐 두려웠던 것이다. 그래서 그렇게 맹목적이었나? 언제나 주체가 나였구나. 그걸 깨닫지 못했었다. 사랑이라는 이름으로 아이를 힘들게 했다.

젖과의 전쟁은 계속됐다. 하지만 이젠 달라지려 노력한다. 억지로 밀어붙이진 않았다. 동건이의 기분을 살폈다. 찡그린 얼굴로 아이를 바라보지 않았다. 원망 어린 눈을 감았다. 걱정하는 소리를 뱉지 않았다. 잘하고 있다고 격려했다. 조금 늦어도 된다고 속삭였다. 힘겨웠을 병원 생활을 잊기 위선 입원기간보다 몇 곱절의 시간이 필요할 것이다.

기다리기로 했다. 아이의 체취에 마음이 편해진다. 엄마가 되는 법을 힘들게 또 하나 배웠다. 처음 해보는 육아가 쉽지 않다. 버겁다. 내일이 불안하다. 하지만…… 용기를 내본다.

왜

이렇게
살아야
하는가

　　　　　　　　　　스물네 평의 사원아파트
에 자리가 났다. 신청하고 한 달여 만이다. 대기자가 제법 있었기
에 이렇게 빨리 될 줄 몰랐다. 빠르면 3개월, 길게는 6개월도 기나
려야 한다고 해서 사실 포기하고 있었다. 11동에 201호란다. 막상
차례가 되니 고민됐다. 일 년도 채 살지 않을 곳이다. 분양받은 아
파트에 입주할 시기가 열 달도 남지 않았다. 굳이 이사해야 하나
싶었다. 이삿짐을 정리하고 쌀 엄두도 나지 않았다. 밤낮의 경계
가 허물어진 지금 생활에 이사는 무리다 싶었다. 이사비용도 걱정
되었다. 세 식구 생활비가 둘이 살 때와는 앞자리 숫자가 다르다.

　남편이 모든 걸 다한다고 했다. 포장이사업체를 선정하는 것부
터 이삿짐을 정리하고 이사 후 청소까지 맡기라 한다. 손 하나 까
딱하지 않게 할 자신이 있단다. 반신반의했다. 남편이 새 아파트
는 새집증후군으로 아이의 건강에 해로우니 2년 정도 전세를 주
자고 했다. 그동안 사원아파트에 살자고 꼬드겼다. 더 이상 반대
하지 않았다. 한 번 믿어보기로 했다. 아니, 반드시 이사할 이유가
생겼다.

믿는 도끼에 발등 찍혔다. 어수룩했다. 일곱 시에 출근해서 아홉 시가 넘어서야 들어오는 사람의 말을 믿은 내가 바보였다.

집주인에게 전화하는 것부터가 시작이었다. 이사업체와 날짜를 조율하고 계약을 한 것도 나였다. 갓난쟁이를 돌보며 짐을 정리했다. 오랜 시간 한 자리에 박혀있던 것들이라 들추기만 해도 먼지가 날렸다.

다른 방에 아이를 두고 청소기로 빨아내고 걸레로 닦아냈다. 바닥을 재빠르게 기어 다녔다. 칭얼대는 소리가 들리면 얼른 손을 씻고 아이에게 갔다. 이삿날은 점점 다가오는데 일거리는 산더미다. 일주일 넘게 정리한 시간이 무색하다. 잠을 줄여야 했다. 가뜩이나 깊게 잠들지 못해 피곤한데 그마저도 잘 수 없었다. 더운 날씨에 지쳐갔다.

호언장담하던 남편은 주말마저 회사에 갔다. 이사는 이미 남편에게 제 일이 아니었다. 나중에 자기가 다할 테니 하지 말란 어이없는 소리만 해댔다. 두 손 놓고 지켜보기엔 시간이 촉박했다. 약이 올랐지만 엎지르진 물부터 치워야 했다. 현관에 버릴 짐들이 하나둘 늘어났다. 더 이상 자리가 없다.

남편에게 버려 달라 했지만, 여전히 그대로다. 짜증이 치밀어 오른다. 아이가 자는 틈을 타 짐을 밖에 내놨다. 아이가 깨면 업고 버릴까도 했지만, 이왕 시작한 거 밀어붙이기로 했다. 장갑을 끼고 가장 만만해 보이는 협탁부터 시작하기로 했다. 제법 멀리 떨어진 쓰레기장에 버리고 돌아오는 길이 바쁘다. 혹시 아이가 깨서 찾을까 하는 조바심이 들었다. 다행히 집 안이 조용하다. 식탁의자를 들고 나가려 한 순간이었다.

방에서 울음소리가 들렸다. 마음이 급했다. 의자를 놓다가 균형을 잃었다. 의자와 함께 넘어졌다. 허우적거리다 쌓아 놓은 짐을 쳤다. 다행히 무거운 식탁은 흔들리지 않았다.

하지만 그 위에 있던 잡동사니가 담긴 박스를 건드렸는지 쏟아졌다. 액자가 떨어지면서 유리가 깨졌다. 현관이 난장판이 되었다. 소란에 아이의 울음소리가 더욱 커졌다. 망연자실하게 있을 수 없다. 얼른 장갑을 벗고 방으로 들어갔다. 손도 씻지 못하고 우는 아이를 안아 올렸다. 왼쪽 팔에 심한 통증이 느껴졌다. 남편을 향한 원망이 밀려 올라왔다.

아이에게 젖을 물리며 잠이 들었나 보다. 한 시간이 지났다. 몸을 쉽게 일으키지 못했다. 아이가 자는 동안 일어나서 현관 앞에 놓은 짐을 치워야 하는데 자석이라도 붙은 양 몸을 바닥에서 떼어내기가 힘들었다. 의자에 부딪힌 팔꿈치가 아팠다. 멍이 들었다. 굽혔다 펼 때마다 찌릿했다. 파스를 붙이고 장갑을 다시 꼈다. 사방으로 튄 깨진 유리조각을 줍고 빗자루로 쓸었다. 테이프로 다시 한 번 확인했다. 스스로의 부주의함이 원망스러웠다. 일이 더 늘어났다. 치워도 끝없이 나오는 유리조각에 화가 났다.

진즉 쓰레기를 치웠으면 이런 일도 없었을 거라며 남편에게 화살을 돌렸다. 일만 벌인 채 나 몰라라 하는 그가 미웠다.

쓰레기를 치우는 것을 중단했다. 현관에는 버려야 할 짐들이 탑처럼 쌓여갔다. 남편이 언제 버리는지 볼 심산이었다. 그의 방관에 시위했다. 일종의 또 다른 벽으로 치부해버리는지 남편은 치우지 않았다. 피곤한 정신과 몸은 옹졸해졌다. 같이 손을 놔버렸다. 태어난 지 오십일도 안 된 아이를 돌보는 것만 해도 벅찼다. 이사준비까지 하려니 몸이 두 개였으면 싶었다.

그래도 할 사람이 나밖에 없으니 할 수 없이 했는데 남편에겐 그것이 당연시되는 듯했다. 아내를 내려놓기로 했다. 아이를 돌보는 거 외에는 아무것도 하지 않기로 마음먹었다. 엄마만 하기로 했다. 이삿날이 일주일도 남지 않았다.

늦은 밤, 남편이 집에 와도 반기지 않았다. 돈만 벌어주는 사람으로 치부하기로 했다. 묻는 말에만 짤막하게 대답했다. 먼저 말을 꺼내진 않았다. 눈치가 없는 건지 알아도 모른 척하는 건지 남편은 평상시와 다를 바 없이 행동했다. 샤워하고 아이 곁에서 삼십 분 정도 앉아 있더니 자러 갔다. 여전히 이사는 별개였다. '첫날이라 그렇겠지.' 하며 화를 삭였다. '설마 내일은 눈치를 채겠지.' 하며 기다려보기로 했다. 일부러 깨진 유리가 담긴 봉지를 현관에 있는 식탁 위에 두었다. 무슨 말이라도 할 줄 알았다. 하지만 남편은 출퇴근하면서 빤히 눈에 보였을 봉지에 관해 이야기하지 않는다.

여느 때와 다름없다. 화가 끓어올랐다. 인내심에 한계를 느꼈다. 아이가 잠들길 기다렸다. 조용히 문을 열고 나갔다. 남편은 컴퓨터로 게임을 하고 있었다. 간신히 붙잡고 있던 이성이 뚝 끊어졌다. 남편의 뒤통수를 후려쳤다.

—야, 야, 야!

악에 받쳐 소리 질렀다. 날벼락에 어리둥절하던 남편은 고함을 질러대는 나를 미친 여자 보듯 했다. 아이의 울음소리에 고함이 묻혔다. 놀란 아이는 쉽게 그치지 않았다. 씩씩대는 제 엄마의 거친 숨소리에 더욱 불안해진 것이 틀림없었다. 엄마가 아빠를 바라보는 눈빛이 심상치 않다는 것을 본능적으로 알았음이다.

―억울하면 너도 쳐라.

　목소리에 힘을 실으려 했는데 맥없는 소리가 났다. 하필 다친 팔로 후려쳐 팔에도 힘이 빠졌다. 안아든 아이의 무게에 다리가 후들거렸다. 버텨야 하는데 자꾸 주저앉고 싶다. 남편이 무섭게 노려본다. 금방이라도 손이 올라올 거 같다. 까짓것 한 대 맞아주지 했던 배짱이 사그라진다. 때리기만 해봐라. 오기가 기어 나온다.

　화를 꾹 누른 목소리로 왜 이런 사단을 벌였는지 이유를 대라는 남편이다. '야!'란 소릴 들으며 한 대 맞은 것이 억울할 뿐인 사람에게 구구절절 이야기하기 싫었다. 정말 이유를 모르는지 그것조차 의심스러웠다. 가만히 있는 사람에게 해코지한 미친년이 되었다. 한 대 때린 통쾌함도 잠시, 무거운 돌덩이가 가슴을 짓눌렀나. 이 사람이 과연 내 남편이 맞나? 내가 알던 젊은 날의 그가 맞긴 한 걸까? 이 남자에게 아빠가 어울리긴 한 건가? 이밖에 안 되는 사람에게 미래가 있을까? 의구심이 꼬리에 꼬리를 물었다. 십 년의 세월이 의심되었다. 오늘 이후의 시간이 불안해졌다. 현재에 진저리쳐졌다.

　짧은 순간 온갖 것으로 가득 찬 머리가 터질 거 같았다. 마주 보며 서 있기가 버거웠다. 아이를 달래는 것이 우선이다. 화를 모른 체했다. 잠시 숨겼다. 안방으로 들어가서 문을 잠갔다. 뒤따라오며 계속 따질 줄 알았는데 그 자리에 서 있는 남편이 낯설게 느껴졌다. 길었던 아이의 울음이 잦아든다.

　―울지 마. 괜찮아. 코 자야지.

누구에게 하는 말인지 혼동된다. 괜찮은 게 맞는지 혼란스럽다. 정신이 말짱해진다. 이렇게 살아도 되는 걸까? 겁이 난다. 세상에서 제일 무거운 것이 눈꺼풀이랬다. 아니다. 세상에서 가장 무거운 것들이 지금 내 가슴을 내리누르고 있다.

부스럭거리는 소리에 잠이 깼다. 깜박 잠이 들었나 보다. 시계를 확인하니 여덟 시다. 남편이 외출하는지 채비를 하고 있다. 일요일 아침부터 분주하다. 안방과 거실을 들락날락 거리는 폼이 할 말이 있는 듯했다. 시치미를 떼고 모른 척했다.

─엄마가 집에 좀 같이 오란다.

밭에 고추를 따야 한단다. 어이가 없었다. 하긴 만삭일 때 배 봉지를 싸야 한다고 불렀던 시아버지다. 하지만 지금은 경우가 다르다. 태어난 지 이제 오십 일도 안 된 신생아를 데리고 고추를 따러 오라는 시부모님도 이해가 안 됐고, 그걸 저지하지 못한 남편은 더더욱 못마땅했다. 산후조리도 제대로 하지 못해 스트레스와 빈혈로 입원까지 했던 며느리에게 농사지으러 오라는 말을 하고 싶었을까 하는 원망도 들었다. 이사가 눈앞인데 시모의 말이 우선인 남편이 답답했다. 무엇보다 이 모든 상황이 일어나고 있는 이유가 가장 궁금했다.

─고추를 따야 한다고? 지금 상황에서 그 말을 하는 네가 대단하다. 무엇보다 나 애 낳은 지 오십 일도 안 됐다. 그리고 이사 준비는 안 하나? 자기가 다한다고 했잖아. 언제 할 건데?

모두가 밭에 나가 고추를 따는 동안 점심과 저녁식사만 준비하
면 된다고 말하는 남편이다. 아이를 업고 두 집의 식사를 만들어
차리고 설거지까지 해야 하는데 대수롭지 않은 일이란 듯 이야기
한다. 그것도 두 끼다. 자신도 없고 할 이유도 없었다. 이사는 아직
시간이 남았단다. 다가오는 금요일이 이사다. 여유롭다 못해 한심
해 보였다. 아니, 간사해 보였다. 당연히 내가 할 거란 계산에서 하
는 말이다. 더 이상 말을 할 가치를 못 느꼈다. 가지 않는다고 했
다. 혼자 가라고 떠밀었다. 그리고 다녀와선 약속대로 이삿짐을 정
리하랬다.

남편이 방을 나가지 않는다. 등 뒤에 따가운 눈총이 느껴진다.
혼자선 가지 않겠다는 몸짓이다. 전화기가 울린다. 시댁이다. 받지
않았다. 또 전화기 왔다. 번호를 확인하고 아예 선원을 꺼버렸다.
남편 전화기가 떨린다.

그제야 남편이 거실로 나갔다. 열린 방문으로 통화내용이 들렸
다. 동건이를 데리고 출발할 거란 내용이다. 전화를 끊은 남편은
동건이의 짐을 싸기 시작했다. 아이를 데리고 가면 당연히 내가 따
라나설 거란 계산된 행동이다. 둘이 다녀오라고 했다. 얼린 모유팩
을 냉동실에서 꺼냈다. 보온병에 데운 물도 넣었다. 아이의 옷을
꺼내려고 서랍을 여는데 갑자기 남편이 보온병을 바닥에 던졌다.

—보온병을 가져가야지. 저녁까지 있으려면 젖병도 챙겨야 한다.

화가 나야 할 상황인데 오히려 냉정해졌다. 끝내 동건이를 데리
고 집을 나서는 남편에게 오만 정이 다 떨어졌다. 인연이 삐거덕댄
다. 허탈했다. 무슨 상황인지 정리가 되지 않았다. 온몸에 힘이

빠졌다. 잠시만 침대에 기대었다가 일어나려 했는데 그대로 잠들었다. 꿈을 꾸었다. 남편이 동건이를 안고 운전을 해서 시댁에 가는 꿈이었다. 덜컹거리는 차 안에서 아이는 울어댔다. 곁에 분명히 내가 있는데 아무것도 할 수가 없었다. 손을 뻗어보지만 잡히는 것이 없다. 동건이를 목이 터지라 불렀지만 듣질 못하는지 울기만 한다. 아이를 향해 뻗은 손이 시커멓다. 그마저 먼지가 되어 사라져간다. 목소리도 나오지 않는다. 갑자기 시야가 어두워졌다. 몸을 버둥거렸지만 움직여지지가 않는다. 차는 나를 두고 떠나갔다. 어딘지 모를 길에서 차가 떠난 자리를 보고만 있었다.

─헉.

놀라서 눈을 떴다. 앉은 모습 그대로다. 근래에 꿈을 꾸지 않아서일까? 꿈 내용이 머리를 떠나지 않았다. 침대를 확인했다. 텅 비었다.

몸을 둥글게 말았다. 얼굴을 무릎에 묻었다. 집이 텅 비었다. 임신하기 전에는 낮에 늘 혼자 있었던 곳이다. 익숙한 곳이 낯설게 느껴졌다. 2년을 산 곳이다. 모든 것이 제자리 그대로 있는데 공허했다. 몸서리쳐지게 외로웠다. 곁에 아무도 없다는 사실이 무서웠다. 공기가 누르는 무게에 질식할 거 같다. 환기가 필요하다. 문을 다 열었다. 분노, 걱정, 무서움이 바람을 타고 바깥으로 나가길 바랐다. 시간이 더디게 간다. 초침의 소리가 유독 크게 들린다.

화가 수그러지지 않았다. 남편이 야속했다. 내 마음을 배려해주지 않는 그가 미웠다. 남편에게 진정한 가족은 누구일까? 동건이와 나만 그 안에 포함시키는 건 지나친 내 욕심일까? 그는 여전히 부모에게서 벗어나지 못했다. '장남'의 짐을 내려놓지 못한다. 처가는 가족의 울타리에 넣지 않으면서 시댁에 나와 동건이를 집어넣어 가족이라 칭한다.

이기적이다. 흐릿한 가족의 선을 명확하게 긋지 않는 한 상처받는 누군가가 있을 거라는 것을 알지 못하는 것 같다. 어쩌면 눈을 감고 있는 건 아닐까? 일방적인 희생이 당연하다 여길 수도 있겠다. 남편에게 나는 항상 곁에 있는 사람이 되어버렸다.

그래서 모든 순위에서 밀려났다. 나중에 만회하면 된다고 생각하는 걸까? '이해하겠지.' 하는 남편의 안이함에 상처받는다. 일정한 간격으로 소리를 내는 초침에 최면이라도 걸린 듯하다. 또 다른 욕구를 가진 나와 마주한다. 이혼하면 잘살 수 있을까? 지금보다 행복할까? 무엇보다 내가 진정으로 원하는 건 뭘까? 자유롭고 싶다. 크고 작은 흔들림에서 벗어나고 싶다. 이제 그만 헤매고 싶다.

동건이가 집으로 돌아왔다. 아이가 품에서 서럽게 운다. 원망을 쏟아낸다. 어른의 잘못으로 아이만 고생이다. 서로 아이를 이용했다.

— (설마, 네가 아이를 혼자 보낼까?)
— (아이를 데리고 가서 고생해봐. 그래야 다음엔 이러지 못하지!)

가장 가까운 사람을 이해하고 배려하지 못하는 못된 어른 둘이다. 안방문을 잠갔다. 좁은 집이 나뉜다. 어떻게 해야 할까. 혼란스럽다.

아
이
의

울음소리

새벽 네 시다. 5시에 알람을 맞추었지만, 저절로 눈이 떠졌다. 중요한 날이다. 설렘이 가득하다. 자명종 시계의 울림을 미리 껐다. 어차피 누워있어도 더 잠자기는 글렀다. 예정보다 조금은 빨리 귀한 오늘을 시작하기로 했다. 늘 어깨에 앉아있던 곰 세 마리의 무게조차 느껴지지 않는다.

며칠 전부터 틈틈이 만든 카드를 소파 위 벽에 붙였다. 마분지 위에 반짝이 종이를 덧대어 만드는 내내 그냥 살 걸 왜 굳이 고생을 사서 하는지 모르겠다며 구시렁거렸는데 모양새가 제법 그럴싸하다. 어젯밤에 불어둔 색색의 풍선을 천장과 벽에 테이프로 고정했다. 매듭에 하늘색 리본을 길게 늘어뜨려 단조로움을 피했다. 색동으로 물든 고운 천을 식탁에 깔았다. 그 위에 백설기를 올렸다. 사과, 바나나 등의 과일도 깨끗하게 씻어서 옆에 나란히 놓았다. 나물이 난제였다. 기껏해야 할 줄 아는 거라곤 콩나물, 시금치나물이다. 삼색나물을 해야 하는데 고사리나 도라지는 무리다. 혼자서 해본 적이 없다. 고민하다 무나물을 하기로 했다.

엄마가 무를 채 썰어 조선간장을 넣고 볶기만 하면 된다고 했다. 아무리 볶아도 물렁물렁해지지가 않는다. 한참을 볶으니 팔이 아파져 왔다. 물을 넣고 삶았다. 물컹하게 익혀진 무가 제법 나물 흉내는 낸다.

미역국을 끓였다. 출산하고 한 달 동안 물리게 먹었다. 그 후 입도 대지 않았는데 직접 끓이게 될 줄이야. 소고기를 참기름에 볶아 미역을 넣고 끓였다. 역시 감칠맛이 없다. 밍밍하다. 조미료를 넣을까 순간 고민했다. 누구에게 뽐낼 음식이 아니다. 정성으로 차리는 음식이다. 맛을 포기한다. 남편 회사에 가져갈 백설기를 준비하니 얼추 일곱 시다. 남편을 깨웠다. 동건이가 곤히 잠들어 있다. 잠시 고민했다. 남편을 깨울 때와는 다르다. 밤새 깊게 잠들지 못한 아이다. 쉽지 않다. 하지만 오늘은 동건이의 날이다.

—동건아, 일어나자. 아가, 일어나야지.

조심스럽게 팔을 흔들었다. 미동도 하지 않는다. 발바닥을 간질였다. 움찔하지만 일어나지는 않는다. 옆구리를 살살 만졌다. 입을 동그랗게 말며 몸을 비틀어댄다.

팔을 머리 위로 쭉 뻗는다. 일어날 신호다. 옆에 재빠르게 누웠다. 모로 누워 아이의 감긴 눈을 마주했다. 긴 속눈썹이 떨린다. 눈을 가늘게 뜬다. 하지만 이내 감는다. 더 이상 깨울 자신이 없다.

주인공 없는 백일 상을 맞았다. 동건이가 태어난 지 백 일째다. 고맙게 와준 아이다. 엄마란 또 다른 이름을 주었다. 백설기, 과일, 미역국, 어설픈 삼색나물, 밥이 놓여있다. 기도를 했다. 특정인에게 하는 것이 아니다. 스스로에게 하는 다짐이다.

―백일이 행복했습니다. 만일이 넘게 살아왔지만, 여태껏 이보다 값
진 시간은 없었습니다. 부족함이 많은 엄마지만 사랑하며 살겠습
니다. 우리 동건이가 앞으로 건강하게 잘 자라주길 기원합니다.

힘주어 말했다. 아침을 가르는 기원이 공기를 타고 세상 만물
에 전달되어 각인되길 바랐다. 아이가 살아가는 동안 어려움에 부
딪히게 될 것이다. 그때 지금의 울림이 누군가를 깨우길 소원했다.
신의 존재를 부정하고 싶었던 호기 어린 시절도 아울러 반성했다.

백일이다. 뜻깊은 날이다. 이전엔 백일이 넘기 전에 잘못되는
아이들이 많았다고 한다. 어려운 고비를 잘 넘겼다는 뜻에서 백일
잔치를 지냈다고 들었다. 한 아이의 엄마가 된 지 열 달하고 백 일
째다. 이전 같으면 대수롭지 않았을 것들이 이젠 예사롭지 않다.

동건이가 젖을 먹지 않았을 때 삼신상을 차리라던 엄마의 말을
콧방귀 끼며 가볍게 넘기던 배포는 사라졌다. 행동 하나하나가 조
심스럽다. 말 한마디가 쉽지 않다.

타인에게 상처를 주면 괜히 동건이에게 화가 미칠 것만 같다.
이성적으로는 어리석은 망상일 뿐이라 치부하지만, 가슴이 허용한
다. 뇌가 마비된다. 술에 취한 듯하다.

많은 일이 있었다. 아이는 태어나자마자 수분부족으로 입원했
다. 황달이 연이어 왔고 병원에서의 생활은 더 길어졌다. 엎친 데
덮친 격으로 나도 빈혈로 입원했다. 퇴원했지만 아이가 젖을 빨지
않아 또 전전긍긍했다. 겨우 젖을 물렸다.

이제 좀 편해지나 했지만, 손에서 떨어지지 않는 아이 때문에
늘 수면부족에 시달렸다. 서너 시간 겨우 눈 붙이며 버텨왔다. 그
렇게 백일이 되었다. 백일 전에 힘든 애들은 백일 후에 좀 순해진

다는 백일의 기적이 이루어지길 바란다.

아이의 백일을 맞아 양가 어른을 모시고 자리를 마련했다. 뷔페 식당을 예약했다. 친정에선 부모님과 언니 내외가 참석했다. 시댁에선 시부모님과 남편의 동생들, 그리고 큰집 식구들이 참석했다.

어른들이 돌아가며 아이를 만져보고 안는 통에 식사하는 내내 아이는 보챘다. 불편함을 울음으로 토로했다. 짜증을 달래면 다른 사람이 와서 또 울렸다. 밥이 입으로 들어가는지 코로 들어가는지 정신을 차릴 수 없었다. 식당을 나설 때는 녹초가 되었다. 집으로 돌아가서 쉬고 싶은 생각밖에 없었다.

하지만 시댁 식구들이 집으로 오길 원했다. 피곤해서 다음을 기약하고 싶었지만, 복병은 따로 있었다. 남편이 내가 입을 떼기도 전에 괜찮다고 했다.

그렇게 좁은 집에 시댁식구들 열다섯 명이 왔다. 예정에 없던 술상을 준비했고, 화투를 사와야 했다. 다음 날 아침이 되어서야 모두 물러갔다. 밤새 보채는 아이를 달랬고, 시댁 식구들 시중을 들었다. 숟가락을 들 힘도 없었다.

시댁 식구들이 떠나고, 집 안을 둘러보니 가관이었다. 술병이 어지럽게 놓여있고, 쓰레기가 군데군데 있었다. 이불도 그대로 널브러져 있다. 감당하지도 못할 일을 벌여놓고 회사로 도망가버린 남편이 원망스럽다. 내 몫으로 남은 뒷정리를 하려니 억울하기까지 했다.

그대로 둘까도 싶었지만, 기약을 알 수 없는 퇴근 시간을 핑계대며 치우기 시작했다. 한숨이 절로 나왔다. 등에서 울어대는 아이를 수시로 달래며 더딘 청소를 했다. 그날은 그렇게 끝나야 했다.

퇴근 시간이 넘어도 남편이 오지 않았다. 백일 기념 축하 술 한

잔을 하고 있단다. 늦깎이 아빠를 위해 회사 동료들이 자리를 마련했다고 했다. 연탄삼겹살 집이라고 한다. 예상을 벗어나지 못한다. 왠지 그럴 거 같았다. 열 시가 넘어 지친 몸을 침대에 뉘었다. 이제 겨우 쉴 수 있는 시간이다. 동건이가 잠에서 깨기 전에 옆에서 눈을 붙일 요량이었다.

남편의 상사에게서 전화가 왔다. 아이의 얼굴이 보고 싶단다. 아이가 자고 있어서 곤란하다고 말했지만, 술에 취한 남편의 회사동료들은 막무가내였다. 그보다 더 얼큰하게 취한 남편도 가세했다. 하릴없이 아기를 속싸개로 싸고 모자를 씌워 나갔다. 시월 말의 밤바람은 찼다. 아이는 또 내내 울었다. 미소 짓고 있었지만 나 역시 속으론 울었다. 빨리 이 시간이 끝나기만을 기다렸다. 열두 시가 넘어 집에 도착했다.

—나쁜 놈.

막무가내인 그에게인지 아니면 거절하지 못한 나에게인지 대상이 흐릿하다. 확실한 건 요즘 욕이 입에 뱄다. 엿가락처럼 입에 달라붙는다. 순간의 달달함에 취한다.

결국, 탈이 났다. 백일 동안 예방접종과 몇 번의 외출 외에는 바깥 출입을 하지 않았던 아이다. 이틀 동안 외부에 노출된 시간이 길었던 탓이었을까? 열이 나고 토했다. 시어머니가 아이 손에 쥐여준 사과가 원인인지, 남편의 회사동료가 장난스럽게 먹인 사이다가 문제인지 설사를 계속했다. 그리고 젖을 먹으면 배가 아픈지 아이는 스스로 수유를 중단했다. 트림을 하지 않았고 방귀도 뀌지 않았다. 배에는 가스가 가득 찼는지 먹은 것도 없는데 불룩했다.

병원에 갔다. 장염을 동반한 감기란다. 의사는 입원해야 한단다. 다리에 힘이 풀렸다. 백일의 기적은 고사하고 백일의 저주다. 수속을 밟는데 모든 것이 원망스러웠다.

그중 나 자신이 가장 미웠다. 엄마의 자격이 과연 나에게 있는지 자문했다. 지혜로운 엄마를 만났다면 고생하지 않았을 아이에게 미안했다. 아이에게 부끄러워 자꾸만 움츠려진다. 쉽게 풀리는 일이 없다.

1인실이 없단다. 다인실은 피하고 싶었지만, 뜻대로 되지 않았다. 하루를 기다려야 겨우 2인실이 나온다고 한다. 아이를 안고 6인실에 들어가는데 무거운 납덩이가 발에 달린 듯했다. 또다시 병원생활이 시작되었다. 함께 할 수 있어 그나마 다행이다.

바늘이 아이의 손등을 뚫었다. 간호사가 핏줄을 찾지 못한다. 바늘이 손등 위를 지날 때마다 심장이 오그라든다. 아이가 자지러진다. 또 바늘을 빼낸다.

벌써 세 번째다. 참을 수 없는 분노가 일었다. 간호사도 당황했는지 다른 간호사를 데리고 온다. 겨우 링거를 단다. 바늘이 움직이지 못하도록 나무판대기로 고정을 시켰다. 아이가 불편한지 계속 손을 털어댄다. 지난번엔 머리에 링거바늘을 꽂았는데 지금은 그나마 손등이라고 자신을 스스로 위로한다. 하지만 흘러나오는 눈물은 멈추지 않는다.

소아병동 6인실의 밤은 처참했다. 한 아이가 울면 또 다른 아이가 울었다. 겨우 잠잠해지나 싶으면 또 반복된다. 그 소리에 동건이도 같이 울었다. 내 아이의 소리에 익숙해졌다고 여겼는데 자만이었다. '엥' 하는 소리만 들리면 눈이 번쩍 떠졌다.

링거를 맞으면서 열이 어느 정도 내리긴 했지만, 여전히 온몸이 평상시보다 뜨겁다. 숨에 열기가 느껴진다. 차가운 얼음주머니를 겨드랑이에 끼운다. 아이가 몸서리치며 거부한다. 얼음주머니를 둘러싼 가제손수건이 흥건하다.

안아주고 싶지만 그럴 수도 없다. 열이 더 오르면 위험하다고 의사가 말했다. 등을 토닥여주는 일 외에는 긴 밤에 해줄 수 있는 것이 없다. '엥' 하는 소리가 허공을 가른다. 또다시 눈을 뜬다. 다행히 동건이는 아니지만 소란스러워진다. 동건이가 울음을 터뜨린다. 병을 나으려 입원했는데 나마저 입원해야 할 판이다.

오지 않을 거 같던 아침이 왔다. 블라인드로 창문을 가렸지만, 햇살은 막을 뚫고 들어온다. 불 켜진 병실에 그보다 더 밝은 빛이 자리를 차지한다. 밤새 도돌이표처럼 끝나지 않던 울음이 멈췄다. 다들 지쳤는지 잠에 빠졌다. 밤에 오르던 열도 어느 정도 내렸다. 안심하며 동건이를 따라 잠에 빠지려는 순간, 옆 침대의 보호자가 텔레비전을 켰다. 평상시 조용하게 지내던 동건이가 깼다. 짜증 섞인 울음을 터뜨렸다.

아이를 안고 병실 밖으로 나와 복도를 서성이며 재웠다. 귀에 울음소리가 울린다. 얼른 아이의 얼굴을 확인하지만, 곤히 자고 있다. 또 들린다. 마찬가지로 아이는 편안한 얼굴로 숙면하는 중이다. 아이를 보호해야 한다는 압박감에 환청이 들리나 보다 했지만, 소리는 계속 들렸다.

아이와 잠시 떨어지기라도 하면 귀가 떨어질 듯 소리가 커진다. 원망이 섞인 울음이다. 잠시 눈이라도 붙이면 예외 없이 고막을 때린다. 힘들다고 하소연한다.

2인실로 옮겼다. 옆에는 1남 2녀 중 셋째인 아들이 입원해 있다. 엄마는 일하고 외할머니가 대신 병간호를 한단다. 오후가 되면 좁은 2인실은 돌봄 방이 된다. 초등학교를 마치고 온 첫째와 둘째가 병실로 들이닥친다.

어른 둘, 아이 넷이 2인실을 쓰는 격이다. 그 아이들은 텔레비전도 보고 그림도 그린다. 병실을 뛰어다니며 술래잡기도 한다. 그렇게 시간을 보낸다. 저녁식사까지 하고 나서야 퇴근한 엄마 손에 이끌려 아이들이 간다. 내심 안심이 된다.

하지만 그것도 잠시다. 피곤한 할머니는 댁으로 가고 아빠가 와서 잠을 잔단다. 당장에라도 퇴원을 하고 싶지만 여의치가 않다. 다시 1인실을 예약했다.

정신이 쏙 빠질 거 같은 가운데서도 울음이 귀에서 끊임없이 들려온다. 아이는 곁에서 잠을 자고 있다. 물리적으로 불가능한 일이다. 공중에 산재해 있던 소리가 공기에 휩쓸려 귓가를 두드리는 것일까? 아이가 힘들다며 보내는 시그널일까? 귀를 때리는 소리가 머리에 뒤섞인다. 정신을 차릴 수가 없다. 멈추길 기다린다. 아니, 멈추지 않길 원한다. 제 자식을 아프게 한 어미의 죗값이다.

엄마가 처음이라 몰랐다는 변명이 이젠 지겹다. 언제쯤이면 입에서 떼어버릴 수 있을까. 처음이 가져다주는 설렘은 어느새 불안함에 덮인다. 주위에서 대범해지라고 조언하지만, 전혀 어울리지 않는 궤변이다. 몸을 떨며 우는 아이를 바라보는 어미에겐 해당될 수 없다. 할 수 있는 거라곤 기도뿐이다. 주문을 읊조린다.

또

다른

아
픔

이모에게 전화가 왔다. 엄마가 입원했으니 오란다. 아빠 좀 바꿔 달랬지만, 답이 없다. 무작정 오란다. 이모와 통화를 끝내고 아빠에게 전화했지만 전화기가 꺼져있다. 엄마도 마찬가지다. 뭐지 싶다. 두 분 모두 전화기가 꺼져 있는 경우는 드물다. '검사를 하나?' 하고 아기 짐을 챙겼다.

이제 막 걷기 시작한 동건일 데리고 친정으로 가는 버스에 올랐다. 입원의 이유가 걱정됐다. 환갑이란 나이는 그 걱정을 가중시켰다. 불안한 마음을 안고 찾아간 곳은 이모가 사는 아파트 옆에 있는 병원이었다. 엄마가 평소에 다니던 곳이 아니다. 무엇보다 종합병원이 아니기에 안도했다. 병실로 올라가는 마음이 조금은 가벼워졌다.

병실에 들어섰다. 엄마가 보였다. 겉으로 보기엔 멀쩡하다. 가게를 하느라 골병이 들었을 터이다. 자식을 키우느라 등골이 휘었을 게다. 혹시 속이 곪아 있는 건 아닐까? 제발 아니길 빌었다.

—갱아, 왔나?

평소에 눈에 넣어도 아프지 않을 만큼 예뻐하는 동건이를 본체만체한다. '심각한 거 아냐?' 가슴이 철렁 내려앉는다.

　—엄마, 아빠는? 가게에 갔나? 그리고 이 무슨 일이고? 어디가 아픈
　　데? 검사결과는 나왔나?

속사포처럼 물었다. 갑자기 엄마가 울음을 터뜨린다. 아빠와 이혼을 할 거란다.

한 달 전 일이 떠올랐다. 남편, 동건이와 친정에 갔다. 여느 때와 다름없이 가게에서 동건이가 하는 재롱에 취해있었다. 아빠가 전화를 받더니 문을 열고 나간다. 한참 통화 후 친구와 약속이 잡혔단다. "다음에 맛있는 밥 사줄게." 하며 서둘러 나갔다. 엄마가 말이 없어진다. 십여 분이 그렇게 지났다. 엄마가 평소에 하지 않던 화장을 하신다.

　—엄마, 엄마도 약속 있나? 웬 화장? 갔다 오셔. 가게 보고 있을게.

갑자기 해안도로를 따라 드라이브를 하고 싶단다. 뜬금없다. 가게 보는 게 답답해서 저런가 싶어 일어섰다. 차를 타고 바닷가로 향했다. 배가 정박해 있는 곳에서 멈추게 하더니 내렸다. 소금기를 품은 바람이 코를 자극한다.

엄마가 분주하다. 뭔가를 찾는 사람처럼 즐비하게 늘어선 횟집들을 기웃거린다. 회가 먹고 싶어서인가 해서 들어가자고 했지만 다른 곳에 가잔다. 이번엔 공원이다. 동건이가 조심스럽게 발을 풀밭에 내딛는다. 느린 걸음을 쫓는다.

엄마는 뭐가 바쁜지 벌써 저만치 앞섰다. 늘 가게에 매여 있는 엄마다. 몸과 마음이 바쁘다. 천천히 걷는 법을 잊은 사람 같다. 오랜만의 외출에도 일이란 놈에게 잠식당한 사람처럼 분주한 엄마의 뒷모습이 아프다.

저녁을 먹고 들어가기로 했다. 당연히 식당인 줄 알았는데 다찌집이다. 운전해야 하는 사위, 수유하는 딸과는 어울리지 않는 장소다. 더욱이 엄마는 술을 입에도 대지 못한다. 남편에게 운전 신경 쓰지 말고 한잔하라 했다.

싱글벙글이다. 훌륭한 안주에 술맛이 기가 막히리라 싶다. 엄마가 술을 먹었다. 가게는 잊은 사람 같다. 기분이 좋아 먹는다 했다. 뭔가 이상했지만 입을 다물었다. 남편은 술동무가 생겨 좋아했다. 결국, 한잔 술에 엄마가 취했다.

―갱아, 엄마 이혼해도 되겠나? 나이가 드니 혼자 살고 싶다. 아이다. 큰일 날 소리다. 언니하고 너, 시댁에 알려지기라도 하면 너희가 힘들어진다. 막내 장가도 안 갔는데 말도 안 된다. 너희 잘살면 됐다. 다 늙어 무슨 이혼이고. 못 들은 척해라.

이상했다. 이혼을 입에 쉽게 올리지 않는 엄마다. 무슨 일이 있나 싶어 물었지만 아무 일도 없다고만 한다. 결혼생활이 40년이 가까워지면 혼자 살고도 싶겠다며 맞장구치고 말았다. 결혼생활 십 년도 되지 않은 나 역시 여러 번 떠올린 단어이기에 이해가 됐다.

아빠에게 여자가 생겼단다. 4개월이 넘었다 한다. 어디에 사는지 가족관계가 어떤지, 심지어 둘의 첫 만남도 알고 있었다. 그들이 하는 데이트 코스도 알고 있었다. 한 달 전, 자신도 모르게 둘의 행적을 쫓은 거였다. 확실하냐고 물었다. 이미 확인까지 다 마친 상태란다. 그 여자의 아들 대학입학금과 등록금까지 내주었다는 말에 맥이 풀렸다. 마흔셋의 여자다. 길가에 쓰러져 있는 그녀를 병원에 데리고 간 것이 시작이었단다.

어린 시절, 한겨울에 자신의 점퍼를 거지에게 벗어주고 집으로 돌아오곤 했던 아빠다. 산행을 가면 산나물을 고무대야로 사왔다. 쓰러져 있던 사람을 그냥 지나치지 못했겠지. 병원비까지만 계산해 주었어야 했다. 언니와 열 살도 차이가 나지 않는다. 미쳤다. 아빠에게 전화했다. 여전히 전화기는 꺼져 있었다.

어이없게 아빠가 먼저 이혼을 요구했단다. 엄마는 혼자 살아갈 수 있지만, 그 여자는 자기 없으면 안 된단다. 말다툼 끝에 이성을 잃은 엄마가 손에 잡히는 대로 다 던졌다고 했다. 그대로 맞고 있는 아빠가 죽이고 싶을 정도로 미웠다고 했다. 같이 죽자며 자해를 하려는 순간 아빠가 엄마를 말렸다고 했다. 가위를 뺏는 과정에서 격해진 둘은 결국 몸싸움을 했다. 가까이 살던 이모에게 연락하는 것을 본 아빠가 짐을 챙겨 나갔다고 했다.

텔레비전에서나 나오고 소설의 주인공에게만 일어나는 일인 줄 알았다. 혀를 차며 부정을 저지른 사람을 욕했는데 그게 아빠가 될 줄은 몰랐다. 한없이 다정했던 아빠다. 단 한 번의 손찌검이 기억날 정도로 자식들에게 헌신했던 사람이다. 비가 오는 날, 엄마 대신 우산을 가지고 교실 앞에서 기다리던 아빠다. 고등학교 때 야간자율학습을 마치고 버스정류장에 내리면 늘 같은 자리에 있었다. 수능을 망쳤을 때도 괜찮다, 원하면 재수하면 된다, 긴 인생에서 1년은 짧은 시기라며 다독여 주었었다.

남편을 인사시켰을 때 아무것도 물어보지 않고 남편을 자식이라 했었다. 임신이 안 되는 내게 언제든 돌아오라고 했었다. 믿기지가 않았다. 엄마가 아프면 미음을 끓이고 청소와 빨래를 했다. 명절에 조개와 마늘을 까고 전을 부쳤다. 한겨울, 찬바람이 들어오는 방문 앞에서 잠을 청하고 더위가 기승을 부릴 때는 엄마에게 그 자리를 내어줬다. 늘 키가 작은 엄마 뒤에 서 있던 큰 키의 아빠였다. 우리 부부도 저렇게 살아야지 했었다.

혼자 ㄱ 여자의 집을 찾았다. 작고 낡았다. 주인집과 문이 따로 되어 있어 두드리기만 하면 누군가 나올 것 같다. 앞에서 손을 들었다 내려놓기를 벌써 여러 번이다. 직접 눈으로 확인하고 싶어 찾아왔는데 망설여진다.

누군가의 멱살이라도 잡고 왜 그랬냐고 따져야 하는데 아빠와 맞닥뜨리게 될까 봐 겁이 난다. 전등이 켜진 방 안이 환하다. 커튼조차 없는 창의 불빛이 여과 없이 드러난다. 어른거리는 형체가 보인다. 남의 일상생활을 훔쳐본다.

어두워진 골목이 스산하다. 오지 말걸 후회가 된다. 굳게 닫힌 문을 하염없이 쳐다봤다. 초대받지 않은 외부인일 뿐이다. 하릴없이 돌아선다.

돌아갈 길이 멀게 느껴진다. 닦기가 무섭게 눈물이 넘쳐흐른다. 친정집으로 발길을 돌렸다. 아빠가 집에 있길 간절하게 바랐다.

친정집에 도착했다. 예상은 했지만, 아빠는 없다. 집 안이 난장판이다. 식사 도중이었는지 밥상이 차려진 채로 있다. 음식물 썩는 냄새가 진동한다. 초파리가 그 주위를 날아다닌다. 더운 날씨 탓에 곰팡이도 끼었다. 아빠가 평소에 좋아하던 반찬들이 눈에 띈다. 돼지두루치기, 젓갈, 각종 나물 등이 밥상 위에 놓여있다. 먹다 남은 숭늉도 있다. 늘 식사 후에 숭늉을 먹는 아빠 위해 준비했을 테다.

엄마가 불쌍했다. 미웠을 텐데 붙잡고 싶었나 보다. 그 마음이 애잔하게 밥상 위에 펼쳐져 있다. 봉지를 가져와서 쓸어 담았다. 이젠 쓰레기일 뿐이다. 그릇도 모조리 버렸다. 엄마의 고통이 되살아날 만한 모든 것들을 봉지에 꾹꾹 담았다. 밥상도 대문 밖에 내놓았다. 빗자루로 흔적을 쓸었다. 걸레로 윤이 나도록 바닥을 닦았다. 아무 일도 없었던 것처럼 보여야 한다. 엄마가 돌아와야 하는 곳이다. 뇌리에서 지워지길 바란다. 아빠의 옷과 신발, 아끼는 공구 등을 박스에 담았다. 여름옷들이 없는 걸 보니 다녀간 듯하다. 대문 바로 앞, 마당 구석에 아빠의 잔재를 두었다. 차마 버리진 못했다.

다시 병원에 갔다. 밤 열 시가 넘은 시간이다. 남편이 와있다. 엄마 옆에 동건이가 누워 잠을 잔다. 밥을 먹었느냐는 남편의 말에 내다 버렸던 음식이 떠올랐다.

온종일 한 끼도 먹지 못했다. 밥 때문에 벌어진 일도 아닌데 원망거리가 필요했나 보다. 동건이 밥은 남편이 먹였다고 했다. 내 새끼 입에 밥이 들어갔다는 소리가 고마웠다. 엄마가 자고 가라고 했지만, 친정집에 다시 가고 싶지 않았다. 아이를 데리고 숙박업소에서 잘 수도 없었다.

옆에 있는 이모 집에서 자란다. 내일부터 신세 지기로 했다. 엄마가 퇴원할 때까지 곁에 있기로 했다. 병원을 나왔다. 차를 타고 가는 내내 모두가 말이 없다. 남편은 엄마에게 전말을 들었는지 눈치를 계속 본다. 앞으로가 걱정된다. 어떻게든 결말이 나겠지. 어떤 식이든 상처다. '왜' 한 음절이 머릿속을 가득 채운다.

3일 후, 엄마는 퇴원했다. 몸이 아파서 한 입원이 아니다. 엄마는 병원에 있는 내내 말이 없었다. 생각을 정리하는 것 같았다. 40년의 결혼생활을 단 며칠 만에 끝낼 순 없을 것이다. 본인의 인생을 고스란히 바쳤다. 하지만 더 이상 현실을 부정하기 어려울 테다. 어떤 결론이 나든 받아들이기로 했다. 두 분의 문제다. 끼어들어선 안 된다. 기다릴 뿐이다. 할 수 있는 일은 없다.

이

별

부모님은 결국 합의이혼을 선택했다. 이혼은 쉬웠다. 결혼을 준비하는 것보다 더 간단했다. 40년을 산 부부인데 허무했다. 반백 년의 시간이 종이 한 장으로 끝났다. 엄마에겐 근래 몇 달이 사십 년의 세월보다 더 길었을 수도 있겠다. 얼마나 많은 고민을 했을까. 배신감에 치를 떨었겠지. 자식에게까지 숨겼다. 아무것도 모르는 척 시치미를 떼고 용서하려 했을 것이다.

하지만 이혼해 달라는 남편을 더 이상 참을 수 없었을 터이다. 엄마는 끝내 돌아오지 않는 아빠를 버릴 수밖에 없었다. 이미 잡을 수 없는 손바닥 위의 모래알갱이다. 손가락 사이를 빠져나가는 것을 보는 거 외에 더 이상 무엇을 할 수 있었을까. 수북하던 알갱이가 빠지고 몇 개 남아있던 것들조차 바람에 쓸려 가버렸다. 텅 빈 손바닥을 들여다봐도 남아 있는 것은 없다.

방관자가 되었다. 자식들은 아무 쓸모가 없었다. 도와주고 싶은데 어떻게 하는 것이 두 분을 위하는 일인지 선택할 수 없었다. 이혼을 찬성할 수도 반대할 수도 없다. 한 지붕 아래에서 살아갈 수 있을까 하는 의문을 떨쳐낼 수 없었다.

이미 금이 간 유리잔이다. 초강력 접착제로 어떻게 붙인다 해도 깨지기 전의 곡선은 만들 수 없다. 시간이 지나면 접착제조차 깨진 조각들을 붙들 수 없다. 결국, 버려진다. 엄마 역시 보이고 싶지 않았는지 연락이 없다. 딱 한 번 전화가 왔다. 늦은 밤, 아니 새벽이 더 어울리는 시간이었다.

엄마는 취해 있었다. 먹지 못하는 술의 힘에 용기를 얻었을까? 전화기를 붙들고 한참을 우셨다. 목소리의 고저에 따라 롤러코스터를 타는 듯 심장이 오그라들었다. 혹시나 헛된 생각을 하지는 않겠지. 달래야 했다. 엄마가 옛날이야기를 꺼낸다. 왜 이렇게 되었는지 이유를 찾고자 몸부림친다.

두 분은 중매로 만났다. 첫 만남에서 엄마는 아빠가 무서웠다. 그 자리를 벗어나 도망가 숨고 싶었다. 155센티미터의 작은 키를 가진 엄마다. 180센티미터가 넘는 키에다 손과 발이 크고 심지어 목소리도 컸던 아빠가 인연으로 느껴지지 않았다. 아빠의 첫인상이 옅어지기까지 결혼하고도 꽤 오랜 시간이 걸렸다.

외할아버지께 결혼하지 않겠다고 했지만, 가문을 중하게 여겼던 외할아버지는 아빠의 집안이 꽤나 흡족했다. 섬에 살던 엄마가 가출까지 감행했지만, 뭍에 닿은 배에서 발을 떼기가 무섭게 외할아버지에게 잡혔다. 결혼식 전날, 울며 밤을 지새웠다. 아픈 외할머니를 두고 시집을 가는 것이 죄를 짓는 거 같았다. 초등학교에 다니는 막내가 눈에 밟혀 발이 떨어지지가 않았다. 아무것도 가진 것 없는 아빠였기에 고생문이 환히 보였다. 가난뱅이에게 강제로 시집보내는 외할아버지가 미웠다. 몇 마지기의 논과 밭, 심지어 제법 큰 배도 가진 외할아버지 밑에서 편하게 산 엄마이기에 외할아버지의 선택이 더욱 이해가 되지 않았다. 결혼식 날, 비가 왔다. 하늘도 엄마의 마음을 알고 함께 울어주었다.

결혼생활 동안 희로애락이란 말로 다 채우지 못할 만큼 많은 일이 있었다. 자식을 하나 잃고, 겨우 낳은 첫딸은 많이 아팠다. 또 부모보다 앞세울 수 없었기에 억척스럽게 살렸다.

태어나서 백일까지 한 군데 병원만 육십여 차례 갔다. 자다가도 안고 뛰었다. 닫힌 문 앞에서 아침이 오기를 기다렸다. 아빠가 크게 다쳐 몇 달을 입원한 적도 있다. 사업이 망해 빚쟁이들이 들이닥친 일도 있고 사채업자가 집 안을 서성이기도 했다. 먹고사는 것이 힘들어서 악착을 떨었다. 윗동서의 타박에 숨죽여 울던 수줍던 새색시는 온데간데없다. 모진 세상 풍파를 다 이겨낸 억센 아주머니만 남았다. 이제 먹고 살만하다.

자식 셋 중에 둘이 결혼을 하고, 남은 하나도 번듯한 직장에 다닌다. 쉴 틈 없이 휘몰아친 삶에 여유가 찾아오나 했더니 남편이 바람이 났다. 왜일까? 뭐가 잘못되었을까?

첫 단추가 잘못 끼워졌기에 결국 이혼하게 된 건 아닐까 추측해 본다. 살 부비고 살아가며 엇갈리게라도 단추를 채웠지만, 마지막 단추는 갈 곳이 없다. 단단하게 여며진 듯 보이지만 작은 바람에도 단추로 여미지 못한 옷섶은 펄럭거린다. 한쪽만 길게 내려온 모양새도 우습다. 다시 풀고 첫 단추부터 채워야 하지만 마음처럼 쉽지가 않다. 첫 단추를 신중하게 채웠어야 했다.

첫눈에 사랑에 빠졌더라면, 혹은 서로를 알아가는 시간을 가진 후 결혼 여부를 정했더라면 끝 단추도 제자리를 찾을 수 있지 않았을까 하는 미련이 남는다. 외할아버지는 왜 엄마를 쫓아내다시피 결혼을 시켰을까? 중매쟁이의 달콤한 혀에 귀까지 녹아내려 버렸나 보다.

부와 모의 이별은 상처가 되었다. 한 집이었던 친정이 두 집으로 나뉘었다. 부모라는 이름을 스스로 포기했다. 자신의 새로운 인생을 찾아 떠나는 이도 그리고 그 시작을 위해 또 다른 삶을 감내해야 하는 이도 원하든 원치 않든 선택했다. 책임을 져야 한다.

그 결과의 끝이 무엇일지 알 수 없다. 행복이 누굴 찾아갈지 아직은 모른다. 불행의 끝이 어디로 향할지도 예측할 수 없다. 지금, 엄마는 도둑질을 당한 기분일 것이다. 버려졌다. 물론 자식일지라도 부부의 속 깊은 사정까지는 알지 못한다. 난 더욱이 스무 살이 되면서부터 객지생활을 해왔다. 14년을 다른 공간에서 생활해왔기에 부모의 문제를 짐작하기가 힘들다.

하지만 근원적인 문제를 제쳐놓더라도 눈에 보이는 피해자는 모다. 가해자인 부는 자기보다 스무 살 가까이 어린 여자와의 미래를 꿈꾼다.

같이 살자고 했다. 지독한 괴로움에 지쳐있을 엄마를 위로해주고 싶다. 덧나게 될 고통을 조금이라도 줄여주고 싶다. 혼자란 외로움에 잠식당하게 내버려 둘 수 없다. 기억이란 놈이 행패 부리지 못하게 막고 싶었다. 한동안 망설이던 엄마는 거절했다. 엄마에게 거제는 생소한 곳이다. 육십의 나이에 새롭게 시작하는 것이 힘들다고 했다. 이모와 둘째 삼촌이 있는 익숙한 곳에 살고 싶단다. 사위와 사돈집 보기에도 부끄럽다는 엄마를 더 이상 설득할 수 없었다.

엄마가 이사를 했다. 삼촌의 바로 옆집이다. 고맙게 삼촌이 먼저 이사를 제안했다. 오래된 아파트지만 2층에 24평이라 혼자 살기에 적당하다. 바로 밑에 시장과 버스정류장이 있다. 병원과 약국도 걸어서 5분 이내다. 은행, 우체국 같은 웬만한 공공시설도 주위에 있다. 낡은 아파트란 것만 빼면 모든 조건이 좋았다.

구조 변경을 한 후에 입주했다. 오래되고 낡은 것을 버린 집은 새것 같다. 쓸모없는 것들을 부수고 뜯어냈다. 방 두 개를 나누고 있던 벽을 헐었다. 베란다를 확장해서 거실을 넓혔다. 욕조를 없앴다. 오래된 것들을 버렸다. 바람이 드나들던 문틀을 새 걸로 바꿨다. 지저분한 싱크대를 교체했다. 녹슨 대문을 뜯어내고 강철문을 다시 달았다. 최신 잠금장치로 외부의 침입을 차단시켰다.

이삿날, 남편과 함께 이사를 도왔다. 이전에 살던 집에서 가져온 짐이 별로 없었다. 세 시간 만에 웬만한 짐 정리를 끝냈다. 새로운 친정집이다. 엄마의 안식처가 되길 짐을 옮기는 내내 빌었다.

아무리 오랜 시간을 함께 한 부부도 돌아서니 끝이었다. 정말 간단했다. 애초 피 한 방울 안 섞인 남끼리의 만남이었다. 피를 나눈 자식이 그 둘을 이어주었지만, 그 연결고리가 끈끈하지 못했나 보다. 남으로 다시 돌아갔다. 자식을 다 키우고 막상 둘만 있게 되었을 때, 느끼는 감정이 달랐나 보다. 둘이 잘 살아야지 하고 생각했다면 이런 결과는 나오지 않았을 테니 말이다.

아빠는 허무했을까? 그 허전함을 파고드는 손길을 거부하기가 벅찼을까? 그 손을 잡았을 때 삶의 또 다른 이유를 찾았나 보다. 6개월도 안 되는 시간이 사십 년을 이겼으니 말이다. 아빠를 원망하는 마음이 없다면 거짓말이다.

꼭 그렇게까지 해야 했을까 싶다. 엄마가 모른 척해준 때 접었다면 이런 사달까진 안 났을 것이다. 아니, 그전에 마음 단속을 잘했다면 비난의 화살을 맞지 않아도 됐다. 어차피 일어난 일을 곱씹어봤자 변화되는 일은 없다.

하지만 아빠를 한동안 볼 수 없을 거 같다. 이름도 모르는 여자의 흔적이 당황스러울 것이다. 낯선 그녀를 부르는 다정함이 싫다. 무엇보다 아빠를 이해할까 봐 두렵다. 용서할까 봐 무섭다.

엄마 곁의 아빠를 잃기 싫어 버둥댈 스스로가 비참하다. 떠난 사람이다. 누구든 욕심낼 상황이 아니다. 시간이 필요하다.

끝
나
지

않 는
굴 레

음악학원에 가기 위해 택
시를 탔다. 동건이의 뮤직가튼 수업을 듣기 위해서다. 3개월째다.
또래 친구들과 음악을 들으며 교구를 가지고 활동을 해서인지 동
건이가 흥미로워한다. 일주일에 한 번 하는 이 수업을 기다리는 눈
치다. 나 역시 매일 집에 갇혀 생활하다 비슷한 나이의 아이를 키
우는 엄마들을 만나는 것이 싫지 않다. 수업 후, 육아에 대한 정보
도 나누고 수다도 떤다. 각 집을 돌며 짜장면을 시켜 먹는 것도 재
밌다.

택시 뒷좌석에 깊숙이 앉아 동건이를 무릎에 앉혔다. 옆에 혼자
앉히기엔 아직 불안하다. 자가용을 이용하면 편하겠지만, 아이를
태우고 운전하는 것이 꺼려졌다. 미숙한 솜씨로 불안에 떨며 운전
하느니 택시가 편했다. 10분 정도의 짧은 거리인데다, 대로변에 학
원이 있어 주차할 곳도 마땅치 않았다.

택시의 속도가 지나치게 빠르다. 오전 열한 시 경이라 차도에는
오가는 차량이 많지 않다. 차선을 변경하며 앞차를 추월한다. 신호
도 잘 지키지 않는다. 노란불에서 빨간색으로 바뀔 때 액셀을 급하

게 밟는다. 과속방지턱에서도 속도를 줄이지 않는다.

—기사님, 아이가 놀래요. 조금만 천천히 가주세요.

"네." 하고 대답은 하지만 속도는 그대로다. 안전하게 목적지에 도착하기만을 바랄 뿐이었다. 동건이를 잡은 손에 자꾸만 힘이 들어간다. 앞에 노란 학원 봉고를 추월하려는지 속도를 올린다. 갑자기 봉고가 불법 유턴을 한다.

—어! 어! 어!

급정거하는 소리가 귓가에 들렸다. 동건이와 함께 의자에서 붕 떠올랐다. 한 손으로 동건이를 안고 급하게 앞 의자를 잡았지만 몸이 심하게 요동쳤다.

반동 탓에 동건이가 손에서 미끄러졌다. 밑으로 미끄러져 내려간다. 잡으려 했지만, 진동이 멈추질 않는다. 머리를 찧었는지 눈앞에 별이 반짝였다. 귀에서 윙하는 소리가 울렸다. 앞에서 욕을 하는 소리가 들린다. 발아래에서 울음소리가 올라온다.

퍼뜩 정신이 들었다. 동건일 안아 올렸다. 많이 놀랐는지 날카롭게 울어댄다. 택시에서 내렸다. 다리가 후들거리고 힘이 들어가지 않았다. 택시기사와 봉고운전사가 싸운다. 빨리 병원을 가야하는데 그들은 그럴 생각이 없어 보였다. 삿대질에 욕지거리를 해댄다.

부산에 출장 가있는 남편에게 전화했다. 얼른 병원에 가서 동건이에게 이상이 있는지 검사를 해야 한다는 생각뿐이었다. 우는 동건 일 달래며 망연자실하게 길바닥에 주저앉았다. 남편의 신고로 구급차가 왔다. 견인차와 구급차가 도로를 점령했다. 동건이와 구급차를 타고 병원으로 이동했다. 응급실에 도착했다.

—교통사고가 났어요. 아이 좀 봐주세요.

간호사가 옆으로 왔다.

—어머니, 지금 아이보다 어머니가 먼저 검사를 받으셔야겠어요. 무릎에서 피가 많이 나요.

그제야 찢어진 옷이 피로 흥건히 젖어있는 걸 알았다. 자각하지 못했던 통증이 뒤따라왔다. 아이부터 검사해 달라고 했다. 엑스레이를 찍고 여러 가지 검사를 했다. 다행인지 동건이는 다친 곳이 없었다. 안도하며 아이를 안았다. 그때 허리가 끊어질 듯이 아팠다. 숨이 턱 막혔다. 찌릿한 고통에 '헉' 하는 소리가 절로 났다.

의사가 입원을 권유했다. 언제 왔는지 택시운전사가 늦은 사과를 했다. 그는 입원을 위해 수속 절차를 밟는다고 했다. 하지만 난 그럴 처지가 못 된다. 아이를 봐줄 사람이 없다. 아이를 간호사에게 맡기고 간단한 검사를 받았다.

내일을 기약하며 집으로 돌아가기 위해 병원 밖으로 나갔다. 어느새 시간은 세 시를 넘어섰다. 가방이 어디로 갔는지 없다. 아마 사고 난 택시 안에 두고 내렸나 보다. 주머니에는 동전 몇 개만 손에 잡힌다. 막막했다. 참았던 설움이 폭발했다. 곁에 없는 남편이 원망스러웠다. 혹시나 아이가 잘못될까 봐 겁났다. 욱신거리는 허리에 걸음마저 걷기 힘들었다.

의문의 아저씨가 다가왔다. 응급실에서부터 쭉 지켜봤다며 태워준다고 했다. 평소라면 절대 덤프트럭을 얻어 타지 않았을 테지만 이것저것 따질 형편이 아니었다. 빨리 집으로 돌아가 쉬고 싶었다. 덤프트럭은 타기가 쉽지 않았다. 아저씨의 도움을 받아 겨우 의자에 앉을 수 있었다. 지친 동건이는 차에 타자마자 금세 잠에 빠져들었다. 집 주소를 알려주었다. 감사하단 말을 하고 입을 닫았다. 기운이 소진했다. 아저씨 역시 아무것도 묻지 않았다. 집에 도착했다. 전화번호를 주십사했지만 손사래를 치신다. 허리를 숙여 인사를 하는데 찌르는 통증에 얼굴이 찌푸려졌다.

동건이를 조심히 침대에 내려놓았다. 깊이 잔다. 불편하면 잠을 이루지 못할 텐데 그나마 다행이다 싶다. 거울을 봤다. 머리는 산발에 얼굴은 마스카라가 흘러내려 군데군데 시커멓다. 손바닥에 검댕이가 묻어있다. 바지만 찢어진 것이 아니다. 티셔츠에도 피가 묻어있다. 샤워를 하고 아이 곁에 누웠다. 따뜻한 물에 이완된 몸이 아파 온다. 피곤한데도 잠을 이룰 수가 없었다.

— 오늘 밤에 아이를 지켜보셔야 해요. 혹시나 토하거나 고통을 호소하면 병원으로 바로 와야 해요.

간호사의 말이 귓가를 맴돈다. 눈을 감으면 일어날 수 없을 거같다. 지켜봐야 한다. 택시와 노란 봉고가 부딪칠 때의 광경이 눈앞에 계속 어른거린다.

— 으앙.

동건이가 울음을 터뜨렸다. 모든 상념이 지워졌다. 배가 고픈지 옷을 들춘다. 훌쩍이다 젖을 빤다. 힘차게 자신의 존재를 알린다. 트라우마가 생기면 어쩌나 했는데 괜한 걱정인가 싶다.

교통사고인 것을 인지하지 못하는 아이라서 충격이 덜할 수도 있겠단 생각이 들었다. 잘 먹는 모습에 다시 한 번 안도한다. 기억에 남지 않길 바란다. 비스듬하게 누우니 허리가 더욱 아프다. 병원에 가봐야겠는데 아이를 맡길 데가 없다. 엄마에게 전화해볼까 하다가 이내 전화기를 내려놓았다. 아직 이혼의 충격에서 벗어나지 못해 정신이 없을 것이다. 사고 소식까지 감당할지 염려스러웠다. 선택지가 없다. 시어머니에게 전화했다.

─너는 아이를 데리고 어디를 돌아다니는데 사고가 나노? 아이는 괜찮나? 조심을 해야지. 쯧쯧. 나는 바빠서 못 간다. 친정엄마한테 이야기해라. 내가 네 병간호 하게 생겼나?

내 몸이 다친 데는 없는지? 놀라진 않았는지에 대한 걱정은 없었다. 전화기 반대편에서 인상 쓰고 있을 시모의 얼굴이 떠올랐다. 괜히 전화했다. 원체 표현하는 법이 서투른 분이니 걱정되는 마음을 저렇게 말하는 거겠지 애써 자신을 스스로 다독였다.

아직 부모님의 이혼 사실을 시집에 알리지 않았다. 엄마의 자존심이었다. 이혼녀란 딱지가 아직은 생소하단다. 가정을 지키지 못해 부끄럽단다. 남들이 손가락질할 것만 같아 움츠러든단다. 그리고 딸 기죽는다며 말하는 걸 반대했다. 자연스럽게 알게 되었을 때 밝혀도 늦지 않는다고 했다. 일부러 선수 칠 필요 없다고 했다.

다음 날, 남편에게 전화했다. 월차를 내고 오길 종용했다. 아파서 병원에 가야 한다고 했다. 남편은 당장 올 수 없단다. 그리고 시모와 똑같은 말을 했다. 엄마에게 전화하란다. 어이가 없었다. 뻔히 엄마 사정을 다 알면서 어떻게 저런 소릴 할까? 남편은 다른 지역으로 이동해야 한다며 전화를 끊었다. 다음 주 월요일에나 온단다. 어쩔 수가 없다. 참아보기로 했다.

진통제를 먹었다. 아픈 부위에 파스를 붙였다. 움직임이 자유롭지 못하니 쉽게 짜증이 난다. 게다가 동건이가 유독 떨어지질 않는다. 칭얼대며 안아만 주라고 한다. 낮잠을 잘 때도 수시로 너든다. 잠시 틈을 주지 않는다. 혹시나 아파서 그런지 싶어 열을 쟀다. 지극히 정상이다. 젖도 잘 먹고 이유식도 받아먹는다. 놀랐던 마음에 안식처를 찾는 행동일 수도 있겠다 싶어 곁을 내준다. 힘들어하는 엄마가 자기를 두고 도망이라도 갈까 봐 걱정하는 거 같기도 하다. 남편과 통화하면서 도망갈 거라고 했다. 그 소리를 듣고 저러나 싶기도 하다.

길었던 주말이 끝났다. 남편에게 동건이를 맡기고 혼자 병원에 갔다. 차를 타고 병원을 가는 내내 신경이 곤두섰다. 노란 봉고가 보일 때마다 어깨가 움츠러들었다. 덮칠 것만 같다. 등에 식은땀이 났다.

오십 분 같은 오 분의 길 끝에 병원에 도착했다. 엑스레이를 찍었다. 다행히 뼈가 상한 부분은 없단다. 주말 내내 허리 통증에 시달렸다고 하니 근육이 놀라서란다. 의사는 허리디스크를 의심하며 MRI를 찍어보자 한다. 나중으로 미뤘다. 병원에 오래 머물 수가 없었다. 남편에게서 계속 전화가 온다.

집 나온 지 삼십 분도 되지 않았는데 벌써 여러 통째다. 욕지거리가 목구멍까지 치밀어 오른다. 금방이라도 뛰어나올 것 같다. 앞의 의사를 일부러 의식하며 화기를 누른다. 다시 한 번 의사는 입원을 권유한다. 전화기를 보여주며 편하게 입원할 처지가 되지 못해 통원치료를 받는다고 했다. 처방전을 받아 약국으로 향했다.

빗방울이 떨어진다. 밤부터 비가 쏟아진다는 일기예보는 또 틀렸다. 우산을 미처 준비하지 못한 사람들이 목적지를 향해 뛰어간다. 최대한 빠른 걸음으로 그들을 쫓다 이내 포기했다. 허리에 손을 얹고 뒤뚱거리는 모습이 볼썽사나울 것이다. 비를 맞으며 터덜터덜 걸었다. 문득 인생이 맞지 않는 일기예보 같단 생각이 든다. 뜻대로 되지 않는다. 난데없이 쏟아지는 소나기 같다.

부모님의 이혼에 이어 교통사고를 당했다. 우산이라노 지니고 있었다면 피할 수나 있었을 텐데, 우산은커녕 신문지 한 장 없다. 고스란히 맞는 비가 아프다. 잦아들길 기다릴 뿐이다.

05

집 으 로 ,

다   시
행복한 순간

아줌마의

행복?

"수경아, 너도 이제 아줌마
다 됐다."

남편이 신발을 신다 말고 내 얼굴을 한참 들여다보며 말했다.
아줌마가 된 지 십 년이 다 되어가는데 무슨 소리냐고 핀잔을 주었
다. 회사에 늦겠다며 등을 떠밀었다. 문이 철커덕하고 닫혔다. 현관
옆 신발장 문에 붙어 있는 전신거울에 눈길이 갔다. 애써 외면하
던 곳이다. 그곳에 내가 있다. 예전과 달리 살집이 제법 있다. 출산
한 지 시간이 꽤 지났는데도 뱃살은 여전하다. 40킬로그램 대의 몸
무게는 50킬로그램 대다. 저울의 눈금이 60을 넘어가지 않은 것이
다행이라고 하는 것이 더 맞을 터이다. 얼굴에 기미도 꼈다. 피부
가 늘어지는지 모공이 뚜렷하게 보인다.

머리는 하나로 질끈 묶었다. 미용실에 안 간 지도 꽤 됐다. 세수
조차 하지 않은 얼굴이 기름으로 반질거린다. 결혼하기 전의 모습
은 온데간데없다. 욕심이다. 임신하기 전의 흔적조차 찾을 수 없다.
남편의 말이 이해가 된다. 부정할 수가 없다. 절로 고개가 끄덕여
진다.

‘엄마’가 된 후 많은 것들이 바뀌었다. 동건이가 일어나는 시간에 기상해서 아이가 잠들 때까지 그 곁을 맴돈다. 식사시간도 따로 없다. 아이가 먹고 난 후 급하게 한술 뜬다. 밥을 물에 말아 후루룩 마신다. 반찬은 접시에 덜어 둔 그대로다. 랩을 씌워 저녁을 기약한다. 화장실에 가는 것도 마음 편하지가 않다. 어느 순간부터 문을 열고 용변을 본다. 동건일 안고 변기에 앉는 일도 허다하다. 샤워는 십 분 안에 끝내야 한다. 두 남자가 욕실 앞에서 지켜보고 있다. 우는 아이를 남편이 안고 있다. 부끄러움이 뭔지 잊었다.

아이가 두어 시간 낮잠을 자는 시간에는 슈퍼우먼이 되어야 한다. 소리 없이 집안일을 해야 한다. 까치발을 하고 집 안을 종횡무진 한다. 이유식을 준비해서 먹이기도 쉽지 않다. 서투른 솜씨를 동건이는 이미 알아챘다. 숟가락을 밀어내기 바쁘다. 한 술 더 떠먹이기 위해 숟가락은 비행기가 되고 자동차가 된다.

몸이 지치는 것을 아는지 해가 저문다. 하루가 짧다. 똑같은 일상이 반복된다. 의식의 흐름이 끊긴 지 오래다. 자극에 반응하여 행동한다. 종을 치면 침을 흘리는 파블로프의 개가 된 기분이다.

퇴근 시간을 훌쩍 넘긴 남편이 전화를 했다. 야근이란다. 열두 시 안에 들어올 수 있을 지도 미지수란다. 남편은 얼마 전, 홍보팀에서 인사팀으로 옮겼다. 새로운 업무에 적응하기가 만만치 않아 보인다. 오늘 밤도 버텨야 한다. 잠투정을 오롯이 견뎌야 한다. 동건이는 유독 밤에 잠들기를 힘들어한다. 짧게는 한 시간, 길게는 두 시간 가까이 보챈다. 겨우 잠든 아이를 침대에 내려놓는다. 세상이 어둠에 잠식된다.

‘나’가 없다. 애기 엄마, 아내, 며느리가 있다. 그리고 친정엄마에게만 허용되는 투정쟁이가 있다. 괜찮다고 수시로 다독인다. 개구리가 올챙이 적 모른다며 되뇐다. 얼마나 동건일 원했는지 상기시킨다. 순간순간을 감사하려 애쓴다. 무너지는 마음을 다잡는다.

거울에 비친 내 모습이 삐딱하다. 구부정한 허리를 곧게 폈다. 왼쪽 어깨가 기운다. 오른쪽 어깨에 힘을 주어 팔을 늘어뜨려 보지만 여전히 왼쪽이 낮다. 옷을 들추어 허리를 드러냈다. 오른쪽 골반이 왼쪽에 비해 도드라지게 위에 있다. 어깨가 문제가 아니라 골반이 문제다. 요즘, 수시로 허리가 아팠다. 쪼그려 앉아 있다가 일어나거나, 장시간 한 자세를 유지하다 움직일 때 통증이 심해졌다. 특히 아이를 안고 있는 동안에는 허리가 내려앉는 느낌을 받았다.

출산 후 시작된 요통은 교통사고가 난 후 더 심해졌다. 사고 후에 바쁘다는 핑계로 병원에 가질 않았다. 근육이 놀랐을 뿐이라 여기며 약을 먹고 파스를 붙이고 찜질을 하는 것으로 치료를 대신했다. 힘들고 피곤해서 몸이 편하지 않다고 미루어 짐작했다. 이렇게 나 골반이 틀어져 있을 줄 상상조차 하지 못했다.

— (크게 잘못된 거면 어떡하지? 치료하면 나을 수 있겠지! 며칠만 병원에 다니면 괜찮아질 거야. 근데 동건이는 누구에게 맡기지? 봐줄 사람이 마땅치가 않네. 기다려볼까? 그냥 제자리로 찾아갈 수도 있잖아.)

머릿속이 복잡했다. 인터넷을 찾아보았다. 골반이 틀어지면 다양한 질환이 뒤따를 수 있단다. 척추의 틀어짐까지 유발해서 디스크가 올 수 있고, 통증 때문에 우울증까지 걸린다고 되어 있었다. 우울증에 눈이 박혔다. 한참을 응시했다.

토요일에 혼자 병원을 찾았다. 예상대로 골반이 많이 틀어졌다고 했다. 허리디스크도 의심되니 MRI를 찍어보잔다. 디스크면 어쩌지? 겁이 났다. MRI 검사는 해본 적이 없다. 교통사고 후 의사가 권유하긴 했지만, 여유가 없다는 핑계로 하진 않았다.

그때 찍지 않은 것이 후회된다. 텔레비전에서 봤던 기계가 떠올랐다. 둥근 원형통 안으로 사람이 들어가던 장면이었다. 그 모습에 '관에 들어가는 기분이겠다.' 하고 말했었다. 30여 분 정도 걸린다는 소리에 또 한 번 고민됐다. 용기가 필요했다.

남편에게 전화했다. 자초지종을 이야기했다. 당연히 병원으로 올 거라 여겼는데 돌아오는 답은 기대와 달랐다. 아이를 데리고 오가는 것이 번거롭고, 검사받는 동안 있을 곳도 마땅치가 않단다. 성인인데 보호자가 꼭 필요하냐는 소리도 덧붙였다.

남편의 말에 서운함이 물밀 듯 몰려왔다. 태풍을 직격탄으로 맞은 듯했다. 오기도 생겼다. 어차피 넘어가야 할 산이다. 두 번의 후회를 하지 않기 위해 검사를 받기로 했다. 아줌마이기에 가능했으리라.

검사복으로 갈아입었다. 자석에 붙을만한 금속 유무를 확인한 담당자가 헤드셋과 이불을 준다. 기계 안에 들어가면 소리가 크게 들릴 테니 꼭 착용하란다. 침대같이 생긴 곳에 이불을 덮고 누웠다. 통 안에서 움직이면 검사 시간이 더욱 오래 걸리니 꼼짝하지 말란다. 몸이 원형통 안에 빨려 들어간다.

헤드셋을 했지만, 소리가 계속 났다. 자세를 고정시키려 노력했지만, 저도 모르게 몸이 떨린다. 추워서인지 긴장해서인지 가늠이 안 된다. 서늘한 기운에 온몸이 지배당한다. 팔의 털이 곧추선 것이 느껴진다. 뛰쳐나가고 싶다.

이대로 눈을 감으면 그대로 묻힐 것만 같아 두렵다. 아무도 없는 동떨어진 공간에 버려진 기분이다. 누군가 지켜보며 조소하는 것만 같다. 착각인 줄 알면서 헤어 나오지 못한다. 힘이 계속 들어간다. 몸이 움찔거린다. 삼십 분 더 지난 거 같은데 아직도 진행 중이다. 닦을 수 없는 눈물이 났다. 귀 쪽으로 눈물길이 만들어진다.

하나, 둘, 셋……. 숫자를 센다. 1,800을 넘어선다. 끝날 기미가 보이지 않는다. 남편에게 화살을 돌렸다. 이렇게나 힘든 검사를 혼자 감내하게 한 남편이다. 서슬 퍼런 화살촉이 남편의 가슴에 가닿길 바랐다.

척추측만증에 허리디스크를 진단받았다. 물리치료와 견인치료를 3주 정도 받으면 호전된다고 한다. 시기가 빠르면 빠를수록 좋다는 의사의 말을 끝으로 십으로 놀아왔다. 남편은 난감해했다. 한 시간 정도 걸리는 치료시간이 문제였다. 어린 동건이를 데리고 다니기에는 무리가 있었다.

고민할 여지가 없다. ○ 아니면 × 중에서 골라야 했다. 누구 하나 원하지 않는 ○를 차마 잡을 수 없었다. 여태껏 참아왔는데 조금 더 참기만 하면 된다. 달라질 건 없었다. 치료를 미루기로 했다. 누구 하나 이 선택을 강요하지 않았지만 어쩔 도리가 없었다.

최고의 방법은 아니지만, 최선이라 여겼다. 아니, 그렇게 포기했다. 집에서 할 수 있는 운동으로 대체하기로 했다. ×를 고른 나를 남편이 위로해줬다. 내년, 자기 휴가 때 치료를 받으란다. 이제 가을이다. 겨울, 봄이 버티고 있다. 쉽게 뱉어내는 말에 욕을 해주고 싶었지만 입을 다문다. 또 하나의 보퉁이를 싼다. 어느 순간부터 마음 한편에 보퉁이 방이 자리 잡았다. 서운함이 쌓여간다. ○, × 가 떠나지 않고 허공을 유영한다.

행복한 가족을 늘 꿈꾸었는데 어느 순간부터 '행복'에서 난 제외되는 것만 같다. 당연시되는 것들에 속박되어 허우적거리고 있다. 모성애를 들먹이며 자격을 논한다. 도리에 얽히고설키어 '나'란 존재는 숨어든다. 30대의 '나'는 누구인지 모르겠다. 가면으로 얼굴을 가린다. 웃음이 필요할 땐, 눈꼬리가 휘어진 가짜 얼굴을 들이민다. 자상한 엄마로 보이기 위해 눈빛을 촉촉이 적신다. 각 상황에 맞는 가면을 항시 준비해 상대를 만족하게 하려 한다.

민낯이 잊혔다. 나조차 본래의 모습을 기억하지 못한다. 익숙해지는 가면 놀이에 흠뻑 취해있다. 가면이 벗겨지길 원하지 않는다. 그 속에 추악한 표정을 들키고 싶지 않다. 뭉개지고 문드러진 민얼굴을 보일 자신이 없다. 본심이 드러날까 전전긍긍해대는 모습에 한숨이 난다. 이때까지 쌓아온 것들을 무너뜨리고 싶지 않다. 또하나의 '헌신'이라는 가면이 손에 들려진다. 행복한 가족인 척 미소 짓는다.

집
을

떠나다

초인종이 울린다. 꿈이라 여겼다. 잠든 지 얼마 되지 않은 시간이다. 이 늦은 시간에 올 사람이 없다. 핸드폰을 켜서 시간을 확인했다. 새벽 한 시가 가깝다. 취객이 집을 잘못 찾았겠지 싶다. 열어 주지 않으면 그만이다. 무거운 몸을 굳이 일으킬 이유가 없다.

며칠 전부터 감기 기운이 있어 만사가 귀찮다. 38도 이상 오른 열은 해열제를 먹어도 그때뿐이지 떨어질 줄을 모른다. 밖에서 '동건아' 하고 아이 이름을 부른다.

벌떡 몸을 일으켰다. 설마 밖에 있는 사람이 집을 못 찾은 취객이 아니고 아이 아빠? 흥건하게 젖은 머리카락을 신경질적으로 쓸어 올렸다. 여전히 아이의 이름을 크게 외친다. 남편이다. 만취되어 카드키의 존재를 잊은 거 같다. 아래윗집에서 항의가 들어오기 전에 빨리 문을 열어야 했다. 다른 목소리도 들린다. 심하게 꼬인 혀로 웅얼거린다. 심호흡했다. 최대한 침착하게 문을 열어야 한다. 훅 들어오는 술 냄새가 역하다. 벌겋게 얼굴이 달아오른 남편 뒤로 두 명이 더 있다.

—제뚜 씨, 안냐세여.

　남편 회사 동료다. 남편 못지않게 취했다. 들어오라는 남편의 말에 일말의 의심 없이 발을 들인다. 셋의 신발을 던지며 '나가!' 하고 소리치고 싶었지만 참았다. 얼굴에 침 뱉기다. 남편의 요구로 간단하게 술상을 차렸다. 맥주와 소주를 꺼내고 안주로 귤을 내었다. 오징어를 한 마리 구워 같이 올렸다. 셋을 오징어와 함께 가스 불에 구워버리고 싶은 욕구가 치밀어 올랐다. 옆자리에 앉으라는 남편을 째려봤다. 자고 있는 동건이를 핑계 삼아 방 안으로 들어갔다.

　높고 낮은 잡음에 잠을 이룰 수가 없다. 분명 야근을 한다고 했는데 또 거짓말이다. 술자리가 야근은 아니다. 남편은 회식도 일의 연장이라며 야근이라고 또 우길 테지만 둘은 이름부터가 엄연히 다르다. 가뜩이나 아픈 머리가 술 냄새와 스트레스에 쪼개질 것만 같다. 동건이가 깨지 않는 것을 위안으로 삼았다. 일차, 이차, 삼차를 거듭하다 남은 사람들일 게다. 갈 곳이 마땅치가 않자 들이닥친 것이다. 더 이상 만취한 사람들을 집에 들이지 않겠다는 남편의 각서를 믿은 내가 바보다. 불과 한 달 전에도 똑같은 상황이 있었다. 그 전달에도 마찬가지다. 한 달에 한두 번은 반복된다. 남편은 회식의 끝을 집에서 맺는다. 공증을 받아둘 걸 하는 후회는 늘 늦다.

　잠이 깼다. 거실에 나가기가 겁이 난다. 누가 어떤 모습일지 가늠조차 되지 않는다. 조심스럽게 문을 열고 바깥의 동태를 살폈다. 다행히 두 사람은 집으로 갔는지 남편만 소파에서 등 돌려 자고 있다. 등을 후려치고 싶지만, 손끝도 스치기 싫어 관뒀다. 손바닥에 들이는 힘조차 아깝다. 잠에서 깨면 어떤 변명을 할지 벌써 기대가 된다. 늘 핑계가 대단하다. 뒤통수가 따가울 텐데도 잘 잔다. 어쩌면 지금 일어나면 안 되는 걸 자면서도 느끼고 있을 수 있겠다. 잔소리 폭탄이 대기하고 있다는 걸 수차례 경험했으니 말이다.

남편이 잠을 깼다. 아니, 전화기가 남편의 몸을 일으켰다. 연달아 울리는 벨소리에 눈을 떴다. 휴대폰을 확인한 후, 다시 소파에 눕더니 몸을 아예 뒤집는다. 또 전화가 온다. 남편의 휴대폰을 집었다. 급한 용무가 있는 것이 틀림없다. 전화기에 찍히는 숫자를 확인했다. 시댁이다. 일곱 번의 부재중 전화가 와 있었다.

—왜 이리 전화를 안 받누?

시아버지의 첫마디다. 짜증이 한껏 묻어있다. 주말 아침의 통화는 반갑지가 않다. 뻔하다. 십중팔구 시댁으로 오라는 이야기다. 아니나 다를까. 역시나 호출이다. 사형제를 모두 불렀단다. 분위기가 심상찮다. 남편을 깨웠다. 술이 덜 깼는지 얼굴이 퀭하다. 머리가 아프고 속이 거북하단다. 열이 다시 오른다. 감기 때문인지, 속이 터져서인지 분간이 힘들다.

'인간아, 인간아.' 속으로만 무한정 되뇐다. 인간과 짐승의 경계를 오간다. 인두겁 탓에 사람임엔 틀림이 없다.

시댁에 도착하니 벌써 열 명이 안방에 앉아 있다. 공기가 무겁다. 모두의 표정이 어둡다. 조심스레 그들 사이에 섞여 앉았다.

—너희 엄마가 허리디스크란다. 다리가 당겨서 병원에 갔더니 그란
　다. 우짜모 좋누?

답을 구하는 건지, 통보하는 건지 모르겠다. 시어머니의 남편인 시아버지가 해결해야 하는 문제 아닌가 하는 생각이 머리를 스쳤지만 함구했다. 지금 내뱉을 말이 아니었다. 파장이 예상된다. 친정 부모님은 아파도 알아서 병원을 찾으신다. 맹장 수술을 할 때도 자식을 부르지 않았다. 퇴원하고 나서야 수술했다고 연락해왔었다. 그래서인지 자식들을 모두 불러놓고 이런 이야기하는 것이 익숙지 않다. 특히, 시어머니가 아플 때마다 매번 책임을 전가시키는 시아버지가 이해되지 않았다.

— 너거 키운다고 아픈 거니 너거가 엄마 고쳐라.

시어머니가 불쌍했다. 동병상련을 느꼈다. 허리디스크란 병명도 그렇지만, 각자의 남편이 하는 태도도 비슷했다. 내가 아픈데도 치료시기를 늦추는 남편이나, 아픈 아내를 자식들에게 떠넘기는 시아버지나 똑같아 보였다. 아픔의 강도를 어렴풋이 짐작하기에 마음이 안 좋았다.

— ……

모두가 말이 없다. 진단명만 있지, 병의 경중도 모르는 상태다. 동네 병원에서 검사한 게 전부다. 무슨 대책을 세우란 말인지 알수가 없다.

— 전문병원에 모시고 가겠습니다. 병원부터 알아보겠습니다.

긴 침묵을 지키던 남편이 입을 열었다. 이건 뭐지? 알 수 없는 서운함이 밀려들었다. 효자인 남편이 모두를 대신하여 병원을 알아본단다. 그 후 진찰받을 때마다 동행할 거란다. 물론 시아버지가 미룬 책임을 장남이 할 수 있다. 머리는 이해가 되었다. 하지만 속이 쓰렸다. 정작 신경 써야 할 나에겐 그렇게 무심하게 굴더니, 자신의 엄마에겐 안 되나 보다. 그래, 마음이 아프겠지. 그래, 용납해줄게. 그래, 그럴 수 있어. 삐져나오려 꿈틀대는 원망을 꾹꾹 내리누른다. '인간아, 인간아.' 다시 반복한다.

시어머니와 함께 부산에 있는 척추전문병원을 찾았다. X-RAY, CT, MRI를 차례대로 찍었다. 의사는 사진을 보며 더 이상 진행되면 혼자 걸을 수도 없고, 대소변도 가릴 수 없다며 잔뜩 겁을 준다. 빠른 시기에 수술 날짜를 잡는 것이 최선이란다. 결과를 시댁식구들에게 알렸다. 모두가 수술에 찬성했다. 단 한 명, 시어머니를 제외하고 말이다. 몸을 사시나무 떨 듯하며 수술받을 수 없다 한다. 대성통곡하며 차가운 수술대에 눕히지 말란다. 외면하지 말라며 손을 잡고 애원하신다.

옛날, 고등교육을 받고 비슷한 학력의 남자들과 동등하게 사무직으로 근무한 이력을 가진 시어머니다. 무엇이 당당했던 한 여자를 저렇게 나약하게 만든 것일까 궁금했다. 천석꾼의 아들을 만나 결혼하고 여태까지 살아오셨다. 남편의 거듭되는 사업의 실패로 남편 고향에 정착했지만, 고학력인 시아버지는 금방 직장을 구했다고 들었다. 게다가 아들 넷도 낳았다. 아들 모두 번듯한 직장에 다닌다. 남들이 부러워하는 삶이다.

그런데 시어머니는 항상 눈치를 본다. 처음엔 배려가 지나치다고 여겼지만 부대끼면서 알게 되었다. 희생이란 말로도 부족하다.

자기가 없다. 식사할 때조차도 극명하게 드러났다. 처음엔 충격이었다. 상 위에 시어머니의 밥그릇이 없었다. 항상 바닥에 놓여있다. 매번 상 위에 올려도 어느 순간 내려 놓여져 있다. 그러지 말라고 이야기해도 늘 그 자리다. 최후의 보류를 썼다.

시아버지의 밥그릇 외에 모든 밥그릇을 상 아래에 두었다. 그리고 상 위에 올리지 말라 엄포했다. 시어머니는 당혹감을 감추지 못했다. 그제야 시어머니의 밥그릇이 상 위에 올랐다. 19세기 모파상의 여자 일생을 21세기에 보는 듯했다. 인내하고 희생하며 살아가는 것이 최고의 덕목으로 여기는 시어머니이다. 본인을 뭉갠 결과다. 혹사당한 건 몸뚱이뿐만이 아니다.

다시 병원을 수소문했다. 남편은 필사적이었다. 손 놓을 수 없기에 매달렸겠지. 다른 형제들은 그런 장남만 믿는 눈치다. 서울 자생한방병원을 예약했다. 검진 후 환자가 원한다면 바로 입원도 가능하다는 확답도 들었다. 직장에 얽매여 있는 사형제 중 누구 하나 모시고 간다는 이 없다. 모두가 묵묵부답이다. 나 역시 어린 동건일 떼놓고 갈 생각이 없었다.

게다가 나 역시 허리디스크를 가지고 있었기에 같이 입원했으면 했지, 병간호를 할 아량은 없었다. 속절없이 시간만 흘렀다. 답답함에 못 이겨 시아버지가 가는 게 맞지 않냐 하고 의견을 냈다. 퇴직한 상태고 무엇보다 아내의 병간호이기에 합리적이라 여겼다. 시아버지는 불같이 화를 냈다. 며느리를 넷이나 두었는데 왜 본인이 해야 하는지 당최 알 수가 없단다. 갑자기 남편이 내가 간다고 선포했다. 어이가 없었다. 정작 중요한 본인인 내 의사도 묻지 않았다. 그런데 갑자기 일사천리로 일이 진행되었다. 가지 않겠다고 항변했지만, 남편에게 묵살 당했다. 재판에서 선고가 내려지듯 결정이 났다.

친정엄마에게 동건일 맡기고 시어머니와 서울에 가는 버스에 올랐다. 배웅하는 이 역시 친정엄마와 동건이뿐이다. 각자의 삶이 바쁜 아들들이기에 사형제 중 누구 하나 터미널에 나온 이 없다. 이기적이다. 발걸음이 떨어지지 않는다. 친정엄마는 걱정하지 말고 다녀오란다. 죄스러움은 두 번째다. 세 살밖에 안 된 동건일 억지로 떼어놓고 시어머니의 병간호를 가는 이 상황이 현실 같지가 않다. 누구를 위한 서울행인가 싶다. 어깨가 축 처진 시어머니다. 외면하고 싶었지만 그럴 수 없었다.

버스 좌석에 나란히 앉았다. 둘 다 말이 없다. 시어머니는 남편과 아들들에게, 난 남편에게 버림받았다. 서울로 가는 길이 멀다. 시어머니의 입원 수속은 생각보다 수월했다. 미리 챙겨간 X-ray, CT, MRI 사진을 본 한의사는 약속이나 한 듯 두말이 없었다. 생각외의 복병은 바로 나였다. 강건한 시어머니와 달리 의사가 보호자의 필요성을 부정했다. 시어머니와 병실에 들어섰다. 그곳의 환자들은 며느리가 보호자로 온 것을 의아하게 여겼다. 2주를 예상하고 함께 올라온 길이었지만, 3일 만에 내쫓겼다.

—재가 굳이 따라온다고 해서 같이 왔네요.

시어머니의 속옷과 수건을 빨아 오던 길이었다. 병실 문을 열고 들어서려는 찰나에 듣고 말았다. 슬그머니 문을 닫았다. 다시 화장실로 돌아갔다. 여섯 명의 환자 중 본인만 보호자가 있어 민망해서 그렇게 말할 수 있다 여기며 속상함을 달랬다. 아무것도 모른 체하며 다시 병실 문을 열고 들어갔다. 속옷과 수건을 침대에 널었다.

—야야, 물이 뚝뚝 떨어진다. 너는 왜 시키지도 않았는데 빨래를 해서 다른 사람들에게 폐를 끼치니? 그럴 거면 그냥 집에 가라. 아니, 내일 가라. 며칠 있어보니 너는 별 필요 없겠다.

이성의 끈이 뚝 끊어졌다. 병실 안에 있으면 안 될 거 같아 얼른 뛰쳐나왔다. 복도 의자에 앉았다. 모든 것이 혼란스러웠다. 내가 허리디스크인 걸 시어머니도 알고 있었다. 자신의 아들이었어도 저렇게 말했을까?

가족들을 위해 희생하는 시어머니지만 유독 나에게만 늘 본인이 하고 싶은 말씀을 다하셨다. 피가 섞이지 않은 남이기에 가능하지 않을까? 남편에게도 나보다는 시어머니 자신이 우선인 걸 자각하고 있기에 저런 말을 하지 않을까 하는 결론에 도달했다. 시아버지에게 받았던 불합리한 행동을 나에게 고스란히 한다. 지금 이곳에 있어야 할 이유가 없다. 돌아가야겠다. 아니, 애초에 내 자리가 있을까.

집으로 향하는 버스에 올랐다. 화장실에 들어갈 때와 나올 때가 다르다고 했나? 지금 심정이 그렇다. 서울에 올 때만 해도 시어머니에 대한 연민이 있었다. 남편과 자식들이 외면한 모습에 가슴 아팠다. 그랬기에 동건일 두고 올 수 있었다. 하지만 지금은 다르다. 며느리보다는 다른 이의 시선이 더 중요한 시어머니의 잣대에 환멸이 느껴졌다. 나 역시 사육되면 차후에 저런 모습이지 않을까 소름이 돋았다. 끊어내야 했다.

가부장적인 시아버지의 영향은 시어머니의 모든 삶을 지배했다. 여자는 하찮은 존재라는 전제하에 모든 것을 합리화시켰다. 그런 부모 밑에 자란 남편이다. 콩깍지가 벗겨진다. 이건 뭐지? 의아했던 것들이 한순간에 이해가 된다. 숨기고 싶고 알고 싶지 않았던 사실이다. 애써 숨겼던 것들이 적나라하게 드러났다. 역시나 삼십 년을 넘게 보고 듣고 느꼈던 것들이 쉬이 변하지 않는구나. 함께한 세월이 허망하게 내려앉았다.

어쩌면 남편은 늘 한결같았다. 왜곡하고 믿고 싶은 대로 해석한 것은 어리석게도 나였다. 착각 속에 살았다. 천고 만고 끝에 임신한 나에게 술 취한 남편은 말했다. "임신한 유세 떨 거면 갈라서자." 육아에 지친 나에게 "사랑하는 아이 돌보는 게 다면서 뭐가 힘든지 모르겠네. 생색 좀 내지마." 시어머니보다 나의 허리디스크 발병 사실을 먼저 알았지만, 남편은 그랬다. "너는 젊어서 고통이 덜하잖아, 엄마는 지금 뼈를 깎는 통증에 시달리고 있어. 부모를 위해서 넌 참을 줄도 모르니? 꼭 그렇게 티를 내야 하나?" 아니, 그 통증의 깊이를 누가 정의내릴 수 있을까.

다시 돌아갈 곳이 없다. 나에게 집은 어디일까 궁금증이 일었다. 아니, 집은 무엇일까 하는 원초적인 물음을 스스로에게 했다. 친정 부모님도 그런 한계에 부딪혀 결국 이혼이라는 결론에 도달하지 않았을까 싶다. 서로가 서로를 위해 살아가야 하는 것이 부부의 삶이다. 일방적인 희생을 강요하는 것은 이기심의 발로일 뿐이다.

이제야 눈에서 벗겨진 콩깍지가 원망스러웠다. 서른셋이 깨닫기에는 늦은 감이 있다. 조금 더 일찍 깨달았어야 했다. 한 아이의 엄마이기에 더욱 그렇다. 어떤 결정을 내려야 할지 혼란스럽다. 그 아버지에 그 아들이다. 한번 확고해진 의심은 좀체 사그라지지 않는다. 이때까지의 남편의 말과 행동이 가식적으로 느껴졌다. 본인의 안락함을 위해 거짓부렁을 나에게 세뇌시킨 것이다.

사랑이란 껍데기에 가려 알맹이를 의심 없이 믿었다. 신뢰를 빙자해 얼마나 몹쓸 행동을 했을지 치가 떨려왔다. 듣기 좋은 말이 빛 좋은 개살구였다. 집을 떠나 있으니 선명하게 보이기 시작했다.

버스

안에서

병원 문을 나섰다. 사흘 내내 병원과 근처 식당만 오갔다. 서울인지 거제인지 구분이 안 됐다. 사람들의 억양에서 서울이란 걸 깨닫는다. 경상도 사투리를 쓰는 건 나밖에 없었다. 자신을 스스로 고립시켰다.

매번 가는 식당이나, 편의점에서도 살가운 말 한마디 섞지 않았다. 잠시 머물다 갈 곳이었다. 정을 붙일 이유가 없었다. 단 하나, 걸리는 것이 있다. 서울에 사는 동생이 보고 싶었다.

시어머니조차 남처럼 느껴지는 지금, 피붙이가 그리웠다. 마주 앉아 따뜻한 커피 한 잔이면 충분했다. 거제에 내려가기 전에 연락해서 얼굴이라도 볼까 싶기도 했지만 지금 내 처지를 들키기가 싫었다. 시어머니의 병간호를 위해 동건이를 친정엄마에게 맡기고 온 누나를 미혼인 동생이 이해할 수 있을까 싶다. 엄마를 고생시키는 것만 같아 동생 볼 낯도 없다. 끝내 연락하지 못했다.

택시를 탔다. 강남시외버스터미널을 가야 한다. 집으로 가는 길이 멀게만 느껴진다. 동건이가 보고 싶은 마음뿐이다. 사흘 밤낮을 처음 떨어져 지냈다. 통화는 계속했지만, 항상 아이의 울먹이는 소

239

리가 마지막이었다. 전화를 끊고 나면 한숨만 나왔다. 이게 뭐하는 짓인가 싶었다. 10시 50분 시외버스에 올랐다. 엄마 집이 있는 곳까지는 4시간 조금 넘게 소요된다. 3시 정도에 도착한단다. 중간에 휴게소에서 간단히 점심을 해결하면 될 터이다. 자고 일어나면 도착하겠지 싶다. 평일인데도 생각 외로 버스 안에 사람들이 여럿 있다. 귀가하는 이, 일 때문에 가는 사람, 관광을 목적으로 가는 일행 등 제각각 사연을 안고 갈 것이다.

짧지 않은 길을 함께 할 그들을 둘러보았다. 일부러 눈을 맞추는 이는 없다. 시선을 떨어뜨리거나 차창 밖을 응시한다. 벌써 눈을 감은 아저씨도 있다. 이변이 없는 한 차는 휴게소까지 멈추지 않고 갈 것이다. 등받이에 기대 눈을 감는다. 피곤하다. 얼른 잠들었으면 좋겠다.

바람과는 달리 잠들지 못했다. 덜컹거리며 출발하는 버스를 세우고 내리고 싶었다. 집으로 가기가 싫다. 이대로 떠나버리면 모든 것에서 자유로울 수 있을 거 같다. 독박육아도, 남편도, 시집도, 친정도 말이다.

어디서부터 얽히기 시작한 것인지 모든 것이 뒤죽박죽 엉망이다. 꼬일 대로 꼬여버린 실 뭉치를 보는 기분이다. 간신히 손에 들린 실 끝을 놓고 싶다. 그냥 살아왔을 뿐이다. 오래전 시작되었을 원인을 찾으려 시간을 거슬러 올라가 보지만 스쳐 가는 기억에 괴롭기만 하다. 눈물이 쉴 새 없이 흐른다. 아는 이 하나 없는 곳이어서인지 눈치를 볼 게 없다. 어차피 몇 시간 후면 다시는 만나지 않을 사람들이다. 잇새를 새어나오는 울음소리를 손으로 꾹 누른다. 여태까지의 삶이 허망하다.

누군가 툭툭 친다. 눈을 떴다. 건너편의 아주머니다. 버스가 출발할 때만 해도 비었던 자리다. 그녀의 세련된 스카프에 눈이 먼저 갔다. 시선을 위로 올려 얼굴을 쳐다봤다.

50대 초반의 얼굴에 살집이 있다. 짧은 컷의 머리는 보기 좋게 말려 있었다. 캔 커피와 초콜릿을 건넨다. 괜찮다고 사양했지만, 다시 한 번 권한다. 이미 캔 뚜껑이 따져 있다. 누구든 받아야 했다. 고맙다고 인사를 하고 손에 쥐었다.

—새댁, 집에 가는 길이야? 내려가는 길도 먼데 내 이야기를 좀 들어 줘.

어안이 벙벙했다. 커피와 초콜릿보다 더 난데없었다. 분명히 처음 보는 사람이다. 주위를 둘러보았지만, 새댁으로 보이는 사람은 나 혼자다. 손에 쥔 것들을 한번 보고 다시 아주머니의 얼굴을 봤다. 받은 것이 있다 보니 딱 잘라 말하기가 곤란했다. 머뭇거리다 피곤하다고 말하려는 찰나, 이야기가 시작되었다. 그녀가 빨랐다.

서울에서 대학에 다니는 아들을 보고 고성 집으로 가는 길이라고 했다. 워낙 내려오지 않아 이렇게 본인이 올라가지 않으면 설, 추석 같은 명절이나 방학 때 외에는 얼굴 보기가 힘들다. 그녀는 큰 수술을 몇 차례 해서 이렇게 오가기가 쉽지만은 않단다.

—내가 큰 수술을 여러 번 했어. 자궁도 들어내고, 척추에 심도 박았어. 게다가 위도 문제가 있어서 많이 먹을 수도 없어. 나이가 드니 다리도 아프네. 병원에선 퇴행성관절염이래. 여기저기 안 아픈 데

가 없어. 겉으론 말짱해 보이지? 속 빈 강정이야.

내 문제도 복잡한데 타인의 사정까지 봐줄 여유가 없었다. 그녀의 아픔이 와 닿지 않았다. 형식적인 대답만 '네~ 네.' 했다.

—나 이혼도 했어. 아들 낳고 남편이 바람이 났어. 그것도 새파랗게 어린년하고 말이야. 지금 우리 아들 나이쯤 되겠네. 한 번으로 멈출 줄 알았는데 제 버릇 개 못 준다고 계속 나도는 거야. 나중엔 아예 대놓고 여자를 끼고 다녔어.

그리고 그 망할 인간이 손찌검도 하더라. 경찰이 집에 온 게 한두 번이 아니야. 어린 아들을 혼자 키울 자신이 없어서 이혼도 못하고 그 더러운 세상을 살았어.

고등학생이 된 아들이 그러대. 이혼하지 않으면 집을 나가겠다고. 그때 갈라섰어. 남편이란 작자는 기다렸다는 듯이 서류에 도장을 찍더라. 나 참, 어이가 없어서. 홀가분하더라.

그런데 견디고 산 세월 동안 스트레스를 많이 받아서인지 암이 생겼어. 결국, 자궁을 들어냈지. 여자로는 끝났다는 생각에 그때 참 힘들었어. 혼자 병원에 누워있는데 별의별 생각이 다 나더라.

예전에 시어머니가 시집살이시킨 것까지 떠오르더라니까. 매번 밥에서 냄새가 난대. 머리채 잡힌 적도 여러 번이야. 궁합이 안 좋아서 남편 잡아먹는대. 그럼 결혼을 시키지 말던가. 하긴, 그 말이 맞네. 그러니 이혼을 했지. 콱 죽고만 싶었지. 그런데 억울하더라. 모진 세월 다 견디고 살았는데 보란 듯이 잘 살고 싶었어.

그제야 그녀를 자세히 들여다봤다. 남 이야기를 하듯이 한다. 간간이 웃는 얼굴에는 그늘이 없다. 그냥 듣기에도 녹록지 않은 삶이다.

　―자살하려고 연탄도 피워봤어. 근데 생때같은 자식 두고는 못 가겠
　더라. 뻘건 김칫국물 퍼먹으며 얼마나 울었는지 몰라. 아, 교통사
　고 당한 적도 있어. 뒤에서 쾅하는데 차가 앞으로 밀렸어. 그때 한
　달 넘게 입원했었지. 그 뒤로 비만 오면 다친 곳들이 쑤셔. 새댁,
　그중에서 제일 어이없는 게 뭔지 알아?
　　남편이란 작자가 다시 합치자고 연락이 왔어. 그렇게 애를 먹이
　더니 아프니 찾네. 만날 술 먹고 미친놈처럼 돌아다니더니 뇌경색
　이 왔대. 몸이 뻣뻣해 자유롭지 못하니 누가 쳐다나 보겠어?
　　처음엔 천벌 받았다고 했는데 가만히 생각해보니 내 자식한
　테 좋을 게 없는 거야. 그래서 간혹 연락해. 한 번씩 반찬을
　갖다 주기도 하고. 여튼 노모랑 같이 사는 모습이 안 돼 보일
　때도 있어. 참 우습지.

끊이지 않고 이어지는 이야기에 한숨이 절로 나왔다. 들킬까 봐
커피를 마신다. 쓴맛이 혀를 감싼다. 어떻게 이겨낼 수 있었냐고?
처음으로 그녀에게 물었다.

　―처음엔 원망했어. 모든 게 다 남 탓이었지. 난 잘못한 게 없다고 여
　겼어. 근데 새댁, 가만히 생각해보니 다 내 탓이었어. 다 내 선택이
　었어. 남편이 바람이 났을 때도 혼자 살아갈 자신이 없어서 눈 감
　아 버리는 가장 쉬운 선택을 한 거였어. 시어머니가 구박할 때, 잘
　보이고 싶어서 참았던 것도 내 선택이었어. 그걸 깨달으니 다른 사
　람을 미워하고 원망하던 마음이 점차 사라지더라.

비로소 사는 게 재미가 생겼어. 옛날 같으면 아들 보러 서울을 가기보다 내려오지 않는다고 원망했겠지. 생각을 바꾸니 모든 것이 감사해. 봐봐, 버스만 타면 서울까지 데려다 주잖아. 졸업반인 아들도 괜히 시간에 쫓기지 않아도 되고 말이야. 새댁, 그러니까 살아. 원망도 미움도 다 내려놓고, 살면 되는 거야.

이전, 연탄 피웠을 때의 자기 모습 같아 지나칠 수가 없었다. 오지랖일 수도 있지만 한 시간도 넘게 우는 내가 걱정됐단다. 버스가 도착하는 곳에 가는 이유가 궁금해 어깨를 두드릴 수밖에 없었단다.

휴게소에 내리는 것도 잊고 그녀와 이야길 나누었다. 엄밀히 말하면 그녀의 삶을 엿들었다. 내 이야기가 그 속에 있었다. 친정엄마도, 시어머니도, 심지어 남편의 사정도 들어있었다. 아들이 버스에서 먹으라며 사줬다는 달걀 하나를 손에 쥐여 주고 그녀는 고성에서 내렸다. '그러니까 살아'가 귀를 맴돈다. 갑자기 허기가 몰려왔다. 달걀을 힘주어 깨뜨렸다. 매끈했던 껍질에 균열이 갔다. 하얀 속살이 드러난다. 한입 베어 물었다.

커피 외에는 먹은 게 없다. 주린 창자가 서두른다. 허겁지겁 마저 먹었다. 한 개의 삶은 달걀로 배가 부르진 않았지만 달랠 순 있었다. 쉽게 깨지는 날달걀이 아니어서 다행이다.

뜨거운 물에서 단단해진 달걀이다. 어차피 병아리가 될 수 없는 무정란일 터이다. 이 달걀은 제 쓰임새를 다했다. 여물어져야 한다. 백도 이상의 끓는 물을 이겨내야 한다. 손아귀에서 터져 흘러내리는 신세는 이제 그만두어야 한다. 좋은 날이 있겠지 싶다.

버스 안에서 그녀를 만난 것이 참 다행이다. 우연처럼 스쳐 간 필연이다. 누군가 보내준 건 아닌가 하는 착각마저 든다. 평온해 보이지만 누구 하나 순탄하게만 살아가진 않을 터이다. 왠지 위로가 된다. 모두들 그렇게 굴곡진 곳을 굽이굽이 돌아 살아가나 보다.

마
음
을

돌 리 다

사흘 만에 보는 아들이다. 발걸음이 빨라진다. 2층을 단숨에 뛰어 올라갔다. 초인종을 누르고 문이 열리길 기다리는 시간이 더디게 흐른다. 문이 덜컹거린다.

—동건아!

엄마 뒤에 아이가 숨는다. 금방이라도 울음이 터질 것만 같은 얼굴로 할머니의 바지만 붙잡고 있다.

—동건아, 엄마 왔어.

친정엄마가 억지로 아이를 떼어내며 등을 떠민다. 온전히 떨어져 있은 적이 처음이다. 더욱이 사흘이다. 할머니의 병간호로 서울에 갔다가 올 거라고 몇 번이나 이야길 했는데. 행동에 서러움과 원망이 한껏 묻어 있다. 다시 한 번 할머니의 이야길 꺼내며 잘 다녀왔다고 했다.

―와앙.

울음이 터졌다. 얼마나 힘들었을까? 아직 무리였나 보다. 버려지지 않았다는 안도감을 토해낸다. 서러움을 게워낸다.

다시 버스에 올랐다. 이번엔 혼자가 아니다. 동건이와 함께이다. 아이가 목을 놓지 않는다. 계속 안겨 있다. 14킬로그램의 묵직함이 가슴을 짓누른다. 쉬이 떨어지지 않던 잡념이 그 무게 뒤로 숨는다. 불평하지 말라 한다. 모든 것이 내 뜻대로만 흘러가진 않는다고 귀띔해준다. 가장 소중한 것이 무엇인지 똑바로 직시하란다. 지금 내가 해야 할 일을 알려 준다. 며칠간의 고민을 떨쳐낸다.

고작 삼십 개월 정도를 살아온 아이다. 버려질 수도 있다고 여긴 그 사흘이 얼마나 공포였을까? 연민에 삐긴 못난 어미를 호되게 질책한다. 정신 차리라고 한다.

동건인 잠이 들었다가도 금방 깬다. 그때마다 옷을 움켜쥔 손에 힘이 들어간다. 실눈으로 내 얼굴을 확인하고서야 다시 잠에 빠져든다. 이기적이었다. 엄마니까 모든 것이 당연히 용서되리라 여겼다. '동건아' 하고 부르면 쪼르르 달려와 안길 줄만 알았다. '엄마, 사랑해.' 하며 환영하리라 착각했다. 피를 나눈 '모자'이기에 허용될 거라 여긴 오만이었다.

아이의 얼굴에서 눈을 뗄 수가 없었다. 미안했다. 더 이상의 흔들림은 안 된다.

버스 안, 라디오에선 노래가 흘러나온다. 상념을 지워준다. 아이의 체온을 몸에 새겨 넣는다. 그때, '난 행복합니다.'로 시작하는 노래가 들렸다. 사랑하는 이의 삶이 끝나는 순간까지 기억하며 사랑할 거라는 가사가 아름다운 멜로디에 실려 버스를 가득 채웠다. 눈물이 나왔다.

제목도 모르는 노래였다. 난생처음 들었다. '난 행복합니다.' 그래 맞다. 난 지금 누구보다 행복하다. 세상 무엇보다 사랑하는 아이를 품에 안고 내 집으로 가는 길이다. 1미터도 안 되는 아이는 두 팔 안에 폭 들어온다. 주체하지 못할 만큼의 기쁨이 양팔 안을 메운다. 행복이 별것 아니구나 하고 깨닫는다.

욕심이 마땅한 줄 알았다. 내가 가질 수 있다고 당연시했다. 별 탈 없이 중학교를 졸업했다. 가고 싶었던 인문계 고등학교에도 쉽게 진학했다. 평소 모의고사 점수보다는 턱없이 낮게 나온 수능 결과지만 대학도 어렵지 않게 들어갔다. 단 한 번의 실패 없이 살아왔다. 든든한 부모 밑에서 비와 바람을 피했다. 물론 아빠의 사업이 잘못됐던 시기도 있었다. 그때조차도 부모님은 자식들에게 그 사실을 숨겼다. 본인들은 하루 한 끼도 제대로 챙겨 먹지 못했지만, 자식들은 평소와 다름없이 생활했다. 용돈조차 끊긴 적이 없다. 희로애락을 알기엔 턱없이 어렸다. 성숙하지 못했다. 이십육 년을 '희'와 '락'만을 쫓아 살았다. 면역력이 없었다. 백신의 필요를 느끼지 못했다. 무뎌질 시간이 없었다.

그래서 내 인생에 '로'와 '애'가 몰아닥쳤을 때 더 쉽게 무너진 건 아닐까? 스스로 일어서지 못하고 우산을 받쳐줄 누군가를 기다렸다. 같이 쓰는 법도 제대로 몰라 어깨가 젖는다고 불평만 했다.

온전히 씌워주길 강요했다. 스스로 이겨내기보다 의지하기 바빴고 그 선택이 더욱 궁지로 날 몰았다. 더 이상 도망갈 곳이 없자 원망하고 비난했다. 모든 것은 내 선택이었다. 늦었다고 생각했을 때가 가장 빠르다고 했던가. 지금이 더 이상 늦지 않기 바란다. 다시 선택의 기로에 섰다. 어떤 길을 택하던 온전히 내 몫이다. 머리로만 헤아리던 사실을 깨닫는데 오랜 시간 동안 돌아왔음을 느낀다. 익숙해져 행복인 줄도 모르고 지나쳤던 많은 날들이 아쉬워진다. 그 순간들이 후회된다. 돌아왔다. 가야 하는 길은 정해져 있는데 더 나은 길이 없나 하고 풀숲을 헤매었다. 날카로운 풀의 단면에 베이고 울퉁불퉁한 자갈에 발이 부르터서야 갈 길이 선명해졌다.

버스 안에서 들었던 노래가 이재훈의 〈사랑합니다〉인 걸 알았다. 그대로 인해 행복하다는 단순한 가사가 머릿속을 휘젓는다. 사랑하기에 행복하단다. 사랑을 하면 행복할까? 사랑이 뭘까? 어떤 사람이나 존재를 몹시 아끼고 귀중히 여기는 마음, 또는 그런 일이라고 사전에 씌어있다.

나도 이 마음이면 행복할 수 있을까? 동건이와 남편에게 느끼는 감정이 각기 상이하다. 사전에 쓰인 사랑에 가까운 이는 동건이다. 언제나 귀하고 아껴주고 싶다. 아이 몸에 생긴 생채기 하나가 가슴에 콕 박힌다. '엄마' 단 한마디에 마음이 따뜻해진다. 보고만 있어도 입가에 웃음이 번진다. 눈에 넣어도 아프지 않다는 것이 무슨 의미인지 알게 해줬다.

남편은 사실 사전에 쓰인 사랑과는 멀다. 세상에서 가장 편한 사람이다. 내가 무슨 일을 해도 떠나지 않을 사람인 걸 안다. 그의 허물을 보듬어줄 용의도 있다.

하지만 몹시 아끼거나 귀중히 여기진 않는다. 스스로 잘해 나갈 거라 믿는다. 사전에서 말하는 사랑에 해당하는 건 동건이뿐이다. 그럼 남편에 대한 내 감정은 사랑이 아닐까? 고개가 흔들어진다. 그에겐 사랑을 대체할 수 있는 단어가 필요하다. 사랑에 대한 명쾌한 정의를 내리기가 힘들다. 그럼에도 그들이 곁에 있어 행복하다. 변함없는 사실이다.

마음 길을 돌렸다. 미움에 조그만 구멍을 뚫었다. 고이지 않고 흘러갈 것이다. 남편도 벅찼을 거다. 어쩌면 나보다 더 완만하게 살아온 인생이다. 초중학교까지 전교회장을 했다. 고등학교 역시 시험을 치르고 명문학교에 들어갔다. 잠깐의 방황은 있었지만 원하던 대학에 진학했다. 편안한 여정이었다. 그런 그의 삶에 결혼 후 변수가 생겼다. 결혼하고 한동안 자식이 없었다. 결혼하면 다른 이처럼 아이가 저절로 생길 줄 알았을 것이다.

하지만 5년의 시련 끝에야 타인과 같은 길을 갈 수 있었다. 아들만 넷인 시골집의 장남이기에 스트레스와 중압감이 상당했을 것이다. 가장이란 타이틀 또한 그를 얼마나 짓눌렀을까. 힘에 부칠 때가 한두 번이 아니었으리라. 처음이라 시행착오도 많았을 터이다. 달아나고 싶은 유혹이 어찌 없었을까. 비바람을 제대로 막아주지 못하는 자신을 스스로 자책하기도 했겠지 싶다. 한번 선회한 마음 길에 비로소 남편이 보인다. 혼자의 삶을 살아가다 남편이 되었다.

아빠란 무게까지 얹어진 지금, 그의 어깨가 유난히 좁게 느껴진다. 그 짐을 온전히 지게 했다. 투정과 비아냥거림까지 보탰다. 지금 그는 행복할까? 궁금하다. 이 세상이 내게 준 선물은 동건이 뿐만이 아니다. 남편이 먼저였다. 사랑이 미움으로 변했나 보다. 미움이 흘러 비워진 곳에 연민이 스며든다. 연인에서 부부로, 그리고 부모가 되었다. 만 십 년의 세월을 함께했다. 서른세 해의 인생에서 짧지 않다. 흔히들 시간이 지나면 사랑보단 '정'으로 산다고들 한다. 지난 시절엔 어불성설이라 치부했지만 이제야 어렴풋이 알 것도 같다. '정'은 '사랑'의 또 다른 묵직한 이름이란 걸. 나는 남편을 사랑한다.

06

삶　　　은
여　전　히
행　복　과
불　행　사　이

또
다른
시작

"**어린이집** 안 갈 거야. 나도 집에 있을래."

어린이집에 적응했다고 생각했는데 아닌가 보다. 어제저녁부터 안 가겠다고 떼를 쓴다. 혹시나 어린이집에서 무슨 일이 있었나 싶어 선생님께 여쭤 봐도 평소와 다르지 않았다고 한다. 친구랑 싸웠는지 물어도 모르쇠다. 어린이집을 너무 빨리 보냈나 하는 생각이 잠시 머리를 스친다. 이제 곧 어린이집 차가 올 시간이다.

—어린이집에 가야지. 왜 안 갈 거야? 노란 빵빵이 올 시간 다됐어. 옷 입고 나가자.

마음이 급하다. 자율등원할 거라고 어린이집에 전화해야 하나? 결정 내려야 한다.

—동건이는 어린이집에 가고, 아빠도 회사에 가는데 엄마는 왜 아무

데도 안 가?

등원을 거부하는 이유를 알았다는 기쁨보다 생각지도 못했던 질문에 순간 말문이 막혔다.

—어어, 으음.

아이의 질문에 대답하지 못하고 결국 전화기를 집어 어린이집에 전화를 걸었다. 오늘 하루 집에 데리고 있을 거라 했다. 아이의 얼굴이 해사해진다. 금세 표정이 바뀐다. 삐뚜름하게 내밀었던 입이 옆으로 길게 늘어진다.

어린이집에 간 지 이제 두 달째다. 첫 일 주일 동안은 어린이집에 가기 싫다며 바짓가랑이에 매달렸었다. 하지만 아파트 단지 놀이터에서 만난 또래들이 있어서인지 그 후 가기 싫다는 말이 쏙 들어갔었다.

내심 안도하고 있었는데 생각지도 못했던 복병이 나타났다. 엄마는 왜 아무 데도 안 가냐는 질문이 뇌리를 맴돈다. 네 살인 아이를 어린이집에 보내고 난 후에 생긴 오랜만의 자유시간이 좋기만 했다. 몇 년 만에 낮잠을 원대로 잤다. 창가에 앉아 커피를 오래도록 마셨다. 오롯이 혼자 있는 것을 즐겼다. 아이는 이상했나 보다. 항상 늘 같이 지내던 엄마가 혼자 집에 덩그러니 남은 것이 이해되지 않았나 보다. 아침에 집을 나섰다가 오후에 돌아오는 생활이 일반적이라 여긴 듯하다. 생각은 가지를 친다. 몇 년이 지난 후, 동건이가 같은 질문을 하면 어떨까? 지금처럼 버벅대다 화제를 전환하기 바쁠 내 모습이 떠올랐다. 얼굴이 뜨거워진다. 다른 이가 물었다면 아이를 키우는 전업주부라고 말할 테지만 동건에게도 통할지는 미지수다.

무엇을 할 수 있을까? 나중에 떳떳하게 답할 거리가 필요하다. 당장 일을 구할 수 있을지도 의문이다. 네 살 아이를 둔 서른네 살의 아줌마가 들어갈 수 있는 곳은 많지 않다. 아이가 어린이집에 머무는 오전 아홉 시부터 오후 두 시까지만 할 수 있는 일은 더욱 없었다. 인터넷 사이트의 구직난을 뒤적이다 현실의 벽에 부딪혔다.

조금 뒤의 미래를 대비하기로 마음먹었다. 한발 물러섰다. 다시 공부를 시작했다. 대학교 평생교육원, 백화점 문화센터, 여성회관 등에서 실시하는 강좌 중 논술지도사와 공예, POP를 신청했다. 보육교사나 사회복지사도 염두에 두었지만, 방과 후 강사를 하는 지인의 조언이 큰 영향을 주었다. 출퇴근 시간이 자유롭고 육아와 병행할 수 있다고 했다. 전망도 밝단다.

—어린이집 안 갈 거야. 엄마도 집에 있잖아.

올 것이 왔다. 전화기를 들 엄마를 기대하며 내뱉었을 것이다. 이미 아이의 입꼬리가 올라간다. 많은 설명이 필요 없었다. 저 말에 원하는 바를 취했던 적이 여러 번이다. 승자의 여유까지 보인다.

—동건아, 엄마도 아침에 공부하러 가야 해. 너도 알고 있잖아.

열 시까지 도착하면 될 곳이다. 일부러 아이의 등원 시간에 함께 나선지 여러 날 되었다. 공부하는 책을 보여주고, 어설프게 만들어진 물건도 확인시켰다.

—응, 알았어.

포기가 빠르다. 어깃장이 없다. 확인하고 싶었나? 하는 의구심을 지울 수 없다. 어린이집 가방을 메고 선선히 현관문을 나선다. 큰 가방을 손에 쥐고 그 뒤를 따른다.

—엄마도 공부 잘 다녀와.

한 음절씩 끊어 힘주어 이야기한다. 아직 공부가 뭔지 모르는 아이다. 아빠가 회사에 가고, 자기가 어린이집에 가듯 엄마인 내가 들르는 곳으로 여기는 듯하다.

십수 년 만에 또 다른 시작을 시도한다. 아이를 낳고 난 후 전업주부의 삶에서 외도는 처음이다. 허튼짓하는 건 아닌가 하는 걱정과 잘할 수 있을지에 대한 두려움보단 앞날에 대한 설렘이 앞섰다. 시간이 쌓여간다.

그만큼 자격증을 취득하는 숫자도 늘었다. 공예와 POP는 오래가지 못했다. 서른넷의 나이지만 소근육이 발달하지 못한 건지 손으로 꼼지락거리며 만드는 것은 재주가 없었다. 일 년이 넘는 시간을 투자했지만, 실력은 늘지 않았다. 대신 논술지도사, 독서지도사 등의 공부는 재미있었다. 이전에 학원에서 돈을 벌기 위해 하던 고역과는 달랐다. 2년의 시간을 매달렸다.

―수경 씨, 지역아동센터에 독서논술 강사를 구하는데 한번 해볼 생각 없어요? 경험도 쌓고 여러모로 도움이 될 거예요.

기회가 왔다. 관내 대학교 평생교육원에서 독서지도사와 논술지도사를 강의하시는 교수님의 추천으로 수업을 맡게 되었다. 운이 좋았다. 다른 이보다 수월하게 첫 포문을 열 수 있었다. 기쁨도 잠시, 이내 무서워졌다. 만 팔 년을 아줌마로 살아왔다. 간간이 일을 했지만 지금과는 상황이 다르다. 결혼하기 전에도 사회생활을 다양하게 경험하지 못했다. 기간마저도 짧다. 어떻게 해야 할지 감조차 잡히지 않는다. 하나에서 열까지 온전히 내 몫이다. 도움을 구할 수 있는 곳도 없다. 책을 선정해 문제를 만들고 독후활동으로 연결하는 작업이 쉽지 않았다. 한 주, 한 주 쉴 틈이 없었다.

일주일에 두 번 하는 수업에 주 7일을 매달렸다. 컴퓨터 작업도 난제였다. 표를 만들고 그림을 넣는 것에 많은 시간을 할애했다. 수십 장을 출력해서 활동지로 엮어내는 공도 만만치 않았다. 수업 시간에 배웠던 것들과 현장은 달랐다. 수강생들조차 예상을 뛰어넘었다. 책 자체를 싫어하는 아이가 허다했고, 수업 시간에 집중은 고사하고 결석을 밥 먹듯 하기도 했다. 모든 것이 혼란스러웠다. 공들인 시간이 실패할 수도 있다는 압박감이 상당했다. 특히 모든 걸 책임져야 한다는 것이 가장 힘들었다.

'책임'지며 살아오지 않았다. 대학을 졸업하기 전이나 짧은 직장생활을 할 때도 심지어 결혼 후에도 막중한 책임을 질 일이 없었다. 물론 소소한 경우는 예외다. 어린 시절 부모님께 거짓말을 해서 들켰을 때 벌을 선 일, 학창시절 시험 대비를 하지 않아 낮은 점수를 받은 일, 결혼하고선 시댁 제사에 참석하지 않아 야단을 들었던 일 등 비일비재하다. 그때는 변명거리라도 있었다. 모면할 구멍도 존재했다. 어쩌면 책임질 일이 생기더라도 피하려고만 했던 건 아닐까. '너 때문이야!'란 말에서 자유롭고 싶었다.

어린 시절, 엄마는 집안에 무슨 일이 생기면 그 화풀이를 내게 했다. 삼 형제 중 둘째가 제일 만만했나 보다. 언니는 항상 아팠다. 초등학교 아침 조회 시간에 수시로 쓰러져 가슴을 쓸어내리게 한 적이 한두 번이 아니었다. 나이 차가 제법 나는 남동생은 언제나 귀한 대접을 받았다. 아무런 특색이 없던 나는 어느새 화풀이 대상이 되었다. 쏟아지는 막말과 행동에 정신을 차릴 수가 없었다. 엄마의 표정이 굳어 있는 날은 으레 눈치를 보며 시야에서 벗어나려 애썼다. 이런 노력은 번번이 수포로 돌아가기 일쑤였지만 어린 내가 할 수 있는 일이라곤 그뿐이었다. 분풀이가 얼른 끝나길 마음속으로 빌었다.

—너 때문이야.

빨간 압류딱지가 이곳저곳에 붙는 것도, 언니가 아파서 병원에 가는 것도, 동생의 턱이 깨져 꿰맨 것도 다 나 때문이란다. 엄마는 아빠의 파산과 함께 무너졌다.

이삼 년의 시간을 견디며 지독한 사춘기를 겪었다. 혹시나 진짜 나 때문이면 어쩌나 하는 고민의 시간도 길었다.

—진짜 이 모든 것이 나 때문이야?

비 오는 날, 우산을 가지고 교문 앞에 서 있는 아빠에게 용기 내어 물었다.

─땅콩, 이리 와.

두 개의 우산이 하나가 되었다. 어깨에 손을 올린 아빠가 말없이 토닥여준다.

─네 잘못이 아니야.

그 뒤 아빠는 비가 오지 않아도 버스 정류장에서 매일 기다렸다. 좁은 골목을 함께 올랐다.

그 후 누구도 '너 때문이야.' 하지 않았다. 아니, 애초 빌미를 만들지 않았고, 어쩔 수 없는 상황에선 핑계 대며 빠져나가기 급급했다. 선택 뒤에 숙명적으로 따르는 책임을 외면했다. 멍에를 다른 이에게 전가했다. 남편 탓, 양가 부모 탓, 친구 탓으로 돌렸다. 가슴 한편의 파편을 일부러 모른 척했다.

수십 명의 아이와 부딪히며 깨달았다. 선택하지 못하고 맴돌기만 하는 우유부단한 아이가, 무책임하게 행동하는 상처받은 꼬마가, 성숙한 척하지만 여린 울보가 그 속에 있었다. 있는 그대로 모든 걸 드러내는 그들을 보며 상처가 덧났다. 겉만 성숙해 보이는 어른들과는 달랐다. 각자의 성에 갇혀 벽을 쌓기 바쁜 어른의 민낯이 부끄러웠다. 수업을 포기할까 고민했다. 도망치고 싶었다. 통하지도 않을 변명거리를 만들었다.

수업을 마치고 집으로 돌아오는 길에는 '이번 달까지만 하자.' 늘 똑같은 생각을 했다. 그러다 어느 순간 아이들 속에 녹아들었다. 가랑비에 옷 젖는 줄 몰랐다. 아이들의 시답지 않은 농담에 낄 낄거리고, 평소 먹지도 않던 사탕을 함께 나눠 먹었다. 틀린 글자 찾기에 바빴던 눈이 엉성한 글 한 줄에 머물기 시작했다. 과감 없이 드러내는 그들의 속내에 함께 울었다. 그렇게 일 년을 보냈다. 한 살 나이를 먹었다. 수십 살, 마음도 컸다.

동건이의 한 마디에서 비롯되었다. '나'를 찾는 여정이 시작되었다. 버텨내야 하는 줄 알았는데 살아가기만 하면 됐다. 도망가지 않았기에 가능했다. 이제야 깨닫는다.

행복은

각자의 몫이다

동건이를 때렸다. 이성을 잃었다. 감정과 이성 사이에서 감정에 굴복했다. 속된 말로 눈에 보이는 것이 없었다. 어린이집 버스에서 내린 아이와 함께 집으로 돌아오는 길목에 있는 마트에 들르는 것은 어느새 하루의 일과가 되었다. 무더운 날이었다. 민소매의 짧은 원피스를 입었다. 오전에 친구들을 만난 차림새 그대로다. 평소와 다른 모습에 아이는 '예쁘다!'를 연발했다.

―엄마, 이젠 나 집에 올 때 만날 치마 입어.

기분이 나쁘지 않았다. 진심 반, 농담 반으로 알았다고 답했다.

반찬거리를 두어 가지 사서 계산을 하기 위해 줄을 서서 기다리고 있었다. 차례가 되어 계산대 위에 물건을 올리던 순간, 동건이의 손도 함께 올라갔다. 찰나였다. 만세를 부르듯 치마 끝을 손에 꼭 쥔 채 들어 올렸다. 갑자기 주위가 조용해졌다. 일순간 모든 것이 멈추었다.

—어, 어, 어.

정적을 깬 건 오히려 나였다. 동건이의 손을 잡고 도망쳤다. 느린 아이의 걸음에 안고 뛰었다. 벗어나야 했다.

현관문이 등 뒤로 닫힌다. 신발을 벗지도 않고 동건이를 때렸다. '왜?'라는 외마디 비명과 구타하는 둔탁한 소리만이 공간을 채운다. 놀란 아이는 미동이 없다. 결국 터지는 울음에 손이 멈춘다. 둘 다 각자의 감정에 휩싸여 오열한다.

—엄마 등에 악마가 업혀있어.

울먹이며 내뱉는다. 그제야 이성이 제자리를 찾아산다. 마주 선 아이를 똑바로 바라볼 수가 없다. 내리깐 눈에 손이 들어온다. 실수가 아니다. 분노였다. 주먹을 쥔다. 손톱이 살을 파고들어 간다. 손등의 힘줄이 터질 거 같다. 고통이 심장을 파고든다. 아이에게 있어 호기심의 대가치곤 가혹했다. 왜 그렇게도 화가 났는지에 대해 오랜 시간 동안 답을 찾질 못했다. 몇 년이 지나고서야 깨닫게 된다.

아이가 초등학생이 되었다. 교육청 영재교육원 과학 분야에 지원했다. 책을 좋아하는 아이다. 수천 권을 읽었다. 특히 과학을 좋아하고 실험에 집중한다. 과학자가 꿈이다. 주위에서도 이미 합격을 예정했다. 별다른 준비도 하지 않았는데 최종 시험까지 갔다. 발표만 기다렸다. 최종 명단에 김동건이 없다. 대신 낯익은 이름들이 있었다. 동건이에 비해 한참이나 부족하다고 느낀 이들이다. 영재교육원을 대비하기 위해 학원까지 다닌다는 말에 콧방귀를 뀌었다. 그 아이들의 부모들조차 자신의 아이보다 동건이의 합격을 의심하지 않았는데 결과는 예상을 빗나갔다. 나의 오만을 비웃었다. 교육청에 확인까지 했지만, 결과는 바뀌지 않았다. 전화를 끊자마자 아이의 뺨을 때렸다. 다리를 찼다. 멱살을 잡고 흔들었다.

—왜?

악을 썼다. 도저히 이해가 되지 않는 상황이다. 차오른 화를 아이에게 쏟아냈다. 가장 편한 방법을 선택했다.

—엄마, 미안! 내가 잘못했어.

한동안 분이 풀리지 않았다. 아이의 사과가 와 닿질 않는다.

네 살 때 공룡 이름을 시작으로 스스로 한글을 익혔다. 감성이 풍부해 쇼팽의 녹턴을 들으며 눈물을 흘린다. 장난감을 친구에게 빌려주고 인내하며 기다리는 아이다. 또래 중에서 돋보였다. 기대가 컸나 보다. 아니, 뿌듯했다. 늘 꿈꾸고 바라던 모습에 흐뭇했다.

계속 기대에 어긋나지 않을 거라 믿었다. 특히 시부모에게 당당해졌다. 아이도 갖지 못하던 변변치 않은 며느리가 이렇게 멋진 자식을 낳았다고 보여주고 싶었다. 움츠렸던 친정 엄마의 어깨도 한껏 올라갔다. 난임이었던 오 년의 시간을 보상받고 싶었다. 그렇게 동건이를 이용했다.

며칠 동안 앓았다. 몸이 아픈 것이 아니다. 무언가 모를 치밀어 오르는 화를 삭이지 못하고 헤맸다. 진드기처럼 쉽게 떼어내기가 힘들다. 벗어나려 버둥거릴수록 살갗으로 파고든다. 결국, 분풀이의 종착지는 아이다. 아이는 죄인이 되었다. 눈치를 보며 자기 방에서 나오질 않는다. 눈에 띄지 않으려는지 동선이 짧아진다. 꼭 필요한 일이 없으면 거실에는 발을 옮기지 않았다. 차라리 그게 편했다.

어린 시절, 공부하지 않는다고 부모님께서 방 안에 가둔 적이 있었다. 친구들과 노는 것에 흠뻑 빠진 사춘기 시절이다. 집과 학교를 오가며 생활하던 것이 전부였는데 새로운 세상이 있었다.

그날도 시내를 다니다 저녁을 먹을 시간에 집으로 돌아왔다. 분위기가 심상치 않다. 언니가 검지를 이마 옆에 나란히 세운다. 부모님이 화가 났다는 신호를 준다. 무슨 일이지 하고 긴장하는 순간, 부모님의 손에 끌려 방 안으로 들어섰다. 그리고 갇혔다. 월간 학습지를 풀지 않았다는 이유에서다. 망치 소리가 사방을 진동한다. 나무문이 부르르 떤다. 삐걱거리며 무너지지 않으려 안간힘을 쓴다. 부서질 것만 같다. 망치와 함께 날 덮칠 것만 같다. 문에 등을 대고 함께 버텨본다. 밀린 숙제를 끝내기 전엔 나오지 말란다. 책상에는 밀린 학습지가 쌓여 있다.

사랑하는 부모가 가훈인 '정직'을 지키지 않았다는 이유를 대며 가두었다. 학습지를 다 풀었다는 몇 번의 거짓말의 대가다. 다음 날에 학교에 가지 못했다. 그 다음 날도 마찬가지다. 방문을 벗어날 수 있는 때는 식사와 화장실을 갈 때뿐이었다. 결국 요강이 방 안으로 들어왔다. 항복을 선언했다. 학습지를 풀었다. 정답 유무는 상관없다. 여백을 채워야 했다. 종이 위로 눈물과 더불어 많은 것들이 떨어졌다.

또다시 갇혔다. 어린 시절의 방 안보다 더욱 혹독하다. 숙제가 쌓인다. 아픔은 대를 이어가나 보다. 무지하기에 전염시킨다. 어린 시절, 엄마에게 잘 보이려 무진장 애썼다. 아픈 언니와 남동생 사이에서 어떻게든 부각되어야 했다. 경쟁에 앞서야 사랑받을 수 있다고 여겼다. 할 수 있는 것은 공부였지만 어느 순간부터 엄마에겐 당연시되었다. 말 잘 듣는 곰살맞은 딸이 되어보기도 하고, 집안일을 돕기도 했다. 하지만 순위는 늘 세 번째였다.

동건이 역시 어린 시절의 나처럼 노력하고 있었다. 몸부림치며 살고 있다. 이제야 깨닫는다. 사랑이란 이름으로 가두었다. 엄마인 나를 기쁘게 해야 살아갈 수 있음을 학습시킨 긴 아닌가 싶다. 책 읽는 것을 칭찬하고, 음악에 감동하는 모습에 더욱 감동하는 어리석은 엄마에게 사랑받기 위해 안간힘을 다하며 애쓴 건 아닐까. 너의 있는 모습 그대로를 사랑한다는 말에 얼마나 휘둘렸을까.

―영재원에 가고 싶지 않았어.

사과하는 내게 아이가 말했다. 과학자의 꿈은 자기 것이 아니란다. 역사 선생님이 되고 싶단다. 나라를 세운 왕보다 그 옆에서 도운 이들이 궁금하단다. 망치질에 결국 무너진 나 자신을 뒤늦게 발견한다.

영어, 태권도, 미술학원의 수강을 취소했다. 아이가 원하지 않는 것을 끊어냈다. 한동안 아무것도 하고 싶지 않단다. 내가 원하는 삶을 아이가 살고 싶은 건 아니다. 그 역시 선택할 수 있는 자격이 있다. 단지 나이가 나보다 어리단 이유로 인정하지 않았다. 찬찬히 돌아보면 어린 시절의 나 역시 선택을 했다.

하지만 나를 위하는 것이 아니라 타인의 기준에 맞추려 애썼다. 이젠 그만두어야 한다. 자유는 별것이 아니다. 흐르는 물길을 따르

듯 의지대로 살아가면 된다. 그 길이 잘못되어 이어지지 않으면 새로운 물꼬를 트면 된다. 어차피 흘러내린다. 바위에 막혀 흙 속으로 스며들지만 않으면 종내 바다로 나아간다.

아이에게 난 바위였음을 인정한다. 흙 속으로 스며든 물이 증발해버리기 전이길 희망해본다. 나의 욕심임을 비로소 느낀다. 아이가 내 행복의 수단이 되는 어리석은 짓을 그만두려 한다. 어쩌면 내버려두는 것이 동건이에겐 더 필요할지 모르겠다. 놓는 연습이 필요하다. 비우는 훈련이 절실하다. 아이의 선택에 박수를 보내야겠다. 대신하는 삶은 없다. 어차피 행복은 각자의 몫이다.

늘

선택의

기로에
선 다

아침이 분주하다. 잠에서 깨지 않는 아이를 수차례 흔들어댄다. 알람시계라도 된 듯 '일어나.'를 반복한다. 점점 커지는 소리엔 짜증이 서서히 더해진다. 결국, 이불을 들치고 베개를 치운다. 시곗바늘이 바쁘다. 우유에 탄 선식을 먹는 것으로 아침 식사를 대신한 아이는 교복을 껴입고 대문을 나선다. 눈을 마주치며 다녀오겠다고 한다. 아이의 말간 눈동자에 정신없었던 이십여 분이 사라진다. 미소로 잘 다녀오라고 화답한다. 아이 방을 치운다. 커튼을 걷고 침대보를 정리한다. 잠옷을 옷걸이에 건다. 창문을 열어 사내아이의 진한 체취를 지운다.

그제야 목이 마르다. 커피가 필요하다. 커피드립을 머그잔 위에 올린다. 종이필터를 적시며 원두가루의 고소한 향이 서서히 퍼진다. 컵에 물 떨어지는 소리가 반갑다. 피어오르는 수증기가 잦아들길 기다린다. 텔레비전 앞에 앉아 커피를 마셨다. 머그잔의 온기가 손에 전해진다. 귀한 시간이다. 머릿속을 비워낸다. 오직 순간에 집중한다.

선식통 하나, 머그잔 두 개, 밥그릇과 국그릇 수저를 씻는다. 아이에게 큰 소리 내지 않은 것이 참 다행이다. 선식이라도 먹여서 학교에 보내 위안이 된다. 찡그린 얼굴로 배웅하지 않아 안심이다. 다른 상황이었다면 내내 마음이 불편했을 테다. 잠자리를 박차지 못하는 모습에 잔소리가 시작되었다면 어땠을까. 선식은 고사하고 짜증을 내는 아이와 부딪혀야 했을 것이다. 평일 아침마다 아이를 깨우는 것으로 시작되는 이십 여분이 매번 다르다.

스스로 일어날 때까지 기다리지 못하고 깨우는 건 내 선택 때문이다. 진득하게 지켜볼 힘이 없어서다. 오늘처럼 비라도 오는 날에 통학버스를 놓치면 태워줘야 하는 것이 귀찮아서이다. 선식을 먹인 것도, 아이의 방을 치우는 것도 모두 내 선택이다. 누가 하라고 강요하지 않는다. 매 순간 선택의 반복이다. 크고 작은 결정을 하며 하루를 보낸다.

늘 고민한다. 가장 좋은 선택을 위해 결과를 예측하며 여러 가지 경우의 수를 따진다. 찰나의 순간을 위해 경험과 지식을 동원한다. 혼자 결정 내리기 힘들 땐, 주위에 도움을 구하기도 하지만 결국 마지막은 자신이 택한다.

퇴근을 했다. 어지럽게 흩어진 신발을 정리하고 거실로 들어섰다. 교복을 입은 채 소파에 누워 핸드폰을 하고 있는 아이의 모습에 인상이 찌푸려진다. 아침의 말갛던 눈동자는 찾아볼 수가 없다. 쉴 새 없는 빛에 홀려 멍하다.

─핸드폰 좀 그만해라.

결국, 인내심은 세 시간을 넘기지 못했다. 아이가 소파에 엎드린다. 대답이 없다. 상관하지 말라는 무언의 시위다. 다시 몸을 일으켜 앉는다. 그 와중에도 화면에서 시선을 놓지 않는다. 200그램 정도의 가벼운 물건이지만 몇 시간을 들고 있으면 팔이 아플 터인데 아랑곳하지 않는다. 핸드폰 사용을 계속 저지하면 어떤 경우가 발생할까? 말다툼, 텔레비전 시청, 거실에서 자기 방으로 장소 이동, 이른 취침 등 정도가 아닐까. 어차피 내가 원하는 행동은 없을 것이다. 몇 번의 경험에 차라리 입을 닫는다.

선택에는 용기가 필요하다. 그 후에 오는 것들을 감내해야 한다. 무언가를 골랐다고 그것으로 끝이 아니다. 이젠 또다시 소파에서 핸드폰과 함께 뒹구는 아이를 지켜봐야 한다. 그리고 끓어오르는 짜증을 아이에게 내색하지 않아야 한다. 그럴 자신이 없다면 또 다른 선택이 필요하다. 안방으로 걸음을 옮긴다.

아이가 안방으로 들어선다. 핸드폰 배터리가 다했는지 충전기에 손을 뻗는다. 충전은 안방에서만 할 수 있다는 규칙이 아이의 손에 자유를 줬다. 아니, 그 자유는 사실 나를 위한 것이다. 내 마음의 자유를 위해서다. 몇 달 전, 충전기의 거취를 정할 때도 여러 가지 중에 택했다. 밤새 핸드폰 사용을 하는 것만은 막고 싶어 핸드폰 사용 시간 간섭하지 않기, 잠금장치 설정, 절대로 핸드폰을 만지지 않기를 약속하고 안방에 충전기를 두는 것에 합의했다.

솔직히 약속을 지키는 것이 힘에 부칠 때가 종종 있다. 핸드폰을 들여다보며 밥을 먹는 아이에게서 기계를 뺏어 창밖으로 던지고 싶다. 화장실에 갈 때도 손에 놓지 못하는 경우에는 변기에 처박고 물을 내려버리고 싶기도 하다. 참는다. 내 책임을 다하면 아이 역시 충전 중에는 사용하지 않는 것으로 자신의 선택에 책임을 지기에. 이 세상 모든 핸드폰이 없어져야 벗어날 굴레다. 핸드폰 제조회사를 책망해댄다.

하지만 알고 있다. 핸드폰을 아이 손에 쥐여준 것도, 현재를 똑바로 마주하지 못하는 것도 모두 내 책임이다. 그때로 돌아간다면 다른 선택을 할까?

한 시간 내내 전화기가 울렸다. 낯선 숫자다. 지속적인 진동을 느꼈지만 받을 수는 없는 노릇이다. 수업이 끝나고서야 여섯 번이 찍힌 하나의 수신번호를 확인할 수 있었다. 그 밑에는 남편의 번호도 여러 통이다. 뭔가 심상찮다. 남편에게 전화했다.

—여보, 지금 대우병원이다. 동건이가 계단을 내려오다가 굴러서 머리를 다쳤다. 행인이 발견해서 전화했더라. 지금 검사는 다했고 결과 기다리는 중이다.

손이 떨렸다. 지금 난 병원에 있어야 했다. 한 시간 전으로 되돌리고 싶었다. 전화를 받았더라면 아이 혼자 힘들어하지 않았을 것이다. 낯선 이에게 불러준 엄마의 전화번호가 무용지물이 되었을 때 아이가 느꼈을 공포와 상실감이 얼마나 컸을지 상상도 되지 않는다. 얼굴을 타고 내리는 눈물과 피를 손으로 훔치는 것 외에는 할 수 있는 것이 없었으리라. 손으로 가슴팍을 내리쳤다. 눈물 때문에 운전을 어떻게 했는지 모르겠다. 아이는 병상에 누워 있었다. 갈아입지 못한 옷에서 그때의 긴박한 상황을 볼 수 있었다. 노란 티셔츠가 붉게 물들어 있었다. 미처 닦지 못해 말라붙은 피가 머리카락 여기저기에 있었다. 이마를 감싼 붕대 역시 제 색깔을 잃었다. 함께 울었다. 할 수 있는 일이라곤 그뿐이었다.

핸드폰을 사서 아이의 목에 걸어주었다. 두 번은 겪게 하고 싶지 않았다.

사람이 참 간사하다. 핸드폰을 아이의 보모처럼 의지할 때도 있었는데 지금은 도리어 원망을 하고 있다. 환경에 따라 손바닥 뒤집듯이 마음이 달라진다. 모든 것이 좋을 때만 있는 것이 아닌데 호시절만 이어지길 바란다. 핸드폰으로 괴로운 지금도 그때의 선택이 최선이었다는 것을 부정할 수는 없다. 휴대폰 매장을 그냥 지나칠 수가 없었을 것이다.

　한참 충전 중인 핸드폰을 쳐다본다. 얘가 무슨 죄가 있을까! 여러 번의 부서질 위기도 모른 채 제 할 일에 충실할 뿐이다. 선택의 기회조차 없다. 사용되고 버려질 뿐이다. 온기 하나 없는 기계덩어리에 연민이 느껴진다.

행복은
불행이
만들지만,

불행도
행복이 만든다

마흔네 해를 살아왔다. 어린이집에 가지 않겠다고 떼를 쓰던 동건이가 벌써 중학생이 되었다. 하루하루 시간은 흐른다. 영원할 것만 같았던 순간들이 어느새 기억 속에 묻혔다. 이젠 소가 여물을 되새김하듯 끄집어내고 토해야 겨우 수면 위로 잔상이나마 떠오른다.

― (아, 이런 일이 있었지!)

어느 순간, 삶은 무한 반복되고 있다. 비슷한 시간에 기상해서 남편과 아이를 직장과 학교에 보낸 후, 수업 준비를 한다. 오후 한 시 즈음에 출근해서 다섯 시 언저리에 집으로 돌아온다. 저녁 식사 준비를 하고, 일곱 시에 밥을 먹는다. 처음으로 세 명이 한자리에 모이는 시간이다. 여덟 시 정도가 되면 남편은 운동을 가고, 아들은 자기 방으로 들어간다. 열 시에 남편이 돌아오면 다시 가족이 모여 밤참을 먹으며 저녁 식사 때 못했던 이야기를 마저 한다. 열두 시 전후에 불을 끄고 잠자리에 든다. 다음 날, 복사된다. 또 다음 날, 또 복사된다.

수없이 반복되는 하루가 365번 꽉 찬다. 일 년을 살게 된다. 어쩌면 지루함의 연속이다. 로봇이라면 Ctrl+V에 대한 불만이 쌓이지 않을 터이다. 숨이 턱 막힌다. 아니, 어쩜 굴곡 없는 일상이 가져다주는 평안함에 안주하여 만족할 수도 있을 것도 같다. 잔잔한 바다에 바람이 일으키는 위험한 몸짓을 피해 갈 수도 있겠다.

다행일까? 아닐까? 의구심은 언제나 끝이 없다. 하지만 그 의심은 이내 사라진다. 그런 삶이 없다는 것을 누구보다 잘 알고 있기 때문이다. 표면적으로 똑같아 보이는 때와 장소는 등장인물과 상황에 따라 유동적으로 변한다. 어느 가수가 불렀다. '내 삶을 그냥 내버려 둬 더 이상 간섭하지 마.' 간섭하는 누구에 의해서 그리고 내버려 두어지지 않는 상황에 따라 일정하게 배분된 일분일초가 변화무쌍해진다. 자의든 타의든 말이다.

잠자리에 들기 전, 하루를 곱씹어 본다. 어둠이 익숙해지기 전에 눈을 감고 가장 인상 깊었던 사건을 떠올려본다. 오브제가 되어 24시간을 대표한다. 비슷할지언정 일 년 내내 같지가 않다. 365개의 각기 다른 하루다. 20년 이상을 함께 한 남편조차도 표정이 시시각각 변한다. 더 이상 별다른 게 없을 거라 치부한 그에게서 또 다른 향기를 맡는다. 그렇게 살아간다. 아니, 살아가나 보다.

평균수명(대한민국 여성 평균수명 85.4세)의 반 이상을 살아왔다. 누구에게는 무례하게 들릴지 모르겠지만 살아갈 날보다 죽을 날이 더 가깝다. 숫자놀음이지만 살아온 만큼의 세월을 또 살아가야 한다. 난 지금 어디쯤 왔을까? 씨앗을 심으면 싹이 돋는다. 어떻게 커갈지 신경을 쓰며 거름과 물을 주며 보살핀다. 꽃을 피워낼 때까지 조바심을 낸다. 열매는 맺는 순간, 환희의 탄성을 터뜨린다. 제 할 일을 다 한 식물은 당연한 듯, 땅으로 귀의하는 수순을 밟는다.

지금 난 꽃을 피워냈을까? 혹 열매를 맺은 건 아닐까! 생각해본 다. 내 삶의 꽃은 무엇이며 열매는 뭘까? 기준조차 모호하다. 종족 번식을 최우선으로 여기자면 열매를 맺었다. 거창하게 인류의 존 속을 운운한다면 책임을 다했다. 돌을 던질 수 있는 자, 던지라고 말할 수 있다. 난임을 판정받고 인공수정, 시험관 등 할 수 있는 모 든 방법을 동원해 씨를 유지할 수 있는 터는 남겼다.

하지만 그것만이 내 삶을 단정 짓기엔 가엾다. 허망하다. '내 삶 의 주인공은 바로 내가 돼야만 해!', 나의 삶에 등장하는 수많은 인 물 중 '나'는 조연이 아닌 주연으로 우뚝 서야 한다. 서러움이 가신 다. 85.4세의 생을 다 할 때, 편하게 눈을 감을 수 있을 것이다.

삶은 여전히 행복과 불행을 넘나든다. 어느 순간이 행복이고, 불행인지 정의하기조차 모호할 때가 많다. 마냥 행복하다고 느낀 순간이 불행을 이끌고, 불행의 나락에 빠져 더 이상 삶을 지속하기 힘들다고 느끼는 찰나 속에서도 수시로 바뀌는 바람결처럼 행복이 따라온다.

2016년, 아이가 흔히 말하는 왕따를 당해 일 년을 힘들게 보냈다. 그 시기, 난 또 한 번의 교통사고로 허리가 다시 무너졌다. 한발 내 디딜 때마다 발끝에서 온몸으로 전이되는 통증에 치를 떨었다. 고통 에 짐승처럼 울부짖었다. 진통제 없이는 한 시간도 견딜 수 없었다. 남편에게도 위기가 닥쳤다. 20년 가까이 몸담았던 직장이 각종 비리 와 문제로 파산위기까지 내몰렸다. 그 외에도 자잘한 문제들이 연 이어 터졌다. 더 이상 감당하지 못할 거라 여긴 순간에도 또다시 불행은 이어졌다. 어떡하지 하는 말조차도 사치로 여겨졌다. 하지 만 일분일초가 다르게 지나가듯 '힘듦'으로만 채워진 것은 아니었다. 동건이가 여전히 건강하게 곁에 있는 것이 감사했다. 참혹했던 사고에서 살아남아 다행히 삶을 이어간다. 남편 역시 연봉이 확연하게 낮춰졌지만, 퇴직의 홍수에서는 빗겨갔다.

행복과 불행은 늘 함께한다. 그 사이에서 허우적대지만 않으면 된다. 늘 평온한 바다를 꿈꾸지만 그뿐이다. 어차피 바람은 늘 우리를 따라다닌다. 잔잔한 파도에서 시작되는 태풍의 거대한 물살을 잘 헤쳐나가는 방식을 익힌다면 불행은 어느새 곤두박질칠 것이다.

곧장 뻗어 나가는 인생의 수직선에서 반을 통과한 지금에서야 깨닫는다. 수영으로, 보트를 이용할 수도 혹은 파도 자체를 즐기는 서퍼로, 각자의 방법으로 나아간다면 말간 하늘을 볼 수 있다는 것을 말이다. 이내 포기해 바다 밑으로 가라앉지만 않으면 된다.

행복과 불행은 '선택'하는 자의 손에 달려 있다. 컵에 담긴 물을 보고 '반이나 담겼네.' 혹은 '반밖에 없네.' 하는 마음가짐은 오로지 본인만이 선택할 수 있다. 누구나 쉽게 내뱉을 수 있는 말이지만 그 선택의 결과는 현저하게 다르다. 그 결과에 관한 책임 역시 누구가 아닌 각자의 몫이다.

누구 때문에 그리고 어떤 상황 때문에 컵에 담긴 물이 반밖에 없다는 변명은 순간을 편하게 모면해주는 임시방편일 뿐, 해답은 되지 못한다. 자신을 스스로 미워하지 않으려 벽을 쌓은 것일 뿐이다. 그 책망은 본인에게 결국 돌아간다. 애써 지우고 감추어도 변하지 않는다.

아직까지도 어떤 일이 생기면 '탓'으로 돌리고 싶다. 온전히 내 선택으로 받아들이기엔 버겁다. 아니, 버거울 때가 있다. 유혹에 흔들리는 자신을 스스로 다잡는다. 반복하는 연습이 필요하다. 그렇다고 이젠 더 이상 '나 때문에 일이 이렇게 되었다.'라고 자책하지는 않는다. 어린 시절, 옭아매던 '너 때문이야!'의 굴레에서는 벗어났다. 척박했던 엄마의 삶에 연민을 느낄 뿐이다.

'탓'보단 선택을 한다. 그 선택이 가져다줄 결과에 관한 책임을 온전히 지려 한다. 51퍼센트의 행복에 집중한다. 어차피 100퍼센트의 행복은 없다. 49와 51처럼 경계선조차 모호한 건 아닐까! 저울의 눈금이 흔들리는 순간, 신중해진다.

선택에 오류가 있다면 다시 선택하면 된다. 끊임없는 갈림길에서 행복할 수 있는 최선의 길에 발걸음을 옮긴다. 살아가는 내내 반복될 것임을 안다. 미리 겁내거나 얄팍하게 계산하지 않고 변명 없이 한 걸음 한 걸음 무게를 실어 걸어가면 된다. 내 '덕'이 되는 순간, 짜릿함에 온몸이 떨려온다. 머리부터 발끝까지 진율이 흐른다. 탓을 물리칠 수 있는 가장 큰 힘이리라.

남은 내 인생이 궁금하다. 수많은 갈림길 중 행복으로만 갈 수 있는 지름길은 없다. 모래사막에 바늘 찾기다. 서울에서 김 서방을 부르는 격이다. 그렇다고 모래 한 알, 한 알 허투루 지나치지 않고 예민하게 반응하며 걸음을 옮기기엔 연륜이 한참이나 부족하다. 단지 신기루에 혹하지 않고 묵묵히 앞으로 나아갈 뿐이다.

간혹 나오는 오아시스에 감사하며 수통에 물을 채워 갈 뿐이다. 뜨거운 태양을 탓하지도, 기운을 소진한 낙타를 채찍질할 필요도 없다. 불어오는 모래에 지워지는 길을 숱하게 걸어갈 뿐이다. 아직 그 끝에 행복과 불행 중 뭐가 있는지 모른다. 하지만 내가 가는 이 길이 행복과 불행 사이임은 확신한다. 삶은 여전히 행복과 불행 사이에 놓여 있다. 그 둘은 늘 서로를 놓지 못한다. 언제나 맞물린다.

용
기

내기

"지금 저를 뽑아주지 않으면 내년에도 그리고 후 내년에도 다시 저를 보게 될 것입니다. 그런 수고가 없었으면 합니다."

비로소 두 명의 교수와 온전히 눈을 마주했다. 마지막으로 하고 싶은 말을 하라는 면접 질문에 대한 답이다.

새롭게 시작하기로 마음먹었다. 결혼하는 순간부터였을까? 아니, 어쩌면 그 이전일 수도 있겠다. 삼종지도, 고리타분한 이야기다. 여자가 따라야 할 세 가지 도리다. 어려서는 어버이께 순종하고, 시집가서는 남편에게 순종하고, 남편이 죽은 뒤에는 아들을 따른다. 말도 안 된다고 치부했었는데 저도 모르게 흉내 내고 있었다. 유교사상의 잔재가 세습되던 엄마 세대에서나 가능한 거라고 여기며 거부했었는데 아이러니하다.

난 소위 X세대로 불리는 시대를 살았다. '요즘 젊은 것들은⋯.' 하는 소리를 종종 들었다. 그럼에도 불구하고 벗어나지 못했다. 삼종지도에 물든 엄마에 의해 키워져서일까? 아니면 그렇게 살아가길 원하는 시부모님과 남편의 보이지 않는 강요에 의해서일까? 사회 분위기일 수도 있겠다. 길든 것일까!

—나에게 꽃이 되어 준 그 장미꽃은 한 송이지만, 수백 송이의 너희
들보다 나에겐 중요해. 왜냐하면, 그 꽃은 내가 직접 물을 주고, 유
리 덮개를 씌우고, 바람막이를 세워주고 (…) 그리고 투덜댄다거나
뽐낼 때, 심지어 토라져 아무 말도 안 할 때도 나는 귀를 기울여 주
었어. 그건 바로 내 장미꽃이니까.

—언제나 네가 길들인 것에 대해선 책임을 져야 해. 왕자야, 너는 네
가 길들인 장미에 대해 책임이 있는 거야. (출처 : 『어린 왕자』, 앙투안 드 생텍
쥐페리 저, 지식의 숲)

왕자와 여우의 오가는 말이 폐부를 찌른다. 길든 삶에 책임은
필요가 없었다. 그것은 날 길들인 사람들의 몫이었다.

가까스로 일종지도에서 멈추었다. 엄밀히 말하면 1½종지도랄
까. 하마터면 여전히 종속된 삶일 뻔했다. 내 인생의 주체가 어버
이에서 남편으로 이어질 뻔했다. 항상 선택했지만 가장 쉬운 선
택을 한 것은 언제나 나였다. 책임지고 싶지 않았다. 원망만 하면
됐다.

자신을 사랑해야 한다는 아주 기본적인 것을 깨달았다. 그래야
자립할 수 있다. 주체가 되어 인생을 선택하고 설계할 수 있다. 후
회하지 않는 삶을 살 수 있다.

종속된 삶에서 진정한 행복을 찾기란 힘들다. 살아내기조차 버
겁다. 스스로의 어깨를 토닥일 수 있는 것도 힘이 있어야 한다. 타
인의 판단에 좌지우지되는 것은 이미 행복에서는 멀어지는 것이
다. 나에게 집중하기로 했다. 24시간을 전부 채우진 못하겠지만,

남편과 아이가 내 이름 앞에 붙는 수식어가 되진 않게 해야겠다.

어쩔 수 없이 해야만 하는 일이 아니라 내가 진정으로 하고 싶은 일이 뭘까에 대해 고민했다. 그 일로 어떻게 살아갈지 미래를 그려보기도 했다.

초등학교 때의 꿈은 수시로 변했다. 가장 오래 간직한 것은 현모양처였다. 동화책 속의 여자 주인공은 사랑하는 남자를 만나 결혼하면 행복해진다. 나도 백설공주나 신데렐라처럼 멋진 왕자를 만나기만 하면 될 것 같았다. 중학교 때부터는 꿈이 사라져갔다. 현실에 타협하기 시작했다. 무엇이 되고 싶은가가 아닌 무엇이 될 수 있을까에 집중했다. 대학을 졸업하고 직장을 구할 때도 단순했다. 하고 싶은 일이 없었기에 할 수 있는 일을 택했다.

반평생을 살아온 지금에서야 오롯이 해보고 싶은 일이 생겼다. 처음부터 시작해야 한다. 가진 게 아무것도 없다. 이전부터 사람들의 심리를 엿보는 것이 재미있었다. 같은 상황인데도 사람들의 생각은 각기 달랐다. 성별, 나이, 생활환경 등에 따라 천차만별인 점이 흥미를 끌었다. 같은 장면을 보고 웃는 사람이 있지만, 눈물을 보이는 이도 있다. 보편적이란 단어가 힘을 잃기도 한다. 무엇보다 온전한 '나'가 되고 싶다.

인근에 있는 교육대학원에 교육학 석사과정인 '교육심리 및 교육상담'에 지원했다. 주위의 몇 명에게만 알렸다. 전폭적인 지지를 보낸 사람은 친정엄마뿐이었다. "하고 싶다면 해야지." 하고 응원해준 남편이 그 뒤를 따른다. '왜' 하고 의문을 품는 이가 대부분이었다. 지금 하는 일도 있는데 굳이 새로운 공부를 다시 하는 이유를 물었다. 재미와 흥미 그리고 자애심을 답하는 나를 이상하게 쳐다본다. 밥벌이에 도움이 되지 않는다는 이유에서다. 굳이 그들을 설득시키지 않았다.

　면접을 보는 당일, 교수가 물었다.

　—왜 이 공부를 선택했나요?

　예상한 질문이다. 준비한 답을 할지 혹은 진심을 말할지 순간
고민했다.

　—첫째, 저를 위해서입니다. 행복하게 살고 싶어서입니다……

　맞다. 난 행복하게 살고 싶다. 합격하기 위해 준비한 두 가지의
이유도 나열했지만, 첫 번째에 모든 답이 들어있었다.
　마뜩잖은 표정을 짓는 교수를 뒤로하고 면접장을 나왔다. 최선
을 다했기에 후회는 없다. 기대하는 결과를 기다릴 뿐이다. 하루하
루가 지독히도 길지만 싫지만은 않다.

70억 개의 얼굴

반평생을 살아왔다. 아직 배울 것도, 느낄 것도 많다. 미완의 삶에서 누구에게 이렇다, 저렇다 하고 조언할 수 있는 주제도 못 된다. 단지 체감한 순간 순간을 기록으로 남겼다. 마냥 정리하고 싶었다. 아니, 필요했다. 타인에게 보여주기 위해 포장하지 않았다. 시시때때로 변하는 가면을 벗어 던졌다. 날것 그대로 드러냈다. 오랜만의 민낯이 생소하지만 후련하기도 하다. 켜켜이 쌓인 묵은 때를 벗겨 냈다. 어리석었지만 안쓰럽기도 했던 자신을 위로해본다. 나를 안타깝게 주시했던 이들의 고마움도 새삼 느꼈다.

누구나 비슷한 듯 다른 삶을 살아가고 있다. 출생에서 유년, 청소년, 청년, 장년, 노년, 그리고 죽음이 사이클을 벗어나진 못한다. 하지만 하루하루의 시간은 다르다. 같은 일분일초가 없다. 행복 역시 그러하다.

'행복'이라는 이름은 누구나 같지만 기준은 각자 다를 터이다.

필자가 정의 내리는 행복은 선택에 따른 결과를 남 탓하지 않는 것이다. 결과가 어찌 되었든 자기 스스로 책임지면 된다. 다시 선택의 순간이 왔을 때 성장한 자신을 느낄 수 있을 것이다. 용기를 내면 낼수록 행복해진다. 이젠 주체가 되어 뜻대로 살아갈 시간이 기대된다. '행복한'이란 형용사를 삶 앞에 턱 하니 놓고 싶다.

당신의 행복은 무엇인가? 타인의 기준에 흔들리지 말길. 불행의 시작점이 될 수 있다. 행복은 70억 명의 얼굴처럼 각자의 정의로 표현될 터이다. 불행 역시 마찬가지다. 삶에서 행복과 불행은 양날의 검처럼 피할 수 없다. 행복과 불행, 행복에 한 걸음 다가가기 위해 살아가길 바란다. 어차피 행복은 70억 개의 각기 다른 얼굴이다. 이젠 용기를 내자. 그렇게 삶을 살아가자.

물비늘은 없다

떨리는 마음으로 명단을 눈으로 읽어내렸다. 면접 때만 해도 대기실엔 제법 인원이 많았다. 서로의 체온으로 그곳을 데웠다. 그런데 단 열 명만이 합격의 기쁨을 누릴 뿐이다. 여덟 번째에 '박○경'이 있다. 용기 내었던 길로 갈 수 있게 되었다.

또 다른 시작이다. 여태 경험해보지 못한 일이다. 잘해낼 수 있을지에 대한 고민은 나중이다. 백지는 채워나가면 된다. 어차피 무엇이 되기 위해 선택한 것이 아니다. 더욱 행복해지기 위해서다. 지금, 그러하다. 그래, 이거면 된다.

중년의 초입에서야 깨닫는다. 태양에 반사된 물비늘의 삶이었다. 태양 빛이 내 것인 양했다. 스스로 발광하지 못하고 태양 빛에 연신 반짝였다. 제 주인을 놓칠세라 길게 늘어서며 몸집을 불리기에만 연연했다. 작은 구름조각에도 퇴색되는 처지에 안달했다. 그런 시간이었다. 뼈가 으스러지는 자궁의 좁은 길을 망각한 채 타인에 의지했다.

여전히 엄마로, 아내로, 딸로, 며느리로 살아가고 있다. 하지만 이젠 이것들이 '나'를 앞서진 못한다. 내가 행복해야 그 외 역할에 충실할 수가 있다. 아이가 공부를 잘하는 것, 남편이 승진하는 것, 부모님의 건강이 나에게 진정한 행복을 주지 못한다는 것을 이제 알았다. 그들의 행복이다. 인생에서 물비늘은 없다. 태양의 역할은 정해져 있는 것이 아니다. 누구나 태양이다. 스스로 빛나는 삶이다. 알아차리면 된다.

내 인생의 2막 중후반부와 3막은 행복만 가득하길 희망해본다. 화려한 3막이 막을 내릴 때, 내 삶을 지켜본 이들에게 행복했노라 하며 인사하고 싶다.

제9요일
이봉호 지음 | 280쪽 | 15,000원

4차원 문화중독자의 창조에너지 발산법 창조능력을 끌어올리는 '세상에서 가장 쉽고 가장 즐거운 방법들'을 소개했다. 제시한 음악, 영화, 미술, 도서, 공연 등의 문화콘텐츠를 즐기기만 하면 된다. 파격적인 쉼뿐 아니라 업무력까지 저절로 향상되는 특급비결을 얻을 수 있다. 무한대의 창조에너지가 비수처럼 숨어 있는 책이다.

광화문역에는 좀비가 산다
이봉호 지음 | 240쪽 | 15,000원

4차원 문화중독자의 탈진사회 탈출법 대한민국의 현주소는 좀비사회 1번지! 천편일률적인 탈진사회의 감옥으로부터 유쾌하게 탈출하는 방법을 담고 있다. 무한속도와 무한자본, 무한경쟁에 함몰된 채 주도권을 제도와 규율 속에 저당 잡힌 우리들의 심장을 향해 날카로운 일침도 날린다.

나는 독신이다
이봉호 지음 | 260쪽 | 15,000원

자유로운 영혼의 독신자들, 독신에 반대하다! 치열한 삶의 궤적을 남긴 28인의 독신이야기! 자신만의 행복한 삶을 창조한 독신남녀 28人을 소개한다. 외로움과 사회의 터울 속에서 평생을 씨름하면서도 유명한 작품과 뒷이야기를 남긴 그들의 스토리는 우리의 심장을 울린다.

H502 이야기
박수진 지음 | 284쪽 | 15,000원

희로애락 풍뎅이들의 흥미진진한 이야기 인간이 만든 투전판에서 전사로 키워지며, 낙오하는 즉시 까마귀밥이 되는 끔찍한 삶을 사는 장수풍뎅이들. 주인공인 H502는 매일 살벌한 싸움을 하는 상자 속에서 힘을 키우며 강해지고 단단해지는 비법을 전수받는다. 그러던 어느 날 상자 밖으로 탈출할 절호의 기회가 찾아와 목숨을 거는데 과연 성공할 수 있을까.

나쁜 생각
이봉호 지음 | 268쪽 | 15,000원

자신만의 생각으로 세상을 재단한 특급 문화중독자들 세상이 외쳐대는 온갖 유혹과 정보를 자기식으로 해석, 재단하는 방법을 담았다. 피카소, 아인슈타인, 메시앙, 르코르뷔지에, 밥 딜런, 시몬볼리바르, 전태일, 황병기, 비틀스, 리영희, 마일스 데이비스, 에두아르도 갈레아노, 뤼미에르 형제, 하워드 진, 미셸 푸코, 마르크스, 프로이트, 다윈 등은 모두 '나쁜 생각'으로 세상을 재편한 특급 문화중독자들이다. 이들과 더불어 세상에 저항했고 재편집한 수많은 이들의 핵 펀치 같은 이야기가 펼쳐진다.

그는 대한민국의 과학자입니다
노광준 지음 | 616쪽 | 20,000원

황우석 미스터리 10년 취재기 세계를 발칵 뒤집은 황우석 사건의 실체와 그 후 황 박사의 행보에 대한 기록. 10년간 연구를 둘러싸고 처절하게 전개된 법정취재, 연구인터뷰, 줄기세포의 진실과 기술력의 실체, 죽은 개복제와 매머드복제 시도에 이르는 황 박사의 최근근황까지 빼곡히 적어놓았다.

대지사용권 완전정복
신창용 지음 | 508쪽 | 48,000원

고급경매, 판례독법의 모든 것!　대지사용권의 기본개념부터 유기적으로 얽힌 공유지분, 공유물분할, 법정지상권 및 관련실체법과 소송법의 모든 문제를 꼼꼼히 수록. 판례원문을 통한 주요판례분석 및 해설, 하급심과 상고심 대법원 차이, 서면작성 및 제출방법, 민사소송법 총정리도 제공했다.

음악을 읽다
이봉호 지음 | 221쪽 | 15,000원

4차원 음악광의 전방위적인 음악도서 서평집 40　음악중독자의 음악 읽는 방법을 세세하게 소개한다. 40권의 책으로 '가요, 록, 재즈, 클래식' 문턱을 넘나들며, 음악의 신세계를 탐방한다. 신해철, 밥 딜런, 마일스 데이비스, 빌 에반스, 말러, 신중현, 이석원을 비롯한 수많은 국내외 뮤지션의 음악이야기가 담겨있다.

남편의 반성문
김용원 지음 | 221쪽 | 15,000원

"나는 슈퍼우먼이 아니다"　소통 없이 사는 부부, 결혼생활을 병들게 하는 배우자, 술과 도박, 종교에 빠진 배우자, 왕자녀 군림하고 지시하는 남편, 생활비로 치사하게 굴고 고부간 갈등 유발하는 남편. 결혼에 실패한 이들의 판례사례를 통해 잘못된 결혼습관을 대놓고 파헤친다. 결혼생활을 지키기 위해 알아야 할 기본내용까지 촘촘히 담았다. 기본 인격마저 무너지는 비참한 상황에 놓인 부부들, 막막함 속에서 가족을 위해 몸부림치는 부부들 이야기까지 허투루 볼 게 하나 없다.

몸여인
오미경 지음 | 서재화 감수 | 239쪽 | 14,800원

자녀와 함께 걷는 몸여행 길!　동의보감과 음양오행 시선으로 오장육부를 월화수목금토일, 7개의 요일로 나누어 몸여행을 떠난다. 몸 중에서도 오장(간, 심, 비, 폐, 신)과 육부(담, 소장, 위장, 대장, 방광, 삼초)가 마음과 어떻게 연결되고 작용하는지 인문학 여행으로 자세히 탐험한다. 큰 글씨와 삽화로 인해 인체에 대해 궁금해하는 자녀에게 쉽고 재미있게 설명해줄 수 있다.

대통령의 소풍
김용원 지음 | 205쪽 | 12,800원

인간 노무현을 다시 만나다! 우리 시대를 위한 진혼곡　노무현 대통령을 모델로 삶과 죽음의 갈림길에 선 한 인간의 고뇌와 소회를 그렸다. 대통령 탄핵의 실체를 들여다보고 우리의 정치현실을 보면서 인간 노무현을 현재로 불러들인다. 작금의 현실과 가정을 들이대며 역사 비틀기와 작가적 상상력으로 탄생한 정치소설이다.

어떻게 할 것인가
김무식 지음 | 237쪽 | 12,800원

나를 포기하지 않는 자들의 자문법　절대 포기하지 않고 끈질기게 도전하면서 인생을 바꾼 이들의 자문자답 노하우로 구성하였다! 정상에 오르기 위해 스스로를 연마하고 자기와의 싸움에서 승리한 자들의 인생지침을 담은 것 포기하지 않는 한 당신에게도 기회가 있다. 공부하고 안내하면서 기회를 낚아챌 준비를 하면 된다. 당신에게도 신의 한 수는 남아 있다! 이 책에 그 방법이 담겨있다.

탈출　신창용 지음 | 221쪽 | 12,800원

자본과 시대, 역사의 횡포로 얼룩진 삶과 투쟁하는 상황소설　자본의 유령에 지배당하는 나라 '파스란'에서 신분이 지배하는 나라인 '로만'에 침투해, 로만의 절대신분인 관리가 되고자 진력하는 'M'. 하지만 현실은 그에게 등을 돌리고 그를 비롯한 인물들은 저마다 가진 존재 의 조건으로부터 탈출하려고 온몸으로 발버둥치는데… . 그들은 과연 후세의 영광을 위한 존재로서 역사의 시간을 왔다가는 자들인가 아닌가…

흔들리지 않는 삶은 없습니다　김용원 지음 | 187쪽 | 12,800원

나의 삶을 지탱해주는 것들 100　삶을 끝까지 지속하게 하는 100가지 이야기! 세상으로부터 상처받고 좌절하며 심하게 흔들렸지만, 그 흔들림으로부터 얻은 소소한 깨달음을 기록했다. 몸부림치며 노력했던 발자취를 짧고 간결한 글과 사진으로 옮겼다. 세상을 돌아가게 하는 공공연하면서도 은밀한 암호들에 대해 해독하는 방법도 깨칠 수 있다.

하노이 소녀 나나　초이 지음 | 173쪽 | 11,800원

한국청년 초이와 베트남소녀 나나의 달달한 사랑 실화!　평범한 가정에서 평범하게 자라 평범한 30대 중반의 직장인, 평범한 생활, 평범한 스펙, 평범한 회사에 다니다가 우연히 국가지원 프로젝트를 맡으면서 베트남 생활을 하게 된다. 아이 같은 아저씨와 어른 같은 소녀의 조금 은 특별한 이야기. 서울과 하노이… 서른여섯, 스물셋…. '그들 사랑해도 될까요?'

아내를 쏘다　김용원 지음 | 179쪽 | 11,800원

잔인한 세월을 향해 쏘아 올린 에피소드 67　젖먹이 아이와 아내를 홀로 두고 뜻하지 않 게 군에 간 남자가 아내에게 쓴 손편지들을 모아 엮었다. 닫혀버린 시간 속에서의 애절함이 깃든 이야기들은 넉넉한 쉼과 위로를 안겨줄 것이다. 편지가 주는 그리움의 바다에 빠져볼 것을 강력히 권해본다.

탈출, 99%을　신창용 지음 | 331쪽 | 14,800원

언제까지 1%갑에게 찢길 것인가?　예민한 현실의 정치, 권력, 경제 속 깊이 들어간다. 세 상을 지배하는 영역인 정치·권력·경제 세계에 눈을 감거나 지나친 방론에 머무는 자는 누 구일까? 주인공 'M'과 이야기를 이끄는 '파비안', 그들은 자본권력과 '1%갑'의 폭력에 순치 되거나 살아남으려 무던히도 애쓰는데….

조물주위에건물주　신창용 지음 | 95쪽 | 4,800원

우리나라를 뒤흔드는 뜨거운 이슈들　정치무관심·외면, 재벌지배자, 권력자 팟캐스트, 일 자리·일거리, 비정규직·영세자영업, 기회·결과의 평등, 사회안전망, 세월호, 미투, 촛불혁명, 김광석, 선거, 남북, 미국, 1가구1주택·감면, 헌법, 법언까지 우리나라에서 큰 이슈였던 주제 를 재료로 소환했다. '1% 갑 : 99%을'의 삶을 구속하고 이 땅을 지배하는 것들에 대한 단상 들이 냉정한 논조로 펼쳐진다.

나는 강사다 　한경옥 지음 | 219쪽 | 14,800원

주부 한경옥의 강사도전　꿈도 비전도 없던 주부가 쉰이 넘어 강사가 되겠다고 꿈을 꾸면서 겪은 좌충우돌 경험을 엮었다. 늦깎이 만학도의 길을 걸으며 강사의 꿈을 갖게 된 계기부터, 절대 긍정녀가 된 사연, 인생의 터닝포인트가 된 사건, 대중 앞에 서는 매력을 안겨준 사건들, 그리고 강사로서 두려움을 극복하는 법, 강의력을 끌어올리는 법, 청중과 호흡하는 법, 프로강사가 갖춰야 할 자세, 강사로 사는 삶까지 풍성한 이야기들로 가득하다.

나는 더 이상 끌려다니지 않기로 했다 　김종삼 지음 | 227쪽 | 14,800원

내 주머니에 꽂은 빨대처리법　'옛날보다 살기가 더 어려워!' 삶은 더 풍요로워졌는데 사는 게 힘에 부친다. 지난 30년간 우리는 무슨 일을 한 걸까? 인터넷과 스마트폰, 자본주의 독주, 지방자치단체 등장은 우리를 성장시켰지만 힘들게 한 주범이다. 혁신이 준 편리함과 기득권 정치인의 달콤한 말에 끌려다니면서 목줄이 채워졌다. 우리에게 채워진 목줄과 꽂은 빨대를 제거할 때다. 그 비밀이 담겨있다. 무작정 끌려다니는 사람이 없는 세상을 꿈꾼다.

청와대로 간 착한 농부 　최재관 지음 | 202쪽 | 15,000원

청와대 비서관 출신 농민운동가의 맛있는 수필집　청와대 농어업비서관 시절, 문재인 대통령은 도와 쌀값안정, 대통령 직속 농특위 출범, 우리밀 전량수매와 공공급식 확대, 직불제 개편 등 굵직한 현안들을 결과로 풀어낸 '착한 농부', 최재관 전 청와대 농어업비서관이 쓴 수필집. 문재인 대통령과의 일화들도 보는 재미를 더한다.

살아야 판다 　강대훈 지음 | 331쪽 | 16,800원

해외영업 성공사례 140　25년간 세계 곳곳을 누비며 수백 개 상품을 수출한 경험을 재미있게 쏟아냈다. 회사와 나를 살리는 '알짜배기 생존기술 140개'를 담은 것. 제품과 서비스를 해외시장에 파는 굿 아이디어, 필살기가 가득하다. 누가 읽어도 이해하기가 쉽고 영감을 얻을 수 있다. 파편화된 인터넷 경험담이 아닌 현장전문가의 깊이 있는 노하우을 접해보자!

개똥밭에 굴러도 행복한 이승이 좋다! 　박수경 지음 | 283쪽 | 13,800원

누구나 겪을 수 있는 '박 아무개' 이야기　개인적인 치부를 드러내 가며 이야기를 꺼냈다. 부모님의 딸, 남편의 아내, 아이의 엄마가 아닌 '나'를 먼저 앞세운 박 아무개의 라이프스토리다. 반평생 살아오면서 불행과 행복 사이를 오가며 겪은 일이다. 좌절하고 힘든 순간, 후회하는 시간이 많았다. 모든 것에 바보 같은 선택이라고 한탄도 했다. 스스로 돌아보며 진정한 행복의 의미를 찾는 게 어려웠다. 누구를 탓하고만 싶었다. 그것이 가장 쉬운 방법이었으니까. 살고 싶어서 그랬다! 살아내며 알게 된 것, 모든 것이 나의 선택이었음을 이젠 안다. 장고 끝에 맺음을 선택했다. 살아 있음을 확인한다. 행복한 이승이 좋다. 프리지어 꽃밭에서 살아가고 싶다.

STICK

사랑합니다, 스틱! 스틱은 당신을 응원합니다.

가까이 있는 당신을 생각합니다. 멀리 있는 그대를 그리워합니다. 가족을 사랑합니다.

이 책을 읽을
당신과 함께
하고 싶습니다!

블로그 **blog.naver.com/stickbond**
포스트 **post.naver.com/stickbond**
카 페 **cafe.naver.com/stickbond**

stickbond@naver.com

이 책을 읽은
당신과 함께
하고 싶습니다!